꼭 한국에서만 살아야 할 이유가 없다면

Dream Travel Work

레이첼 백 지음

나비의 활주로

차
례

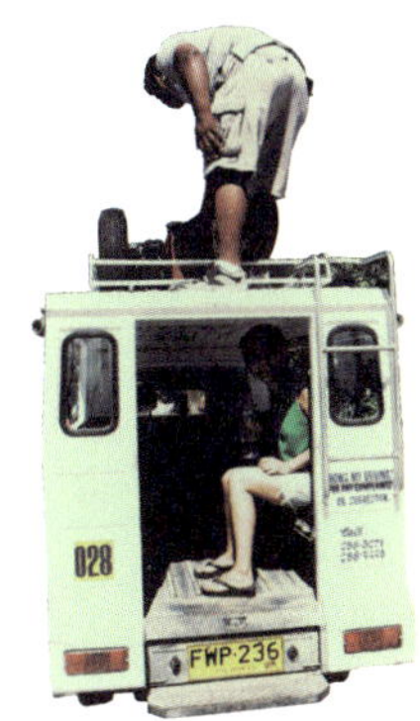

Part 1

Are you ready?

해보자, 재미있겠다, 할 수 있다! 023

우물 밖 신세계로 나오다 038

Rachel's secret tip

Part3 글로벌 노마드, 레이첼의 심플 라이프

Part4 그곳이 어디든

Part5 인생을 여행처럼, 오늘이 마지막 날인 것처럼!

꼭 한국에서만 살아야 할 이유가 없다면…

그곳이 어디든
내가 바라보는 곳이 나의 미래다.

이 나라에서 저 나라로,
이 도시에서 저 도시로 머물고 떠나며

여행이 삶이 되는 것만큼
설레는 삶이 또 어디 있을까?

LAMPLIGHTER
PUBLIC HOUSE
— est. 1899 —
DOMINION HOTEL

가려는 방향만 맞다면   속도는 중요치 않다.

반 발짝만 가더라도
앞으로 가자.

산을 움직이는 건
아이디어가 아니라
실행력이다

이 말을 처음 들었을 때, 마치 나를 두고 한 말 같다는 생각이 들었다. 남들이 아직 고민하고 있을 때, 나는 이미 출발해 가고 있었다. 나는 오래 고민하는 대신 실행하며 배웠고, 깨달았고, 수많은 시행착오를 겪으며 원하는 것에 조금씩 가까워졌다. 느리더라도 나만의 속도로, 어렵더라도 가야 한다고 믿는 방향으로 가려고 했다.

그러나 시간이 지나 뒤돌아보니, 지나치게 많은 시행착오를 겪은 지점들이 보였다. 미리 알았더라면 훨씬 수월했을 선택들, 굳이 돌아가지 않아도 되었을 길들이 있었다. 그래서 나는 생각했다. 실행은 하되, 나만큼의 시행착오는 겪지 않으면 좋겠다고. 내가 이미 실행하며 배운 것들을 조금이라도 미리 나눌 수 있다면 좋겠다고. 그렇게 이 책을 쓰게 되었다.

출간 이후 이 책은 과분한 사랑을 받았다. 그중에는 유독 기억에 남는 독자들이 있다. 해외로 떠나며 무거운 짐가방 속에 내 책을 넣었다는 독자, 해외 생활 중 여러 번 읽어 책이 낡아버렸다는 독자, 그리고 강연장에서 포스트잇과 메모로 가득한 책을 들고 찾아온 독자도 있었다.

　그리고 절판 이후에도 재출간 요청은 계속 이어졌다. 그 덕분에 결국 개정판을 내야겠다는 결심을 하게 되었다. 하지만 단순히 "요청이 많아서"만은 아니었다. 개정판 출간을 결심하게 된 또 하나의 이유는, 현재 출간을 준비 중인 두 번째 책의 내용이 이 책과 자연스럽게 이어지기 때문이다.

　이 책에서는 한국, 호주, 미국, 캐나다에서 한 곳에 취업해 한 가지 일을 하며 살아가는 모습을 담았다. 곧 출간될 두 번째 책에서는 조금 더 시간적·공간적으로 자유롭게 일하는 방식들을 다룬다. 그 배경에는 무역이라는 큰 흐름이 있다.

　(개정판을 준비하며 첫 번째 책의 에필로그를 다시 읽었다. 그 순간, 스스로 놀라게 되었다. 정말 나는 그때 말했던 방식으로 살고 있었기 때문이다. 여전히 많은 것들을 실행으로 옮기며 살고 있다. 그 이후의 이야기와 더 구체적인 경험들은 곧 출간을 앞둔 무역 에세이를 통해 이어질 예정이다.)

　참고로, 이번 개정판에는 AI 시대와 변화된 환경에 맞는 정보들을 추가해, 지금의 시점에 맞게 내용을 업데이트했다. 한국에서의 절판을 아쉬워하던 독자들을 위해, 그리고 지금 이 순간에도 삶의 방향을 고민하고 있는 사람들을 위해 이 책을 조금 고쳐 다시 내놓는다.

　질문은 여전히 같다.

　꼭 한국에서만 살아야 할 이유가 없다면,

　당신은 어떤 삶을 선택할 것인가.

프롤로그

똑똑한 사람들이
흉내 내지 못하는
삶이 있다

내게는 늘 꿈꾸던 나의 모습이 있었다.

하나는 해외에서 사는 것이었고, 또 하나는 현지 회사에 취업을 해서 하루 종일 영어로 모든 업무를 보는 것이었다. 결과적으로 나는 그 두 가지를 모두 이루었다. 내가 살고 싶어 했던 밴쿠버에서 늘 그리워하던 맑은 공기를 마시며 아침마다 현지 회사로 출근을 하고 하루 종일 영어만 사용하며 일을 한다. 무역 사무 보조업무를 시작으로, 무역 총괄, 구매, 제품 개발, 마케팅까지 그동안 나의 커리어도 함께 성장했다.

하지만 만약 내가 실업계 고등학교를 졸업한 뒤 지방의 전문대 비인기학과에 들어갔을 때 스스로에게 실망하여 학업을 소홀히 했다면, 호주에서 10번 정도 되는 취업 인터뷰에서 떨어졌을 때 해외 취업을 포기했다면, 혹은 미국 직장생활에서 3년 동안 잘 버텨내지 못했다면 어땠을까?

대학에 떨어졌다고 해서 인생이 끝나는 것은 아니다. 원하는 기업에 들어가지 못했다고 해서 능력이 없는 것도 절대 아니다. 바로 그런 때야말로 뭔가 새롭게 시작할 타이밍이라는 것을 알려준다. 자신이 목표한 것만큼 얻지 못했다고 하더라도 자신이 서 있는 바로 그 위치와 상황을 파악하고 자신의 역량을 향상시켜 나갈 방법을 찾아서 발을 내디뎌야 할 때가 바로 그때이다. 100세 인생이란 큰 그림을 펼쳐놓고 보았을 때 20대와 30대는 인생의 반의반 정도 온 것에 불과하기 때문이다.

현실을 보자! 세상에는 명문대생보다 비명문대생이 훨씬 많다. 대기업 입사자보다 중소기업 입사자가 비교할 수 없을 만큼 더 많다. 나의 이야기를 들려주고 싶은 사람들은 똑똑하고, 능력 있고, 부유하고, 소위 말하는 좋은 환경과 위치에 있는 사람들이 아니다. 그들은 무엇인가 탁월한 것을 가지고 있는 사람들이다. 인정해야 한다. 그렇다면 평범한 사람, 머리가 그다지 좋지도 않고, 탁월하게 잘하는 것도 없고, 뚜렷하게 가진 것도 없는 그런 일반적이고 평범한 나와 같은 사람은 과연 어떻게 살아야 할 것인가? 어떻게 하면 잘 살 것인가? 어떻게 하면 인생이 재미있어질까?

로또 맞듯 인생이 한 방에 역전되면 정말 좋을 것이다. 그런데, 한 걸음씩 앞으로 나아가며 내가 원하는 것을 하나씩 이루며 느리게 가는 것도 꽤 괜찮은 인생인 것 같다. 똑똑한 사람들, 머리 좋은 사람들, 인맥, 스펙 갖추고 시작하는 사람들은 절대로 흉내 낼 수 없는 그런 인생이 있다. 평범하기 때문에 경험할 수 있는 그런 인생이 있다. 스펙이 없는 것이 바로 스펙이 되는 것이다.

인생을 단거리 경주가 아닌, 마라톤 경주를 하듯 가보는 건 어떨까. 힘들면 천천히 속도를 늦추어 가고, 잠시 쉬었다 가기도 하고, 물 한 잔 마시며 주변 경관도 구경하며 가는 삶 말이다. 그래서 어떤 일을 해도 안 될 때 좌절하기보다는 그것에서 긍정의 씨앗을 찾는 것이다. 돌아가더라도 바로만 갈 수 있도록 꾸준히 노력하는 것이다. 방향이 제대로 되어 있다면 언젠가는 원하는 꿈의 도착지에 도달할 테니까. 나는 캐나다에서 살고 싶다는 꿈을 꾸며 그 꿈을 이루고 해외 취업을 해서 살게 되기까지 11년이 걸렸다. 그런 나와 같은 거북이형도 있다는 것을 떠올리며 말이다.

캐나다에서 처음 근무한 회사 게시판에 다음과 같은 글이 적혀 있었다. 그 글을 읽으며 중요한 것은 속도가 아닌 방향이라는 것을 다시금 생각하게 되었다. 혹시 남들보다 뛰어나지 않은 자신을 자책하고 있거나, 실패에 부딪혀 좌절하고 있는 사람들이 있다면 이 글귀를 소개하고 싶다.

"우리가 지금 올바른 방향을 향해 있다면 우리가 해야 할 일은 계속 걸어 나가는 것이다."
If we are facing in the right direction, all we have to do is keep on walking. — Buddha

Part 1

Are you ready?

여행을 위해 당신을 설명해줄 여권이 필요하듯,

인생이라는 긴 여행에도 여권이 필요하다.

그리고 한 단계씩 새로운 세계에 도전하고 발을 내디딜 때마다

여권 곳곳에 다양한 스탬프가 쌓여간다.

당신의 인생 여권에는 얼마나 많은 스탬프가 찍혀 있는가?

혹시 공부할 때를 놓쳤다고, 새로운 세계를 꿈꾸기엔 너무 평범하다고

마음속 서랍 깊숙이 처박아두고 있지는 않은지.

하지만 여권의 유효기간이 만료되었다고 끝이 아니다.

연장해서 새로운 유효기간을 받으면 그뿐.

자, 그럼 이제 떠날 준비를 해보자.

해보자, 재미있겠다,
할 수 있다!

두 개의 프로필

♦

　　　　　　　나는 미국과 캐나다에서 해외 취업 4회 성공이라는 경험을 가지고 있다. 2개월에서 3년 동안 살아본 도시는 모스크바, 시드니, 밴쿠버, 샌프란시스코, 호놀룰루, 뉴욕이며 현재까지 35개국 정도를 여행했다. 나는 인생 자체를 여행이라고 생각하고 새로운 도전을 늘 흥미롭게 받아들이는 사람이다. 2015년 초까지 캐나다에서 가장 큰 대기업 유통회사를 모기업으로 둔 회사에 다니면서 캐나다 전역으로 유통되는 제품들을 구매하고 마케팅하고 홍보하는 식품 바이어로 일했다. 주요 경력은 무역, 구매, 제품 개발, 홍보, 마케팅이었다. 최종 학력은 중앙대학교 국제대학원에서 전공한 국제경영이다. 그리고 세계한인무역협회 밴쿠버 지회 무역스쿨에서 4년 연속 무역실무 강의, 한국에 방문할 때마다 대학과 정부 기관 그리고 블로그 이웃들에게 강연과 강의를 틈틈이 해 오고 있는 인기 강사이다. 그리고 여기까지는 나의 홍보형 프로필이다.

그렇다면 나의 평범한 프로필은 어떠한가? 내 정규 교육은 모두 한국에서 받은 것이다. 실업계 고등학교를 졸업하고, 2년제 지방대학교, 4년제 지방대학교에서 공부했다. 항상 턱걸이로 어렵게 학교에 들어갔고 열심히 공부해도 장학금 한번 타본 적이 없는 지극히 평범한 학생이었다. 영어 공부란 것을 처음 시작했던 대학교 3학년 때 나의 토익 점수는 400점을 간신히 넘는 수준이었고 영어를 한 문장 혹은 한 마디도 구사 못 할 정도로 실력이 형편없었다.

한국에서 3년 정도 직장을 다녔는데 무늬 좋은 글로벌 기업에서는 3개월도 못 버티고 나와 마을버스도 잘 안 다니는 시골 동네에 위치한 직원 10명이 안 되는 작은 중소기업에서 무역과 유통 일을 했다.

나의 평범한 프로필을 보면 한국에서 말하는 스펙과는 너무도 거리가 멀다. 아니, 평범한 프로필이라고 말하기도 무색하게 자격증도, 높은 토익 점수도 없었고, 편입한 지방 대학 졸업장만 있는 평범 이하였다.

그렇다고 열심히 살아오지 않은 적은 한 번도 없다. 실업계에서 적성에 맞지 않는 교과목을 공부할 때도, 뚜렷한 미래 없이 지방대에 다닐 때도, 영어를 어떻게 공부해야 할지 전혀 모른 채 영어 공부를 시작했을 때도, 작은 중소기업에서 일을 배울 때도 나는 늘 내가 있는 자리에서 무엇인가 열심히 하고 있었다. 아마도 무슨 일이든 열심히 끈기 있게 하는 것은 나의 근성인 것 같다. 그리고 그 근성은 순발력이 없고 머리가 좋지 않은 나의 단점을 극복하기 위해 만들어진 생존형 나의 장점이기도 하다.

항상 꿈이 또렷하여 그것을 목표로 달려온 것도 아니었다. 이런저런 경험들을 하고 더 넓은 세상을 보게 되면서 하고 싶고, 보고 싶고, 배우고 싶은 것들이 점점 더 많아졌던 것이고 그것들을 이루기 위해 노력하는 과정에서 내가 원하는 것과 내가 얻고 싶은 것이 조금씩 명확해진 것이다.

하지만 수많은 시행착오를 겪고 기본기를 갖추기 위한 시간은 절대적으로 필요했다. 한국, 호주, 미국, 캐나다에서 일하며 기본기를 다지고 지금의 글로벌 커리어를 갖추게 된 것이다. 그리고 그 시간들을 지나오는 동안 한계에 부딪히고 어려운 시기를 겪게 되었을 때, 평범 이하에서 시작한 내가 마땅히 각오하고 맞닥뜨려야 하는 현실이란 것을 일찍이 알고 있었다. 다시 말해, 현실을 직시하고 더 나은 미래를 위해 현재 내가 할 수 있는 것들을 찾아서 열심히 노력했다. 그리고 앞서 말했듯이, 시간이 걸리긴 했지만 결국 내가 원하는 곳에서 내가 원하는 일을 하게 되었으니 나는 그것으로 내 인생 1막에 만족한다.

내가 겪었던 이런 시행착오와 기본기를 다지기 위한 노력의 시간들을 이 책에 하나씩 풀어보려 한다. 최소한 내가 겪은 시행착오를 누군가는 겪지 않기를 바라고, 나에게 도움이 되었던 경험들을 누군가는 꼭 경험해보길 바라는 마음을 이 책에 담았다. 내 인생 1막에서 수많은 경험을 스스로 찾아서 앞만 보고 달렸다면 나의 인생 2막에서는 그 지식과 노하우를 나누며 주위를 둘러보며 함께 가고 싶다.

누구의 엄마, 딸, 친구, 동생이라는 이름으로 불리는 나지만, 해외에 살면서 갖게 된 또 하나의 이름이 있다. 바로 내가 만든 레이첼 백이라는 제2의 이름이다. 태어나서 30년 가까이 부모님께서 지어주신 이름으로 살아왔다면, 그 후 10년 정도는 내가 지은 이름인 레이첼 백이라는 이름으로 살아왔다. 그리고 그 레이첼이란 이름에 바이어와 프로젝트 리더라는 직함과 함께 이제는 강사와 작가라는 타이틀을 하나 더 달게 되었다. 그리고 그 새로운 타이틀과 함께할 앞으로의 5년, 10년도 무척 기대된다.

무모하게 뛰어든 도전

♦

　　　　　　　　가끔 내가 지나온 길을 보면 무모한 도전이 많았다. 글로벌 기업을 뒤로하고 시골 마을에 위치한 작은 중소기업이 더 좋다고 홀로 떠났을 때, 착실하게 잘 다니던 회사 그만두고 대학원에서 공부하겠다고 고시원으로 짐을 싸서 들어갈 때, 말도 안 되게 적은 사업자금을 가지고 삼성동에서 유학원을 개업한다 했을 때, 아는 사람 한 명 없는 곳에서 누구의 도움도 받지 않고 일자리를 구하겠다고 뉴욕으로 날아갔을 때……. 도대체 무슨 생각으로 그렇게 겁이 없었을까 생각해보면 웃음만 난다. 하지만 그렇게 무모하게 뛰어든 그 모든 도전은 재미있게도 모두 다 이루어졌다.

　　나는 상황을 단순하게 생각하는 성격이다. 생각이 떠오르면 최대한 빨리 실행에 옮겨보고 진행 과정과 상황에 따라 그다음 행보를 계획하고 다듬어 나간다. 생각이 들자마자 나의 몸은 무슨 일이든 찾고 벌이기 위해 벌써 분주히 움직이고 있다. 금방 도망쳐버리거나 잊혀져버렸을지 모를 나의 많은 꿈들을 끝까지 이룰 수 있도록 도와준 비결이 바로 이것이었다. 실행이 곧 답이었던 것이다.

그렇게 20대의 수많은 무모한 도전과 경험들이 나의 몸에 하나씩 하나씩 차곡차곡 경험과 경력으로 쌓여, 내가 어려움을 겪거나 새로운 것에 도전할 때 쉽게 쓰러지지 않고 쉽게 겁먹지 않도록, 그리고 멋지기보다는 튼튼한 나무로 커갈 수 있도록 만들어준 자양분이 되었다고 생각한다.

그래서 나는 무모한 도전도, 막연하게 그리는 꿈도 늘 좋아한다. 그것들이 모여 나의 인생이라는 큰 그림을 조금씩 채워가고 있기 때문이다. 그런 무모함과 막연한 마음은 사실 지금도 마찬가지다. 지금은 캐나다에서 직장생활을 하며 1년에 두 번 이상 한국을 방문하여 강연과 강의를 하고 책을 집필하고 있다. 내 인생에서 한 번도 경험해보지 않은 커리어를 위해 나는 또다시 새로운 도전을 시작한 것이다.

새로운 것에 도전할 때면 항상 나 자신에게 하는 말이 있다. '지금이 아니면 내가 또 언제 해볼 수 있겠어?', '만약 안 되면 그때 생각하지 뭐', 강연일과 책 출간을 위한 일도 마찬가지였다. '내가 지금이 아니면 언제 이렇게 남들 앞에서 강연을 해보겠어? 나의 강연을 듣기 원하는 참석자가 없다면 그때 가서 강연 취소하지 뭐', '일단 샘플 원고라도 써서 나의 글에 관심이 있는 출판사를 찾아보고 아무도 관심이 없다면 그때

가서 그만 쓰지 뭐.'

이렇게 단순하게 생각하니 머리 아플 일도 적다. 머리 아플 일이 적으니 뭐든 하면 잘될 것 같은 긍정 마인드가 꿈틀꿈틀 올라온다.

'해보자, 재미있겠다, 할 수 있다!'

하길 잘했네

♦

블로그와는 성향이 매우 다른 페이스북을 오픈한 지 한 달 정도 되었을 때 일이다. 강연과 강의 홍보용으로 만든 페이스북에 관련 없는 사람들이 이상한 글을 올리고 의미 없는 쪽지나 작업성 멘트를 받을 때 이런 생각이 들었다. '이것 해서 정말 나의 일에 도움이 될까? 이상한 쪽지들 지우느라, 이상한 사람들 친구 맺기 취소하느라 내 시간만 허비하는 거 아니야?'

그리고 파워 블로거이자 페이스북을 활발히 운영하고 있는 블로그 이웃, 책 먹는 필기공주님에게 질문을 보냈더니 이렇게 답변을 주었다.

"처음에는 다들 그렇게 시작하다가 방향을 잡아가는 것 같아요. 다른 분들도 그런 얘기하다가 나중에는 하길 잘했다고 하더라고요."

그 답변을 듣고 걱정 대신 생각했다.

'해보지 뭐. 효과 없고, 이상한 사람들만 꼬이고, 시간만 버린다고 생각되면 그때 가서 처리하면 되지 뭐.'

그 후, 페이스북을 시작한 지 몇 달 후부터 강연 및 강의가 홍보되기 시작하고, 글로벌 네트워킹이 조금씩 가능해졌다. 괌과 뉴저지에 있는 무역협회 관계자분들이 내 강의에 관심을 표시했고, 한국에 있는 대학교 교수님과 출판사로부터 연락을 받기 시작했다. 페이스북을 통해 나의 멘토님이신 CEO Suite 김은미 대표님을 온라인으로 자주 보게 되며 조언도 듣고 대표님을 통해 좋은 지인분들도 소개받을 수 있게 되었다. 페이스북, 일단, 시작하길 정말 잘한 일이었다.

이렇듯 무엇인가 시작하고자 할 때 일단 실행에 옮겨보면 좋은 것이 크게 두 가지가 있다. 첫째, 그것을 계속할 것인가 그렇지 않을 것인가를 판단할 수 있는 기준이 생기게 된다. 둘째, 해보지 못한 것에 대한 후회란 것이 남지 않게 된다. 어떻게 진행할 것인가에 대해서는 그다음 숙제이고 그때가 되어서 다시 고민하면 되는 것이다. 그러니 시작하기도 전에 이런저런 생각과 고민을 많이 하며 시간 낭비하지 말고 일단, 무엇이든 가능한 것부터 실행에 옮겨보자.

후회 없는 선택이 진짜다

♦

　　　　　　　　블로그를 통해서 만나는 많은 사람이 자신의 상황에서 미래를 위해 어떤 결정을 내려야 할지 고민하며 이렇게 질문한다.

"해외 취업이 가능할까요?"

"저의 전공을 살릴 수 있을까요?"

"직업 전망은 좋은가요?"

"미국이 좋을까요, 캐나다가 좋을까요?"

"지금 떠날까요, 경력을 쌓고 떠날까요?"

미래를 생각할 때면 늘 두 가지가 함께 따라올 수 있다. 설레고 가슴이 벅찰 수도 있고, 불안하고 불투명한 미래에 가슴이 답답할 수도 있다. 하지만 그것들은 모두 우리가 더 나아지고 성숙해지게 만드는, 그러하기에 당연히 거쳐야 하는 과정이다. 뒤돌아보았을 때 후회가 남지 않게 혹은 덜 남게 현재의 선택에 신중해야 하는 것은 당연하지만 머뭇거리며 고민하다가 시간을 낭비할 수는 없는 것이다.

이런 말을 들었다. 사람들은 무엇인가를 하고 후회하는 것보다 그것을 해보지 못한 것에 대한 후회를 더 많이 하고 더 오래 한다는 말이다. 그리고 나는 그 말에 200퍼센트 공감하는 사람이다. 왜냐하면 내 좌우명이 '후회 없이 살자'이기 때문이다. '일단 일을 저질러보고 난 후에 혹시 잘 안 되면 그때 후회하자'는 주의이다. 나에게도 수많은 선택의 순간들이 있었다. 스스로 인지하지 못하고 선택했던 것들까지 합한다면 그 수는 셀 수 없을 것이다. 물론 선택한 모든 것이 성공적이지는 않았다. 능력이 안 돼서, 재정적인 조건이 뒷받침되지 못해서, 혹은 시간, 체력 등등의 환경들 때문에 선택하고서도 얻을 수 없었던 순간과 기회도 많았다.

하지만 그런다 한들 나는 일단 하고 싶은 것은 실행에 옮겨보고, 안 되는 것에 대해서는 미련 없이 포기하며 후회를 남기지 않고 살아가려고 노력했다. 그리고 지금도 그 마음에는 변함이 없다. 만약 후회를 남기지 않으려 노력해도 후회되는 것이 있다면, 원하는 것을 얻기 위해 현재의 나의 상황에서 무엇을 해야 하는지를 생각하고 가능성을 찾아보는 것이 현명하다. 그만큼 후회 없이 사는 것이 중요하다.

고등학교 때 연극을 배우고 싶었던 적이 있었다. (지금 생각하면 실소가 나오는 엉뚱한 생각이었다.) 연극을 하고 싶다고 엄마에게 말을 해보았자 '말도 안 되는 소리 한다'는 이야기를 들을 것이 뻔했다. 연극영화과에 입학하려면 관련된 학원을 다니고 실습도 해야 하는데 내가 살던 곳에는 그런 학원이 존재하지 않았고, 학원비나 실습비를 지원받을 수 있는 넉넉한 가정형편도 아니었다.

고등학교 3학년 때 대학 원서를 쓰면서 언니에게 속내를 털어놓았다. 그러자 언니가 엄마에게는 얘기하지 말고 연극영화과에 지원해보라고 했다. 혹시 내가 그 분야에 숨겨진 재능이 있을지도 모르고, 지금 지원 안 해보면 언제 또 해보겠냐는 것이었다. 그 당시 인문계 학과의 지원 수수료가 2~4만 원이던 때였는데, 연극영화과 지원 수수료는 8만 원 정도로 두 배 이상 차이가 났다. 그때는 그 돈이 왜 그리 크게 느껴졌는지……. 어쨌든 부모님께는 거짓말을 하고 연극영화과에 지원을 했고 연기 실기 시험도 치렀다.

그리고, 결과는 어떻게 되었을까?

실기 시험을 치르기 위해 기다리는 대기실에서 그리고 면접을 기다리는 대기실에서 수많은 연극영화과 지망생들을 보는 순간, 머리를 한 대 맞은 듯한 충격을 받았다.

'아! 나는 끼가 없는 사람이었구나.'

주변 시선을 아랑곳하지 않고 대본 연습에 열중하는 모습들. 정확한 발음과 좋은 목소리. 연예인보다 더 연예인 같은 출중한 외모와 스타일. 나와는 비교가 안 되었다. 그래도 한 가닥 희망을 잡고 나도 대본 연습을 하여 무대에 올랐다. 그리고 2분 만에 떨어졌다. 그 후 나는 그 계통과 관련된 공부나 일에 대한 것에는 마음을 완전히 접을 수 있었다. 떨어졌지만 후회가 남지 않았고 돈도 아깝지 않았다.

그때 만약 현실적인 환경이 나를 뒷받침해주지 못한다고 생각해 원서조차 넣지 않았다면 어땠을까? 늘 '혹시 내가 연기에 재능이 있지 않을까'라는 착각에 빠져 '한번 해보고 싶다'는 아쉬움과 '그때 연기 공부를 했어야 하는데' 하는 후회 혹은, '왜 우리 부모님은 나를 지원해주지 않았을까' 하는 불평이 생겼을 수도 있다. 역시, 해보고 후회하는 것이 해보지 않고 후회하는 것보다 훨씬 낫다는 것을 나는 그렇게 배웠다.

대학 진학도 같은 생각에서 결정한 것이다. 고등학교 3학년 때 대학 입시를 준비하지 않고 보통의 실업계 고등학생들처럼 취업을 준비했다면 언젠가는 그 결정에 대해 후회가 남았을 것이다.

'그때 입시 공부를 해서 대학 입학시험이라도 한번 볼걸…….'

이렇게 말이다. 고등학교 3학년 2학기가 되니 내 앞자리, 옆자리, 뒷자리 친구들이 하나둘 학교를 오지 않았다. 취업이 되어 나간 학생들의 빈자리가 그렇게 늘어나다 결국 빈 책상이 많아지니 그 책상들을 치워버리게 되고 그러니 넓어진 교실이 더욱 춥게 느껴졌다. 가을이 지나고 겨울바람이 불기 시작할 때쯤 교실에 남은 학생은 열 명이 조금 넘었을 뿐이다. 그리고 불안감이 빈자리만큼 넓어진 교실만큼 다시 몰려들었다.

'내가 대학에 갈 수 있을까? 대학 들어가겠다고 취업도 안 하고 있는데 이러다가 떨어지면 어쩌지?'

그러다 다시 생각했다.

'떨어지면 그때 가서 고민하자. 걱정할 시간에 다시 공부나 하자.'

대학 편입을 준비할 때도 마찬가지였고, 그 후 취업도, 배낭여행도, 어학연수도, 해외 인턴십도, 사업도, 해외 취업도, 그 모든 것 또한 해보고 싶었는데 못 해보았다면 분명 후회가 남았을 것이다. '일단 시도 해보자'라는 선택은 늘 옳았다. 그것은 결과 때문이 아니다. 결과가 어찌 되었건 해보고 나면 미련이나 후회가 남지 않는다. 그러니까 발목 잡혀 시간을 허비하지 않고, 미래를 위한 계획과 진행에 시간을 쏟을 수 있다.

내가 선택할 수 없다면
나를 선택한 곳으로
♦

앞서 말했듯이 대학 입학에 대해서는 나의 선택에 후회가 남지 않는다. 하지만 현실의 세계는 냉혹하다. 내가 좋아하는 것은 남들도 좋아하고, 내가 원하는 것은 다른 사람들도 많이 원하는 것이 현실이다. 그것을 다른 말로는 '경쟁'이라 부르고 그 결과는 '합격, 불합격' 혹은 '성공, 실패'로 나누어진다. 하지만 두려워할 필요가 전혀 없다. 한 번 안 되면 두 번 해보면 되고, 그래도 안 되면 다른 방법을 찾으면 되고, 그래도 안 된다면 최소 후회라는 것은 남지 않을 테니 그것 또한 괜찮다.

마음먹고 공부하면 성적이 쭉 올라서 좋은 대학에 갈 것 같았지만, 내가 원하는 학과에 모두 떨어졌다. 4년제도 떨어지고 2년제 대학에서 가고 싶었던 학과들도 모두 낙방이었다. 그러다 지방 전문대 비인기 학과인 실무노어과에 유일하게 합격했다. 그것이 나의 운명이었을까? 만약 그것마저도 떨어졌다면? 그래도 후회는 안 남았을 것 같다. 나의 능력의 한계를 보았으니 '공부는 나의 길이 아니구나'라고 생각하고 취업을 했을지도 모르고, 취업한 후 야간 대학에 입학했을지도 모를 일이다.

어쨌든 모두 떨어지고 딱 한 곳 합격 통보가 온 오산대학에, 그리고 실무노어과에 너무도 감사했다. 실무노어과가 실무러시아어과라는 것도 입학원서를 넣으며 겨우 알게 되었지만, 대학생이 되는 것이기에 그냥 기뻤다. 그리고 생각했다. 분명 다른 학과에 모두 떨어지고 이 학과에 붙은 것은 내 인생에 그만한 이유가 있을 것이다 하고. 분명, 자기 최면일 수도 있고, 스스로를 위로하고 격려하는 것일 수도 있다. 하지만 그러면 어떤가? 나는 대학생이 되었고 고등학교 졸업 후 바로 직장생활을 하지 않아도 되는 명분과 대학생 신분을 가졌는걸.

긍정적인 사고가 이런 것이 아닐까 싶다. 절박한 상황에서도 하나의 작은 씨앗을 발견하고 기뻐하는 모습! 입학 지원서를 넣은 9개의 대학에서 불합격되어도 1개의 대학에서 합격 소식을 받고 기뻐할 수 있는 마음! 그 작은 긍정의 씨앗에 물을 부어주고 햇살을 잘 받도록 보살펴주는 마음.

인생에는 너무도 다양한 기회가 있다. 그리고 언제 자신에게 꼭 맞는 기회의 옷을 입게 될지 모르니 그것을 준비하며 사는 것이 인생인 것 같다. 그때까지 힘들고 지친다 하더라도 혹은 지금 하는 일이 나에게 맞지 않고, 과연 무엇이 옳은 것인지 확실하지 않더라도 내가 있는 자리에서 최선을 다하는 것이 중요하다. 어느 날 나에게 올 기회에 어떠한 도움이 될 수 있도록 말이다. 내가 선택하든, 누군가에게 선택되든 현재 나에게 주어진 상황에서 최선을 다해보자. 언젠가 내게 올, 내가 기다리는 그날을 위하여.

영어가 쉬웠다고?

♦

그렇게 나는 내가 선택한 곳 모두에서 불합격되었고, 나를 선택해준 오산대학에 입학했다. 나를 선택해주었다는 것, 물론 내가 지원 원서를 넣은 곳이지만 설마 그곳에 가리라고는 생각해보지 못했다. 안전책으로 원서를 넣었던 것뿐이었다. 그러니 나를 선택해준 유일한 곳이라고 말할 수 있다. 인생은 이렇게 선택의 연속이다. 내가 선택할 수도 있고 거꾸로 내가 선택될 수도 있는 선택의 연속.

실무노어과에 입학해 러시아어를 배우며 외국어에 대한 자신감이 생기고 효과적인 외국어 습득 방법을 배우게 되었다. 다른 외국어인 영어 실력을 보통 학생들보다 빨리 향상시킬 수 있게 된 비결을 습득할 수 있었던 이유가 바로 거기에 있었다. 여기서 말하는 영어 실력이란 토익, 토플과 같은 영어 성적이 아닌 프리토킹 기준으로 기초에서 중상급 수준까지를 의미한다. (실무노어과는 학과마저 비인기학과가 되어 폐과가 되었다.)

조금 더 자세하게 설명하자면 이렇다. 러시아어가 무척 어려운 언어이기 때문에 그것을 어느 정도 하고 나니 영어가 쉬운 언어처럼 느껴졌다. 물론 그렇게 느껴졌다는 것이지 그렇다고 하루아침에 영어를 잘하게 되었던 것은 아니다. '나라는 사람도 공부를 하면 외국어를 구사할 수 있구나!' 하는 자신감을 갖게 된 정도다. 그것이 가장 큰 성과였다. 러시아어를 공부하기 전까지는 외국어를 구사한다는 것이 가능하지 않은 일 같았다. 초·중·고등학교 6년 이상 영어를 공부했음에도 불구하고 외국인 앞에서 한마디도 못 하는 것이 외국어라는 생각이 지배적이었기 때문에 그런 생각이 들었는지도 모른다.

어쨌든, 어느 정도 영어를 구사하게 되면서 혼자 배낭여행도 다닐 수 있게 되고, 여러 나라 친구들도 사귀고 그들을 통해 새로운 세상도 알게 되니, 세상을 보는 시야 또한 넓어지고, 그와 함께 꿈도 커지게 되었다. 만약 내가 실무노어과에 입학하지 않았다면, 그래서 러시아어를 배우지 않았다면 그런 것들이 모두 가능했을까? 내가 영어라는 것을 구사할 수 있을 거라고 생각이나 할 수 있었을까?

영어에 이런 표현이 있다. Everything happens for a reason. 어떤 일이 발생한 데에는 꼭 무엇인가 이유가 있다는 것. 내가 4년제 대학에 떨어졌을 때, 장학금을 타지 못했을 때, 호주에서 영주권 신청 자격이 되지 않았을 때, 면접 기회조차 얻지 못했을 때, 취업면접에서 낙방하였을 때, 노력해도 원하는 것을 얻지 못했을 때, 그 외의 모든 부정적인 상황들이 닥쳤을 때 나는 생각했다.

'분명 이보다 더 좋은 결과를 주려고 지금 이런 상황이 발생한 걸 거야.'

'지금 발생한 일은 무엇인가 이유가 있기 때문에 생긴 것일 거야.'

내가 모든 학교 모든 과에 불합격하고 실무노어과에만 합격한 것은 내가 보다 체계적인 방법으로 언어를 습득할 수 있는 능력을 키우게 하기 위함이 아니었을까? 공부를 잘해본 적이 없는 나도 무엇인가 할 수 있다는 자신감을 주기 위함이 아니었을까?

우물 밖 신세계로 나오다

인생에 필요 없는 경험이란 없다

♦

　　　　2년제, 4년제 그리고 어학연수를 거치면서 다양한 대학생들을 만날 수 있었다. 그들 중 현재 자신이 다니고 있는 학교를 싫어하거나 학과 전공이 자신과 맞지 않는다며 고민하는 사람들이 있었다. 지금도 여전히 대학생들은 그런 질문을 많이 한다. 그리고 그 학생들에게 주는 나의 대답은 한결같다.

"정말 아니라고 생각하면 다른 것을 선택하되 시간과 비용을 생각했을 때 자신이 선택한 그 결정에 책임을 질 수 있어야 해요. 하기 싫은데 계속하는 것은 시간 낭비입니다. 하지만 그만둘 용기도 없고 다른 대책도 없으면서 불만만 가지고 게으르게 시간만 흘려보낸다면 그건 더 시간 낭비 아니겠어요? 다른 대안이 없고 내가 무엇을 원하는지 모를 때는 그냥 그 자리에서 열심히 임하는 것이 최고일 수 있어요. 그렇게 열심히 한 것이 인생이란 큰 그림을 두고 볼 때 언젠가는 꼭 필요하거나 도움이 될 때가 생기게 되거든요.”

인생에 필요 없는 경험이란 없다. 대학생 때 나는 다른 대부분의 학생이 그렇듯 내가 좋아하는 게 무엇인지, 무엇을 잘하는지 그리고 무슨 일을 하고 싶은지 몰랐다. 해외여행을 하고 싶고 영어 공부도 하고 싶은 마음에 대학생부터 대학원생 때까지 했던 아르바이트를 합하면 모두 30가지 정도가 된다. 그런 아르바이트 중에 ‘정말 이런 경험을 바탕으로 배우고 얻을 것이 있을까?’ 생각되는 것도 있었다. 바로 피시방 아르바이트였다. 그 당시 나는 장시간 아르바이트로 인해 육체적으로 무리가 와 있는 상태였다. 그래서 세상에서 제일 쉬운 알바를 하겠다는 마음으로 시급은 매우 적지만 별다르게 할 것이 많지 않은 피시방 알바를 시작했다. ‘카운터에 앉아서 책을 보거나 공부를 할 수도 있을 것이다’라고 생각했고 지친 몸도 재충전하는 시간이라고 생각하니 시급은 적어도 꽤 괜찮은 알바 같았다.

피시방에서 일을 하게 되면 수많은 피시방 죽돌이들을 볼 수 있다. 그들에게는 게임 속 세상이 현실처럼 중요했다. 그러니 진지하지 않을 수 없다. 잠자는 시간, 밥 먹는 시간까지 아까워하는 사람들도 있었다. 그런 사람들을 보며 ‘뭐가 저리도 재미있을까?’ 하는 생각이 들었을 때 죽돌이 학생들이 나에게 와서 말을 걸었다.

“누나! 누나는 피시방에서 일하면서 왜 게임을 하나도 안 해요?”

“난 별로 흥미도 없고, 어떻게 하는지도 몰라. 얼마 후면 캐나다로 여행 갈 거라서 영어 공부도 좀 더 해야 해."

"누나, 이런 좋은 기회를 왜 그냥 날려보내요? 스타(스타크래프트)가 얼마나 재미있는데요. 제가 가르쳐드릴까요?"

'이런 게 좋은 기회라고? 가르쳐주기까지 하겠다니……. 그럼 조금만 배워볼까?' 나는 그렇게 스타크래프트에 입문하게 되었다.

그 후 피시방 알바를 통해 내가 얻은 것은 무엇일까? 스타크래프트 배우기? 아니다. '스타크래프트는 절대로 하지 말자'라는 것이다.

스타크래프트를 하다 보면 1시간이 5분처럼 빠르게 지나간다. 재미있어서 하다 보면 중독 현상도 나타난다. 게임 후에는 아쉬움이 남고, 자려고 누워서도 천장을 바라보며 혼자 뭘 만들고 보이지 않는 적들과 싸우고 있다. 손놀림이 빨라지면 유리해지겠다는 생각에 손가락도 놀려보고 단축키도 외워본다. 그리고 또다시 컴퓨터 앞에 앉아서 게임을 하게 만든다. 그러다 정신이 팍 드는 것이다. '미쳤다! 그 시간에 영어 공부를 했다면! 그 시간에 내가 책을 읽었다면!'

그 후 나는 시간 잡아먹는 게임은 절대 하지 않았다. 그 당시 리니지 온라인 게임이 한창 유행했었는데(지금도 그런지는 모르겠다) 그건 중독성이 훨씬 심하다는 얘기에 무서워서 손도 안 대봤다.

이렇듯 인생에서 필요 없는 경험이란 없다. 상황에 맞게 무엇이든 해라. 공부든, 아르바이트든, 인턴십이든, 직장생활이든, 여행이든, 연애든, 그리고 그곳에서 무엇인가를 경험해라. 그 당시에 당장 깨닫게 되거나 배울 것이 없다고 생각되었던 것도 인생을 살다 보면 꼭 한 번은 써먹을 때가 생긴다. 진짜 신기하게도 말이다.

선택받은 곳에서
다시 시작할 용기

◆

　　　　　　　나의 지인 두 명의 케이스를 이야기해보겠다. 한 명은 지방에 있는 전문대에 입학한 친구였고, 다른 한 명은 서울에 있는 명문대에 입학한 친구였다. 두 사람에게 공통점이 있었다면 그들 모두 대학에는 들어갔지만 만족하지 못했다는 것이다. 학교에 대한 불만족은 학부 내내 계속되었다.

　물론 명문대에 입학한 사람의 불만을 이해하지 못할 수도 있다. 하지만 생각해보자. 항상 100점만 맞던 아이가 문제를 한 개 틀려서 98점을 맞으면 점수에 만족하지 못하고 펑펑 울 수도 있지 않은가. 서울대만을 목표로 했던 사람이 연세대에 합격했다면 스스로 만족하지 못할 수도 있는 것이다. 나 같은 사람에게는 그 두 곳 모두 엄청나게 좋은 학교지만 그 사람의 마음도 이해는 간다. 하지만 문제는 그다음부터이다.

　내가 선택한 곳에서 떨어진 경우, 나를 선택한 곳에서 무엇을 어떻게 얼마만큼 해야 할 것인지 고민해야 한다. 다시 말해, 자신이 목표한 서울대학이라는 최고의 선택이 안 되었다고 세상이 끝나는 것이 아니다. 왜냐하면 앞으로 최선의 선택들은 많이 남아 있기 때문이다.

　나처럼 편입을 고려해볼 수도 있고 최종학력을 대학교 졸업이 아닌 대학원 졸업으로 만들 수도 있다. 서울대가 목표였다면 서울대 편입이나 서울대 대학원 석사과정을 일찍부터 준비해보는 것은 어떤가? 전공이 마음에 들지 않는다면 전과나 복수전공을 신청하거나, 대학원 진학

때 전공을 바꿀 수 있다. 자신이 정말 원하는 것을 지금 당장 얻지 못했다고 해도 현실까지 도피할 필요는 없는 것이다. 때로는 돌아가는 길이 지름길이 될 수도 있다. 돌아가더라도 혹은 시간이 오래 걸리더라도 그것을 위해 다시 한 번 준비하는 단계라고 생각해보면 어떨까?

사정은 전문대에 들어간 친구도 마찬가지였다. 이 친구는 1년 반 동안 학교를 다닌 후에도 적응하지 못했다. '내가 이런 학교에 들어오려고 고등학생 때 그렇게 새벽부터 밤늦게까지 공부를 했나?'하는 생각을 떠나보내지 못했다. 학과 동기들의 수준도 마음에 들지 않았다. 결국 그녀는 학교를 떠나고 말았다. 그 후 그녀는 고졸의 이력으로 취업을 했다.

착하고 상냥하게 생긴 20대 초반의 그 친구는 2년제 대학 중퇴 후 고졸의 이력서를 가지고 대기업 임원 비서 일을 하게 되었다. 일하는 곳은 S 대기업이었으나 S 대기업과는 전혀 상관없는 임원의 개인 비서로 일하며 다른 직원들의 일을 조금씩 돕는 일이었다. (대기업 건물 안에서 일하지만, 대기업 직원이 아닐 수 있다는 것도 그때 알았다.)

사실 나는 그녀보다 일찍 사회생활을 잠깐 경험해볼 수 있었다. 학교에 다니며 알바를 하면 시급이 매우 적었기 때문에 실업계 졸업 이력서를 가지고 작은 중소기업에 입사한 적이 있었다. 좋은 곳이었다면 좀 더 길게 일했을지도 모르지만, 방학 기간 딱 두 달 일하며 가슴 깊이 느낀 것이 있었다. '대학생이 되길 잘했다. 다시는 이런 곳에 와서 미래 없이 시간을 보내며 누군가의 잔심부름이 주된 업무인 일을 하며 나의 인생을 만들어가지는 말아야겠다'는 게 일하며 내린 결론이었다. 그 당시 회사에서 나의 주된 업무는 남자 사원들이 마신 빈 종이컵 버리기, 재떨

이 비우고 씻어 오기, 남자 직원들 책상 정리해주기, 점심 메뉴 주문하기, 단순 타이핑, 전화 연결해주기 등등이었다. 물론 돈을 받고 하는 일이니 열심히 상냥하게 임했다.

다행히도 내게 그 일은 방학을 이용해 잠시 하는 것이었다. 내가 하는 일을 몇 년 동안 하고 있던 다른 실업계 졸업 출신의 동료 여자직원은 불평불만이 많았다. 하지만 그뿐이었다. 더 나은 미래를 위해 그녀가 준비하고 있는 일은 없었다. 사실, 나도 그들처럼 뚜렷하게 무엇을 해야겠다는 목표는 없었지만 그나마 돌아갈 학교가 있었다. 학교로 돌아가서 어떤 공부가 되었든 공부를 하고 무엇이든 경험을 더 쌓을 수 있는 시간이 있고, 그렇게 쌓은 경험으로 더 많은 기회를 가질 수 있다고 생각했다. '돌아갈 수 있는 학교가 있어서 다행이야. 공부할 과목이 있어서 다행이야. 이 얼마나 소중한 시간인가!'

앞서 말했던 대기업 비서로 취직한 친구도 내가 했던 일들과 비슷한 일을 했다. 다른 직원들이 버려놓은 휴지며 빈 종이컵들을 치우고 방문 손님 안내하고 차를 준비하고 기타 단순 업무들을 했다. 내가 경험한 그런 비슷한 과정을 그 친구는 몇 년 동안 회사에서 했던 것이다. 일하는 장소는 같아도 다른 대졸 출신 대기업 사원들에게 주어지는 업무와 대우가 달랐다. 그곳에서 단순 업무를 몇 년 동안 하며 받은 괴리감과 차별은 그녀가 나에게 말해주기 전에 이미 눈치채고 있었다. 정직원이 아니니 승진의 기회도 없었다.

그녀가 나에게 새로운 것을 시작하고 싶다고 말할 때 나는 그 친구에게 해외 어학연수를 가라고 조언을 해주었다. 영어를 매우 좋아하던 친구라 어학연수와 테솔과 같은 과정을 이수하고 나면 한국에 있는 초등학생 영어 학원 강사 자리는 무난히 잡을 수 있다고 말해주었다. 집안의 반대에 부딪혔을 때 나는 그녀의 유일한 지원자였다.

"일단 해봐. 안 되면 그때 다시 취업하면 되잖아. 다시 그런 대우 받으며 그곳에 들어가고 싶지 않지? 그럼 이 악물고 공부해. 영어학원 선생님도 쉬운 직업은 아니고 인정받기 전까지는 월급도 많지 않고 업무량도 많다고 들었어. 하지만 최소한 하루 종일 이런저런 쓰레기 치우며, 타이핑하고, 복사하는 일로 몇 년을 무의미하게 흘려보내는 건 아니잖아. 더 나은 미래를 위해 참고 노력하고 기회를 기다려야 하는 시간이라면 가치가 있겠지만 그런 것이 아니라면 나는 네가 좋아하는 영어를 가르치며 더 나은 미래를 계획하면 좋겠어."

그렇게 몇 년 동안 벌어놓은 돈으로 그녀는 영국으로 떠났다. 1년 조금 넘게 공부를 하며 그녀는 누군가를 가르칠 수 있는 실력이 되었다. 그리고 한국에 돌아와서 고졸이 아닌 전문대졸 타이틀을 따기 위해 반년 동안 학교를 더 다니면서 영어학원에서 공부를 하고 이력서를 준비해 마침내 그녀가 원하던 강사가 되어 하고 싶은 일을 하게 되었다. 그녀가 했던 비서 직업은 결혼을 하거나 나이가 들면 계속 일하기 어려웠지만, 영어 강사직은 그렇지 않다. 결혼과 출산 후 다시 복직 혹은 이직이 가능하고 차후 학원을 개업하여 개인 비즈니스로 성장시킬 수 있다는 장점도 있다. 그녀는 하고 싶은 일을 하는 동시에 직업에 안정성까지 얻게 된 것이다.

명문대에 입학했던 또 다른 친구는 어떻게 되었을까? 그가 졸업한 학교 동기들은 증권사, 금융사, 대기업 등 보통 대학생들이 취업하고 싶은 곳에 한 자리씩 차지하고 있었지만, 그는 회사에서 좋아할 만한 그 어떤 조건도 갖추지 못하고 있었다. 삼수해서 들어간 명문대였지만 서울대가 아니라는 이유로, 동기들이 자기보다 어리고 레벨도 맞지 않는 것 같다는 이유로, 백수 혹은 입시생이 아닌 대학생이란 신분을 가졌다는 이유로 지나치게 놀아버린 것이다. 학과 점수는 말할 것도 없었고 취업을 위한 스펙도 하나 없었으며 삼수 후 군대까지 다녀온 그의 나이는 여느 회사 몇 년 차 경력직원과 비슷했다.

나는 그에게 물었다.

"그렇게 싫었으면 왜 편입을 준비하지 않았어?"

"그런 것을 선택할 수 있다는 것을 몰랐어."

안타까웠다. 4년 동안 편입 준비든, 교환학생이든, 배낭여행이든, 어학연수든, 해외 인턴십이든, 국내 인턴십이든, 공모전 참여든, 봉사활동이든, 동아리 활동이든 무엇인가를 하며 다른 세상을 보았다면, 다양한 사람들의 삶의 방식을 보았다면, 혹은 좋은 책을 통해 그와 비슷한 경험과 어려운 시기를 겪은 후 성공한 사람들을 간접적으로라도 접할 수 있었다면 그가 방황했던 시간을 조금 줄일 수 있지 않았을까?

하지만, 그래도 다행인 것은 대학 졸업과 취업이 우리 인생의 끝이 아니라는 것이다. 반대로 가장 중요한 시작점이다. 그의 경우는 대학 졸업 후 약 15년 후에 비로소 자신의 천직을 찾았다고 말했다. 조금 많이 돌아왔지만, 자신이 하고 싶고, 잘할 수 있는 일을 찾았다고 하니 다행이었다.

우물 안 개구리

♦

대학생활 이야기를 하기 전에 내가 왜 실업계 고등학교에 입학하게 되었는지 잠깐 이야기해보고 싶다. 내가 20년 넘게 살았던 오산시는 한국에서 가장 작은 도시다.

그곳에는 여자 종합고등학교 한 곳과 남자 고등학교 한 곳만 있었다. 여자 종합고등학교는 현재 실업계 고등학교로 바뀌었으며 내가 입학할 당시에는 인문계, 상과, 정보처리학과로 나뉘어 있었다. 중학교에서 반 등수가 10등 안에 드는 학생들은 수원에 있는 인문계 고등학교로 진학을 했다. 중간 등수 정도의 학생인 내가 입학할 수 있는 학교가 오산여자종합고등학교였다. 학과를 선택할 때 가장 경쟁률이 높은 곳이 정보처리과, 상과 그리고 인문과 순이었으며, 나는 그중 평이 좋은 정보처리과를 선택했다. 3년 내내 학교에서는 정보처리과 학생들을 가장 예뻐했다. 공부도 잘하고 말도 잘 듣기 때문이었다. 그리고 내가 졸업한 다음 몇 년 후에 인문과는 없어졌다. 아마도 인기가 없고 대학 진학률이 높지 않아서였을 것 같다.

오산에서는 나름 잘나가는 정보처리과 나온 여자였다. 하지만 졸업 후에 알게 되었다. 나는 그냥 실업계 출신 학생이었다는 것을. 대부분의 대학생들은 인문계 고등학교를 졸업하고 대학에 간다는 것을. 정보처리과라는, 오산에서 인기 있는 학과를 다닌 것을 자랑스럽게는 아니더라도 부끄럽게 생각한 적 없이 살아왔는데……

대학교 3학년 때 수원으로 이사를 오게 되었다. 어렸을 적부터 수원은 나에게는 아주 큰 도시로 여겨졌는데 그곳으로 이사를 오며 알게 되었다. 사람들은 그곳을 지방이라 부른다는 것을. 그해에 처음 캐나다에 가보고 나는 또다시 알게 되었다. 한국이란 나라가 어디에 있는지도 모르는 사람들이 아주 많다는 것을. 그때야 또 느꼈다. 내가 지금까지 얼마나 우물 안 개구리로 살아왔는지를.

고등학교 때부터 나는 유독 다른 나라에 대해 호기심이 많았다. 일본에 관한 책들을 읽으면서, 또 미국에 관한 책들을 읽으면서 세계 곳곳에서 글로벌 커리어를 가지고 도전하는 사람들을 만날 수 있었다. 그중 대표적으로 기억되는 책이 홍정욱의『7막 7장』, 그리고 조안리의『스물셋의 사랑 마흔아홉의 성공』, 정치계에 입문한 전여옥 작가의『일본은 없다』였다. 아마도 그들의 이야기가 나도 모르는 사이 세계로 뻗어나가고 싶다는 꿈을 심어주었는지도 모른다. 사는 곳은 오산이었지만 왠지 그들처럼 멋지게 세상 어딘가에서 살고 싶다는 상상을 해보았다. 그렇게 나는 글로벌한 꿈을 꾸던 시골 소녀였다.

내 생애 첫 해외여행

♦

대학교 1학년 때 학과 선배의 권유로 여름 방학에 러시아 어학연수를 가게 됐다. 선배가 말하길 러시아를 조금 더 많이 배운 2학년 때 가는 것보다 이제 막 배우기 시작한 시기인 1학년 때 가면 발음도 잘 잡히고 한국으로 돌아왔을 때 러시아어 실력도 부쩍 향상되어 공부를 더 잘할 수 있다고 했다. 한 학기 정도 학과 공부를 하면서 나는 내 소개와 좋아하는 것을 표현하고, 간단한 프리토킹을 할 줄 알게 되었는데 그보다 더 잘할 수 있다니! 무조건 떠나고 싶었다. 왠지 떠나야 할 것만 같았고, 그때가 아니면 평생 못 갈 것 같았다. 그리고 그 본능적인 판단이 옳았다는 것은 러시아를 다녀와 확실히 알게 되었다.

그것이 내 생애 첫 해외여행이었다. 부모님이나 언니, 오빠, 혹은 같은 동네에 사는 사람들 중에도 해외여행을 다녀온 사람이 없었다. 그런데 여행도 아닌, 이름도 럭셔리한 어학연수를 가겠다니, 부모님께는 거의 불가능에 가까운 요구였다.

부모님의 반대에 부딪혔을 때 나는 엄마 앞에서 태어나 가장 많이 울어본 것 같다. 왜 그리 간절했는지 나도 잘 모르겠다. 처음으로 외국어로 말을 배우며 흥미를 가져가는 가운데, 내가 할 수 있는 것이 생겼다는 것, 그리고 더 잘할 수 있을 것 같다는 믿음은 무엇인가 한 줄기 빛처럼 느껴졌다. 지금 생각해보면 당시 러시아 어학연수 비용은 미국으로 어학연수 가는 비용의 3분의 1 정도인 90만 원으로 큰 금액이 아니었지만, 어쨌든 당시 나의 상황에서는 사치스러운 요구였다(90만 원은 항공비, 학비, 기숙사비를 모두 포함한 비용이었다).

아르바이트를 해서 어학연수 비용인 90만 원을 모두 갚기로 약속하며 부모님을 끈질기게 설득했다. 설득이라기보다 억지였는지도 모른다. 간절하면 이루어진다는 말이 있지 않던가. 우여곡절 끝에 나는 부모의 허락을 받아서 러시아로 가게 되었다.

6주 동안 모스크바 대학 기숙사에서 생활하며 학교 내에 있는 어학원에서 공부를 했다. 장점이라면 물가가 한국에 비해 매우 낮은 것이었지만 단점으로 치안이 여전히 불안했다.

그리고 외국인들은 돈을 가지고 있다는 인식이 퍼져 있어 타깃이 되기 쉬웠다. 낮에도 여자 혼자서 거리를 걷는 것이 위험할 수 있었다. 유학생의 경우 겉모습만으로도 티가 났으며 소매치기, 강도의 피해를 입기 쉬웠고, 경찰들에게 불시에 거리 검문을 받는 경우도 종종 있었다. 깜빡하고 여권을 소지하는 걸 잊었다가 검문에 걸리면 경찰서에 끌려가거나, 그것을 막기 위해 몇십 달러의 뇌물을 줘야 하는 말도 안 되는 일들이 있던 시기였다.

나도 한번은 시장에 갔다가 소매치기를 당한 적이 있었다. 다행히 돈이 거의 안 들어 있는 지갑만 없어지고 책 사이에 끼워놓은 여권은 그대로였다. 러시아에 온 지 불과 일주일 만에 그 일을 당했으니, 그 이후로 내가 얼마나 겁이 많아지고 조심하고 경계하며 다녔는지 상상이 될 것이다. 그래서 연수 기간 동안 혼자 여행을 떠나본 적도 없었고 학교와 기숙사 그리고 학교 주변에서만 생활했다.

국제전화를 하려면 전화국으로 가서 줄을 서서 기다리고 교환원이 연결해주면 전화부스에 들어가서 통화를 할 수 있었다. 인터넷 통화나 SNS나 메신저로 언제든지 무료 통화를 할 수 있는 지금과 비교하면 내가 100년 전 이야기를 하는 것 같다. 하지만 러시아는 그 당시 그런 나라였다. (정확히 7년 후 대학원에서 해외 마케팅 조사를 위해서 러시아를 다시 방문했을 때 서울처럼 변한 모스크바를 보고 많이 놀랐다. 쇼핑몰이 생기고, 미국 브랜드들이 입점하고 심지어 인터넷도 됐다.)

우물 밖 신세계

◆

그런 불편을 제외하면 러시아는 나에게 신세계를 보여준 어마어마한 나라였다. 우선 세계를 제패했던 나라의 건축물들이 나를 매료시켰다. 웅장하고 정교하며 아름다운 건축물들이 도시 곳곳에 많았다. 동양적인 모습과 서양적인 모습이 모두 보이는 나라였다.

오래 공산국가였던 잔재였는지 거리의 사람들은 얼굴이 굳어 있었지만 막상 이야기를 나누다 보면 한국의 '정'과 비슷한 문화를 가지고 있는 따뜻한 나라였다. 여름 날씨는 상상할 수 없을 만큼 화창하고 맑았다. 한국의 습기 찬 여름만 경험하고 러시아라면 무조건 춥다는 생각으로 갔는데 그런 아름다운 날씨 속에서 6주를 보내고 나니 축복 같았다.

6주 동안 한국의 모든 소식과 단절되어 살았다. 인터넷도 없었고 한국 TV를 볼 수도 없었다. 매주 인기가요 차트 순위가 바뀌는 한국이었는데 그렇게 6주를 러시아에서 보내고 나니 공간 이동처럼 시간 이동을 한 것 같았다. 거리의 음악이 모두 낯설었다. 내가 없던 6주 동안의 한국은 예전처럼 그렇게 지나갔고, 무슨 큰 사건이라도 날 것 같았지만 그런 일은 전혀 없었다. 매일 TV를 안 보고 유행하는 가요를 몰라도 사는 데 아무런 지장이 없다는 것을 그때 처음 느낀 것 같다.

오산이라는 작은 도시에서 그것도 구불구불 마을버스를 타고 가야 나오는 시골 동네에서 살아서일까. 거대한 러시아는 나에게 더 크게 느껴졌다. 그리고 한국이라는 울타리를 벗어나 아주 다양한 세상이 있다는 것도 알게 되었다. 기후도, 음식도, 문화도, 정서도 모든 것이 낯설었지만 새롭고 흥미로웠다.

나는 알에서 깬 새끼 오리처럼 러시아의 모든 것들이 신기했다. 그리고 완전한 독립은 아니었지만 그렇게 세상으로 첫발을 내디뎠다. 직접 음식을 만들어 먹고, 용돈을 관리하고, 위험한 상황을 만들지 않기 위해 한국에서보다 더 조심했다. 언어도 한국으로 돌아왔을 때 다른 동기들과 비교될 만큼 향상되었다. 그 당시 함께 러시아에 갔던 선배들과도 친해져 아직도 나의 베프 중 한 명은 그때 만난 학과 선배다. 짧은 어학연수로 얻은 것들이 참 많았다.

러시아에 가야겠다고 생각했을 때 지금이 아니라면 평생 갈 수 없을 것 같다는 생각이 들었다고 말했는데 실제 그렇게 되었다. 그 당시 내 학번 중 내가 유일하게 러시아 어학연수를 간 학생이었고 몇몇 나의 동기들은 대학교 2학년 때 러시아에 가겠다고 계획했다. 그런데 내가 러시아를 다녀온 해인 1997년 가을에 IMF가 터지면서 그 후로 러시아를 간 학생은 없었다. 러시아에 가려면 한화를 미화로 바꾸고 다시 러시아 루블로 바꾸어야 했는데, 환율이 1달러당 2,000원까지 올라 금전적으로 부담이 많이 커져 있었고 어려운 시기에 해외에 나간다는 것에 사회적으로 부정적 시선이 많았기 때문이다.

시간이 흘러 대학원에 다닐 때 마케팅 리서치를 위해 러시아에 갈 기회가 또 있었다. 국내 대기업에서 지원해주는 대학원생들의 조사 프로그램이었는데, 그때 내가 뽑힐 수 있었던 것은 러시아어 전공자라는 이유가 유일했다. 그러니 가슴에서 소리쳤던 '지금 러시아를 가야 한다'는 외침을 따랐던 것이 얼마나 잘한 일인가. 그렇듯 가끔은 본능적인 판단이 옳을 때가 있는 것이다.

내가 만약 1997년에 러시아에 가지 않았다면 아마도 나는 한국이 가장 큰 나라라고 믿으며 살았을지도 모른다. 더 큰 꿈을 꾸지 못했을지도 모른다. 러시아는 그렇게 내게 신선한 충격을 주며 우물 안 개구리가 세상 밖으로 튀어오르게 해주었다.

영어, 피할 수 없는
운명이라면

♦

'내가 선택할 수 없다면 나를 선택한 곳으로 가자'는 생각은 협성대학교 편입을 결정하는 큰 동기가 되었다. 사실 내가 선택했던 학교들은 4년제 러시아어 학과들이었다. 그런데 편입시험에서 모두 떨어졌다. 러시아어 학과를 가는데 왜 영어시험으로 평가하는지 그 이유를 알 수는 없었지만 그들이 정해놓은 기준 안에 나는 들지 못했다. 2년 동안 배워놓은 러시아어 실력도 괜찮았고 학과 성적도 장학금을 탈 수 있는 수준에 조금 못 미치는 정도였기에 나쁘지 않은 점수였다. 러시아라는 나라의 잠재력을 보면서 러시아와 관련된 일을 하며 나의 꿈을 펼치고 싶었지만 나는 그렇게 편입시험에서 모두 떨어졌다.

그리고 안전하게 원서를 넣어놓은 협성대학교 영어영문학과로부터 합격통지를 받았다. 설립된 지 오래되지 않은 작은 지방 대학이었다. 캠퍼스 크기는 2년제 대학인 오산대학과 비교했을 때 훨씬 더 작고 교정도 없어서 지원 원서를 제출하기 위해 학교를 방문했을 때 많이 놀랐다. '설마 공부를 하기 위해 이 학교를 다시 올까?' 하지만 또다시 나는 내가 선택한 곳이 아닌 나를 선택한 학교에 가게 됐다.

합격 소식을 들은 후, 학기마다 필수 이수 과목인 영어회화 수업 때문에 나는 학과장님께 진지하게 요청했다.

"교수님, 사실 제가 영어를 전혀 못합니다. 편입학 시험은 어떻게 치러서 합격했지만 영문학과 3학년 학생들과 같은 수업을 듣는다는 것이 쉽지 않을 것 같습니다. 다른 과목들은 열심히 따라가면 되겠지만 영어회화 과목은 영어로 말을 하는 것이기에 우선 영어회화 학원에 다니며 실력을 쌓은 후 다음 학기부터 이수하면 안 될까요?"

교수님 답변은 간단했다.

"할 수 있을지 없을지는 일단 시험을 치른 후 담당 교수가 판단하는 거야. 학점 F 맞으면 그다음 학기에 다시 재수강하면 되는데 왜 수업에 참여하지도 않고 미리 걱정부터 해?"

그렇게 해서 영어회화 수업을 이수하게 되었고, 첫 학기 영어회화 시험을 무사히 치렀다. 다행히 F가 아닌 C학점을 받았다. 그것도 중간고사가 아닌 기말고사에 좋은 점수를 받아서 그나마 C를 받을 수 있었다.

내가 영어 공부를 본격적으로 시작한 것은 대학교 3학년 편입학 시험에 합격하면서부터였다. 몇 달 동안 아르바이트를 하며 모아놓은 돈으로 영어학원에 등록했다. 가격을 할인해준다기에 6개월 치를 한 번에 완납했다. 집에서 학원까지는 한 시간 거리였지만, 학교에서 수업을 마치고 학원에 가려면 차가 밀리는 퇴근 시간이 되어서 왕복 3시간이 걸렸다. 월, 수, 금 수업 혹은 화, 목 수업 중 하나를 선택할 수 있었는데, 나는 학원장에게 부탁했다.

"제가 영어가 너무 절실한데 복습한다고 생각하고 월요일부터 금요일까지 모두 수업을 들으면 안 될까요?"

물론 그 요청은 쉽게 받아들여졌다. 학원 등록을 하기 전에 6개월 등록비 완납을 빌미로 내가 요구한 사항이었기 때문이다.

그렇게 나는 반 학기 동안 학교에서 배우고, 학원에서 배웠다. 그리고 학원에서 배운 것을 돌아오는 버스 안에서 학원 친구와 한 시간 동안 연습했다. 사람들이 이상하게 보든 말든 상관하지 않았다. 집에 와서는 오디오 테이프를 반복해서 들어가며 따라 했다. 함께 자취하던 언니가 시끄럽다고 조용히 좀 공부하면 안 되겠냐고 했을 정도였다. 나의 가장 큰 정신적 지주이자 늘 격려를 아끼지 않았던 언니가 그 정도로 이야기할 정도였으니 얼마나 시끄럽게 공부했는지 짐작이 갈 것이다.

그렇게 나는 반년 동안 눈만 뜨면 영어 공부만 했다. 그리고 좋은 성적은 아니었지만 한 학기를 무사히 마쳤다. 그 후 처음으로 토익시험이라는 것도 보았다. 내가 몇 점을 받았을까? 다른 사람들이 어떻게 생각할지 궁금해서 해외 취업 주제로 한국에서 특강을 할 때 참석자들에게 처음 그 질문을 던졌다.

"그렇게 영어만 공부하던 제가 몇 점을 받았을까요?"

"800점이요."

"아닙니다."

"700점이요."

"아닙니다."

그 후로는 대답들이 없었다. "조금만 더 내려주세요"라고 말하자 객석에서 웃음이 터졌다.

"제가 받은 첫 점수는 430점이었습니다."

나는 그 정도로 영어를 못했던 사람이었다. 내가 열심히 했다는 것은 내가 잘했다는 이야기가 아니었다. 학교에서 낙제하지는 않았지만 그렇다고 좋은 점수도 아니었다. 하지만 일단 영어 공부라는 것에 발을 들여놓았고 한 학기 동안 향상된 실력을 나 스스로 느낄 수 있었다. 그때 당시 영어로 유창하게는 아니더라도 간단한 표현은 할 수 있었고 영어로 간단한 문장들도 만들 수 있게 되었다. 그것만으로도 나에게는 크나큰 발전이었다. 그 후로 나에게 영어는 더 이상 도전해야 하는 과제나 넘어야 하는 목표가 아닌 늘 나와 함께하는 취미 같은 존재가 되었고, 나는 스스로 영어를 꾸준히 활용할 수 있는 계기와 상황을 만들어갔다.

해외 취업을 위한 경험 쌓기

평범한 대학생인데 졸업 후 해외 취업이 가능하냐는 질문을 많이 받는다. 내 대답은 가능하다이다. 내가 알고 있는 사람 중에 호텔 요리사로 해외 취업이 되거나, IT 분야로 미국 실리콘 밸리에 취업된 사람들이 있다. 그리고 일반 사무직도 있는데, 일본인으로 연세대학교 국제대학원을 졸업하고 미국에 취업한 학생이었다. 지금 언급한 사람들은 전문 기술직이거나, 영어를 무척 잘하거나, 영어권 국가에서 공부를 마친 사람들이었고 그 외 학생 때 여러 가지 대외 활동과 경험을 가지고 있었다.

하지만 해외 취업을 희망하는 대학생들의 스펙이 모두 그들처럼 좋을까? 스펙이 좋지 않으니 그냥 포기해야 할까? 아니다. 한국에서도 실업률이 아무리 높다고 하더라도 취업할 사람들은 다 하는 것처럼 능력이 있으면 한국에서 학교를 다니고도 해외에서 취업할 수 있다. 문제는 자신의 능력이 그들의 요구를 얼마만큼 만족시킬 수 있느냐는 것이다. 대학 졸업 후 바로 해외 취업할 수 있을 정도의 능력이 안 된다면 시간이 조금 더 걸리더라도 그 능력이 될 수 있게 만드는 과정을 추가시키면 된다. 내 경우는 조금 많이 걸린 케이스이지만 그 과정들이 어렵고 힘들기보다는 오히려 즐거운 추억이 더 많았다.

그렇다면 어떤 경험을 쌓는 게 유리할까? 인턴십, 봉사활동, 아르바이트, 수상 경력, 프로젝트 수행, 여행 등등 여러 활동 경험을 쌓길 추천한다. 한국에서는 학교 이름과 영어 점수가 중요하다면 외국에서는 (내가 경험한 호주, 미국, 캐나다를 말함) 경력이 가장 중요하고 사회 초년생들의 경우는 경험이 가장 중요하다.

얼마 전 밴쿠버 스카이 트레인(대중교통)에서 현지 대학생이 친구에게 면접 대비를 위한 자신의 포트폴리오를 보여주는 것을 우연히 보게 되었다. 자신이 대학 생활을 하며 활동한 인턴십, 봉사활동, 프로젝트 수행 등을 파일로 만들어서 사진, 내용, 추천서까지 첨부한 포트폴리오였다.

면접관들은 지원자들의 그런 활동들을 통해서 그들의 잠재력을 발견하려 노력하고, 그런 활동들을 바탕으로 면접이 진행된다. Behavioural & Situational Interview 질문들을 검색해서 보면 이해가 될 것이다. 가상의 상황이나 과거 경험을 바탕으로 질문에 답변을 하는 면접 방식이다.

한국에서 경력을 쌓고 나갈까, 해외로 바로 나가는 것이 좋을까 하는 질문 또한 많이 받는다.

한국에서 경력 없이도 해외에서 바로 취업이 되는 경우들도 있다. 해외에서 학교에 다녔거나, 한국에서 학교에 다녔지만 해외에서 인턴십 같은 활동 경험이 있거나, 전문직 기술직 자격증이 있거나, 한국 경력만 가지고 있지만 그것이 해외 현지 회사에서 바로 사용될 수 있거나 등등 경우는 다양하다. 해외에서도 활동할 수 있는 직업이라면 한국에서의 경험이 도움이 되는 것은 당연하다.

나의 경우 호주에서 인턴십할 때 인턴십 기간이 만료되기 전에 호주 현지 회사로 취직하기 위해 구직 준비를 했다. 그 당시 한국에서 무역회사에 근무한 경력이 2년 이상 있었기 때문에 많은 회사에서 서류 전형을 통과했고, 전화 인터뷰와 면접의 기회도 많았다.

그리고 호주로 인턴십을 왔다가 호주 영주권 신청한 사람도 있었다. 한국에서의 엔지니어 경력이 4년이 넘은 사람이었는데 그 경력으로 바로 영주권 자격이 되었다. (지금은 호주도 영주권 신청 조건이 까다로워지고 호주에서 선호하는 부족군에 속하는 직업이 많이 줄었다.) 영주권이 있으면 비자 문자가 해결되니 해외 취업이 훨씬 쉬워진다.

경력을 쌓고 나가면 유리하다. 그런데 경력 없이 해외로 나와서 경력을 쌓는 사람들도 있다. 특히 워킹 홀리데이 비자를 가지고 유급 인턴십으로 시작해서 정직원이 되는 케이스이다(이러한 다양한 케이스와 취업 성공 사례는 유튜브 영상을 통해 볼 수 있다. www.youtube.com/rachelbaek). 정직원이 되면서 영주권 신청에 들어가고 그렇게 회사에서 일하다 보면 영주권이 나온다. 영주권을 받은 후에는 다니던 회사를 계속 다닐 수도 있고 다른 곳으로 이직을 할 수도 있다. 영주권이 있는 것과 없는 것의 차이는 바로 신분의 차이다. 영주권을 가지고 있으면 어디서든 일을 할 수 있지만 영주권이 없다면 합법적으로 일을 하기 위해 취업 비자가 필요하며 취업비자를 신청하기 위해서는 고용주 즉 회사가 스폰서가 되어야 한다. 추가 비용도 발생한다.

결론은, 해외로 나가서 부딪히면서 경험을 쌓아보는 것을 권장하지만 시간과 경제력이 부족하다면 한국에서 해외 취업을 위한 워밍업을 하듯 경력도 쌓고 영어 공부도 더 한 후에 나가는 것도 나쁘지 않다는 것이다. 만약 인턴십이 해외 취업으로 바로 연결되지 않더라도 그 노력의 시간들을 통해 많은 것을 배우게 될 것이라고 생각한다. 한국에 돌아와서 다시 해외 취업을 목표로 할 수도 있다. 나 같은 경우도 호주에서는 해외 취업에 실패했지만 그 과정을 통해 많은 연습을 하게 되었다. 그리고 해외 취업에 대한 가능성도 발견하게 되어 자신감도 더 생겼다.

해외 취업에 나이 제한은 없다

해외에서는 나이가 중요하지 않다. 그 사람의 경험, 경력, 능력, 대인관계 등이 더 중요하다. 내가 운영하는 블로그 이웃들을 위해서 한국에 갈 때마다 해외 취업 강연을 개최하는데 댓글로 이런 질문을 주신 분들이 있다.

"강연 듣는 데 나이 제한이 있나요?"

솔직히 처음에는 당황했다. 해외 취업할 때도 나이 제한이란 것이 없는데 해외 취업 관련된 강연을 듣는 데 참가자에게 나이 제한을 둔다는 것은 말도 안 되는 이야기라고 생각했기 때문이다.

하지만 나도 한국에서 교육받고 직장생활을 한 경험이 있기에, 한국 사회에서는 나이 제한이 데드라인처럼 이곳저곳에 따라다닌다는 것을 알고 있다. 정말로 안타까운 현실이다. 나이 많다고 해서 일하는 데 지장도 없는데 말이다.

여기에 해외 취업의 장점이 있다. 해외에서는 지원자에게 나이 제한을 두지 않는다. 그리고 한 가지 더, 해외에서 살면(미국, 호주, 캐나다) 나이를 정말 자주 잊어버리고 살게 된다. 첫 번째 이유는 나이를 묻는 이도 나이를 말할 일도 거의 없기 때문이다. 그리고 서구권 국가에서는 나이를 '만'으로 이야기하기 때문에 생일이 지나야 한 살을 더 먹는다. 그래서 12월 생일인 내 경우에는 거의 1년 내내 한국 나이와 이곳 나이가 2살씩 차이가 난다. 그러니, 갑자기 한국사람으로부터 몇 살이냐는 질문을 받게 되면 '내가 몇 살이더라?' 생각하게 된다. 이렇듯 내가 살아본 미국, 호주, 캐나다에서는 나이라는 것은 잊고 살 만큼 중요한 것이 아니다. 회사 입사에도, 누구를 만나더라도 숫자에 불과한 나이보다는 그 사람 자체를 더 중요하게 생각하는 문화다.

해외 취업에 대해 받는 질문 중 나이를 포함해 자신의 조건이나 상황을 이야기하며 "제 상황이 이러이러한데 해외 취업이 가능할까요?" "얼마나 더 해야 할까요?"와 같은 내용이 꽤 많다. 하지만 내가 답변을 할 수 없는 질문이기도 하다. 특히, 경력, 영어 능력, 나이, 학력 등을 말하며 가능성을 확인하고자 하는 사람들이 많다. 그러나 각자가 원하는 취업 방향도 다르고 현지 회사 사정도 다르며, 개개인의 능력도 원하는 뚜렷한 목표도 모두 다 알 수 없기 때문에 쉽게 답을 할 수가 없다.

바라는 마음이 간절하다면 일단 현지에 와서 부딪혀보는 것을 추천한다. 그럼 실수와 실패를 통해서 현실의 조건에서 꿈을 이루기 위해 지금 자신이 무엇을 해야 하고 장기적으로 무엇을 준비해야 할 것인지 방향이 더욱 자세히 보이기 시작한다. 혹은 이 길은 나의 길이 아니라고 생각하고 돌아갈 수도 있고, 능력의 한계를 느껴 포기할 수도 있을 것이다. 현지에 와서 부딪혀볼 수 없는 상황이라면 그 상황을 만드는 꿈부터 꾸고 계획을 세워보기를 바란다. 물론 한국에서부터 이력서를 보내고 인터뷰를 잡을 수 있다면 무엇을 더 바라겠는가. 하지만 그건 현실적으로 매우 어렵다.

중요한 것은, 생각에만 그치거나 인터넷에 있는 정보에만 의존하지는 말라는 거다. 자신을 위해 자신만의 정보를 만들어보는 것이 좋다. 해외 취업, 해외 생활과 관련하여 인터넷으로 경험담을 올리는 분들보다 그렇지 않고 외국 생활을 하는 분들이 훨씬 더 많다. 인터넷으로만 보는 것은 정보의 한계가 있을 수 있다. '해외에 나와서 살고 싶다. 캐나다에서 살고 싶다. 해외 취업을 하고 싶다. 꿈을 찾아 가고 싶다. 영어를 잘하고 싶다'라고 꿈꾸고 있을 때 자신이 바라고 있는 그 꿈처럼 삶을 사는 사람들이 분명 어딘가에 있다.

대중에게 노출된 사람들도 있지만 그렇지 않은 사람들도 있다. 꿈만 꾸지 말고 그들 중에 한 명이 되는 자신의 모습을 그려보고 그렇게 되기 위해 오늘을 즐겨보기를 권한다. 영어를 잘하고 싶으면 좋아하는 팝송을 정독해서 노래방에서 불러보고, 알아듣지 못하더라도 외국 방송을 틀어놓아본다. 그런 것들이 영어 공부를 하게 만드는 자극제가 된다. 해외 취업을 하고 싶으면 최소한 영문 해외 취업 사이트를 찾아본다. 의외로 어디에서 해외 취업 정보를 찾아야 하는지 문의하는 분들이 많다. 그런데 너무 많은 사이트가 있어서 일일이 나열할 수가 없다. 영문 구글이나 AI를 활용해서 구직 사이트, 면접 준비 내용, 회사 정보를 모두 찾아 볼 수 있다. 예를 들어 키워드와 명령어를 Australia job이 들어가도록 만들어서 검색하면 많은 정보와 리스트를 구할 수 있다.

나만의 해외 취업 레시피 만들기

강연을 하면서 해외 취업과 스펙에 관한 질문을 가장 많이 받는다. 하지만 개개인이 가진 경력, 강점, 그 사람이 경험한 것들이 다 다르기 때문에 하나로 묶어 대답하기 곤란할 때가 많다. 그래서 자신만의 해외 취업 레시피를 만들어볼 수 있는 방법을 소개해보고자 한다.

비빔밥이라는 요리를 만들 때 비빔밥에 들어가는 재료들을 하나씩 하나씩 준비한 후 비빔장과 밥을 넣어서 비비면 최종 완성된 비빔밥을 맛있게 먹을 수 있듯이 해외 취업도 마찬가지다. 해외 취업이라는 요리를 완성하기 위해서 각각의 재료들을 준비하고, 그것이 잘 어우러져 자신과 잘 맞아야 해외 취업 요리를 맛있게 성공시킬 수 있는 것이다.

비빔밥에 빠질 수 없는 재료가 밥, 비빔장, 야채, 고기라면 해외 취업에서 빠져서는 안 되는 재료들이 바로 언어, 학업(전공), 경력, 열정이다. 그리고 집집마다 비빔장 맛이 다 다르듯이 자신의 과거, 현재, 미래를 바라보고 준비하는 과정에 따라 해외 취업 비빔장의 맛도 모두 다르게 완성된다. 중요한 것은 비빔밥을 만들어 먹기 위해서 재료를 준비하듯 해외 취업을 이루기 위해서도 준비 과정이 필요하다는 것이다. 그렇게 준비 과정을 거친다면 해외 취업을 이루는 시기와 종류의 차이가 생길 수는 있으나 원한다면 누구나 해외 취업을 이룰 수 있게 된다. 자, 그럼 자신만의 맛있는 비빔밥을 만들어 먹듯 지금부터 해외 취업을 위해 자신만의 레시피를 만들어보자.

재료	요리 과정				
	과거 노력 했던 내용, 경험	현재 상태	앞으로 해야 할 일	데드라인	세부사항
나라					
도시					
직종					
언어					
경험					
경력					
이력서					
면접					
잠재력(열정)					
추천인					
비자					

Part 2

최고의 선택이 아니면
최선을 선택하면 된다

살아보지도 않은 인생에 대해 얼마나 치밀한 계획을 세울 수 있을까?
인생은 시행착오의 연속이고 예상치 못한 일들이 늘 계획을 빗나가게 만든다.
실수하더라도, 조금 돌아가더라도,
최고의 선택이 아니더라도 일단 경험해보자.
가려는 방향만 맞다면 속도는 중요치 않다.
나를 선택한 학교, 나를 선택한 나라,
나를 선택한 회사에서 시작된 나의 꿈.
당신은 어디서, 무엇을, 어떻게 하기를 꿈꾸고 있는가?

지구는
둥글다

잡초로 클 수 있어
다행이다

♦

　　　　　대학교 3학년 2학기가 되면서 내 영어 실력은 자기소개하고 생존에 필요한 대화를 구사할 수 있는 수준이 되었다. 영어회화 과목 점수도 1학기의 C학점에서 B학점으로 한 단계 발전했다. 참고로 4학년 때는 A와 A+를 받았다. 나의 인생, 참 느리게 한 단계씩 업그레이드되는 것이 영어회화 과목 점수에서도 보인다.

　3학년이 되어 해외로 영어 어학연수를 가고 싶었지만 형편이 되지 않아 그 대신 방학 한 달 동안 여행을 계획했다. 러시아에 이은 두 번째 해외 경험을 생각하니 신이 났다. 그렇게 한 달 동안 캐나다를 여행할 계획으로 밴쿠버로 떠났다. 그런데 재미있는 일이 생겼다. 한국인들이 하우스 셰어를 하는 곳에서 머물며 많은 정보를 얻을 수 있었는데, 일자리만 얻을 수 있다면 충분히 학비와 생활비를 충당하며 살 수 있다는 이야기를 들은 것이다. 캐나다는 그 당시 최저 임금이 시간당 약 8달러 정도 했던 것 같다. 그리고 서빙 아르바이트의 경우 일하는 곳에 따라 다르지만 보통 최저 임금 그 이상을 받는다. 내가 일에 익숙해진 후에 아르바이트로 벌었던 급여는 시간당 20달러 정도였다.

비교해보자. 몇 달 동안 한국에서 최저 시급을 받으며 피시방 아르바이트와 족발집 아르바이트를 하며 마련한 자금과 언니, 오빠, 부모님이 10만 원씩 주신 용돈을 합하여 어렵게 온 캐나다였다. 그러나 캐나다에서 시간당 20달러를 벌 수 있다는 것을 알았다면 진작에 이곳에 와서 일했을 것이라는 생각을 했다. 한국 아르바이트와 비교하면 시급 차이가 매우 크지 않은가? 무지했던 나를 떠올리며 안타까웠지만, 한국을 떠나 캐나다에 가보지 않았다면 아마 그런 정보는 영영 접할 수 없었을 것이다. 그래서 애초 한 달 여행 계획을 현지에서 아르바이트로 돈을 벌며 어학연수를 하기로 계획을 변경했다.

영문학과 3학년이라는 타이틀만 가지고 일식당에서 첫 아르바이트 일을 구하게 되었을 때는 혹시라도 나의 영어 실력이 들통날까, 혹시 실수를 하지 않을까 걱정했다. 그래서 주 고객인 현지인들을 상대하기 위해서 레스토랑 표현들을 찾아가면서 모조리 외웠다. 그곳은 손님이 많지 않아 여러 가지로 영어를 활용할 수 있었다. 그래서 두 번째 일식당으로 옮겼을 때는 큰 무리 없이 서빙 아르바이트를 할 수 있게 되었다.

다행히 첫 번째, 두 번째 식당에서 모두 좋은 대우를 받았다. 첫 번째 식당은 손님이 너무 없어서 눈치가 보이고 팁이 적기는 했지만 일을 하면서 손님들과 이야기를 많이 나눌 수 있어서 학원에서 배운 영어를 활용해볼 수 있는 유용한 시간이었다. 참고로 캐나다 식당에서는 손님들과 이야기를 나누는 것도 매우 중요한 서비스 중 하나다.

두 번째 일한 곳은 나를 포함해서 서버, 다시 말해 웨이트리스 언니들이 두 명 더 있었는데 거의 15~20년 동안 캐나다에서 살고 있는 사람들이었다. 그 언니들을 통해 캐나다의 문화, 복지, 육아, 교육 등 생생한 캐나다 이민 생활 이야기를 들으며 자연스럽게 선진국의 복지 시스템과 캐나다 문화를 알 수 있었고 처음으로 캐나다에서 살고 싶다는 생각을 가지게 되었다.

스스로 돈을 벌면서 해외에서 생활하기로 한 나의 선택은 온실 속의 화초를 거부하고 들판의 잡초가 되겠다고 한 것이나 마찬가지였다. 하지만 그렇게 알게 된 세상은 더욱 소중했고, 그렇게 해서 번 돈은 더욱 가치 있었다.

어학연수 온 거의 대부분의 학생들이 풀타임으로 어학연수 과정을 듣는다. 그런데 나는 시간과 돈 모두 부족하여 파트타임으로만 수강해야 했다. 하지만 그런 힘든 조건이 레스토랑에서도 집에서도 영어를 활용하기 위해 더욱 노력하게 되었는지도 모른다. 간절하면 그렇게 다 방법이 나오게 되는 것 같다. 내 경우에는 절박할 때 공부가 더 잘되었던 것 같다. 마치 시험 보기 5분 전에 가장 공부가 잘되듯이 상황이 닥치면 놀랄 만큼 영어 실력이 늘었다.

내 생애 첫 독립

◆

　　일단 캐나다에 오니 일자리를 구할 수 있었고, 계획보다 더 오래 캐나다에 머물면서 영어 공부와 여행을 할 수 있었다. 그런 점이 캐나다라는 나라의 매력이었다. 캐나다에 온 지 2주일 만에 나는 일자리를 구했고, 학원을 알아보고, 집에 전화를 걸었다.

　"엄마, 나 여기서 일자리 구했고, 영어 공부도 하고 갈 거야. 그래서 휴학해야 돼."

　무슨 말도 안 되는 소리 하는 것이냐고 어머니께 혼쭐이 났다. 그래도 괜찮았다. 이미 예상했던 상황이었다. 돈 있으면 마음대로 하라는 말씀과 내가 알아서 할 테니 걱정하지 말라는 대답으로 일단 휴학을 했다. 첫 한 달은 그런대로 버틸 수 있었다. 그런데 문제는 두 번째 달부터였다. 장사가 안 되는 식당이다 보니 일하는 시간도 적었고 벌이도 적었다. 게다가 그것마저 점점 적어지고 있었다. 가지고 온 돈으로 생활비는 되겠지만 문제는 학원비였다. 벌어서 학원 등록을 하려고 했는데 그 돈이 생각처럼 벌리지 않는 것이었다. 그렇다고 한국으로 돌아가도 이미 휴학 신청을 했기 때문에 반년 동안 놀아야 할 상황이었다.

　일단 일은 저질러놓고 수습을 못 하는 상황에 놓인 나는 언니에게 SOS를 청했다.

　"학원에 다니면서 영어 공부를 해야겠는데 돈이 없어."

　언니는 배움을 중요시하는 사람이었다. 나와 같은 정보처리학과를 나와서 대입 대신 취업을 선택했고 일을 하면서 야간대학에서 공부했으며 벌어놓은 돈으로 4년제 주간 대학에 편입한 언니였다. 그런 언니는 나의 마음을 이해했고 어머니를 설득해주었다. 그렇게 내가 집에서 지원받은 금액은 200만 원. 몇 달 치 학원비는 일단 마련된 셈이었다. 이제 본격적으로 캐나다에서의 삶이 시작되었다. 오전에는 파트타임으로 어학원에 다니고 오후에는 집에 와서 복습과 숙제를 하고 저녁에는 아르바이트하며 돈을 벌었다. 두 번째 아르바이트를 했던 곳은 손님도 좀 더 많고 팁도 더 많아서 절약해서 쓰니 생활비, 학비를 충당하고도 저축을 할 수 있었다.

누구에게는 그 200만 원이 그리 큰돈이 아닐 수도 있다. 하지만 그 당시 나에게 200만 원이라는 돈은 캐나다에서 더 버틸 수 있느냐 혹은 한국으로 돌아가느냐를 결정하는 너무도 큰 가치를 가진 돈이었다. '왜 우리 집은 나를 유학 보낼 형편이 못 되지?'라고 불평하는 대신 '그래도 200만 원을 부모님께 받을 수 있어서 해외에서 첫 독립을 시작할 수 있는 밑바탕이 되었으니 정말 감사하다'는 마음을 갖게 되었다. 수많은 아르바이트를 하며 돈을 벌기가 쉽지 않다는 것을 일찍 깨달아서였을지도 모른다. 그리고 그해 8월 어머니, 아버지를 캐나다로 초대해서 함께 여행했다. 초반에 지원받았던 200만 원 이상을 부모님과 함께 여행하는 동안 썼는데, 우리 부모님은 15년이 지난 지금도 그 당시 캐나다 여행이 최고였다고 말씀하신다. 생각해보면 내가 보내드린 여행도 아니다. 나는 학비로 받았던 돈을 여행경비로 돌려드린 셈이었고 항공비는 언니 오빠들이 돈을 모아서 지불했다. 그렇게 그분들의 기억과 추억 속에는 자녀들이 해외여행 한 번도 못 해본 부모님을 생각해서 마

런해준 여행이었다. 자녀들의 따뜻한 마음과 캐나다의 아름다운 추억을 간직하고 계신 것이다. 다행이다. 나의 마음이 모두 부모님께 전해져서.

그렇게 나는 1개월 계획으로 갔던 밴쿠버 여행을 8개월로 연장할 수 있었다. 그 기간 중 5개월 동안은 영어학원에 다니고 저녁 시간에는 아르바이트를 했다. 나머지 3개월 동안은 아르바이트와 여행으로 밴쿠버 라이프의 첫걸음을 내디뎠다. 밴쿠버에서 생활하는 동안 식당 영어 표현도 배우고, 틈틈이 손님들과 영어로 대화도 나누고, 현지 캐나다인 룸메이트를 구해 최대한 학원에서 배운 것을 활용했다. 집에서는 무조건 영어 방송을 보고 영어 팝송을 따라 부르려고 노력했다. 미국 배낭여행을 하면서도 영어를 많이 활용했다. 그렇게 5개월 동안 파트타임으로 영어학원에 다녔지만, 나는 1년 넘게 풀타임으로 어학연수만 했다는 학생들보다 더 자신 있게 영어를 구사할 수 있었다.

돈이 부족하면 용기와
진심은 더 크게

♦

　　　　　　　어학원에 등록하는 것도 평범하지 않았다. 빠듯한 돈으로 최대의 효과를 내야 했다. 그래서 어학원을 찾아가 유학원을 통하지 않고 직접 등록을 할 테니 수업료를 깎아달라고 요청했다. 결과부터 이야기하면 나는 학비를 깎았고 그 금액은 나의 한 달

치 생활비 정도 되는 큰돈이었다.

하지만 이야기를 듣고 섣불리 학원 가서 수업료 깎아달라는 요청을 하는 학생이 없기를 바란다. 유학원을 통하든 학생이 직접 찾아가 등록하든 수업료가 동일해야 하는 것이 원칙이다. 그래야 유학원들이 학원을 대신해서 홍보를 해주고 학생을 그 학원으로 보내서 수수료를 받을 수 있기 때문이다. 그것은 비즈니스 대 비즈니스의 약속이다.

나의 경우는 특별한 사정이 있어서 예외의 상황을 만들었던 것뿐이다. 우선 나는 나의 절박한 상황에 대해 원장을 직접 만나서 이야기할 수 있는 작은 규모의 학원을 골랐다.

"저는 너무너무 영어 공부가 하고 싶고 캐나다에 살면서 경험을 쌓고 싶어서 한국에서 다니던 학교까지 휴학하고 왔습니다. 그런데 공부는 하고 싶은데 생활비가 모자라 조금이라도 학비를 줄이고자 유학원을 통하지 않고 직접 찾아오게 되었습니다."

물론 처음 몇 번은 거절을 당했고 유학원을 통하거나 수업료 전액을 다 내야 한다는 딱딱한 대답이 돌아왔다. 하지만 나는 통장에 남은 잔고와 계산기로 내가 버는 돈과 지불해야 할 세목들을 계산해서 보여주며 나의 열정과 절박함을 다시 호소했다. 이해한다는 눈빛을 보며 원장의 마음이 조금 움직이는 것을 알 수 있었다.

그래서 나는 또 다른 설득의 기술을 동원했다. 누군가의 일방적인 이익을 위하고 단기간의 이익만을 위하는 말로는 설득하기가 어려워진다. 그래서 나는 이렇게 설득을 했다.

"저는 가족적이고 밝은 분위기의 이 학원에서 공부하고 싶습니다. 소

규모로 운영되는 이 학원의 시스템도 너무 훌륭한 것 같습니다. 이런 곳에서 공부하며 제 주변 친구들에게도 이곳이 얼마나 좋은 어학원인지 알리고 추천하고 싶습니다. 유학원을 통하지 않으니 학원에서는 유학원에 수수료를 줄 필요가 없으니 수익이 늘어나는 것이고 저 또한 유학원을 통하지 않으니 학원비를 절약할 수 있지 않겠습니까? 영어 공부를 꼭 하고 싶은 학생을 위한 자선활동 혹은 장학 프로그램으로 생각하시면 어떨까요? 그리고 이 얘기는 이 방을 나가면서 그 누구에게도 절대로 이야기하지 않겠습니다."

한 학생이 오면서 학원의 수익성이 늘고 학생 친구도 소개해준다니 장기적으로도 좋은 일이고, 학비 할인 장학 프로그램을 생각하면 좋은 자선 행사가 되는 것이고, 만약 유학원이 알게 될 경우 오해를 할 수 있으나 그것도 모두 비밀로 하겠다니 안정성도 있는 것이다.

하지만 그것을 논리적인 숫자로 접근하는 대신 나의 절박한 상황을 강조해서 이야기하며 감성적으로 호소했던 것이 통했다. 그리고 나는 그동안 다른 사람에게 그 일을 말하지 않았다. 그리고 지금도 그 학원 이름은 밝힐 수 없다. 약속은 약속이니까. 어쨌든 나는 그 당시 할인받은 금액으로 좋은 학원에서 좋은 교육을 좋은 가격에 받을 수 있었고 생활도 조금 더 여유로워졌다. 방법을 찾으면 이렇게 방법이 나온다.

지구 여행자, 레이첼

◆

캐나다에서 번 돈으로 LA를 배낭여행할 때의 일이다. 나는 할리우드 대로에 위치한 유스호스텔에 들어가 짐을 풀고 있었다. 벙커침대 4개가 있는 방이었는데 그 방에는 아무도 없었다. '4인실을 혼자 쓰게 되는 건가?' 하고 생각하고 있는데 금발의 건강해 보이는 키가 큰 여자가 들어왔다. 키가 얼마나 크던지 한참을 올려다본 것 같다. 서로 짐을 풀며 통성명을 하게 되었다. 그 여자아이는 20대 초반의 대학생으로 영국에서 살고 있었다.

"넌 어디서 왔어?"

그녀가 먼저 물어왔다.

"난 밴쿠버에서 몇 개월 있다가 한국 집으로 돌아가는 길에 LA를 여행하는 거야. 넌 영국 출신이라고 했으니까, 그럼 영국에서 미국으로 여행 온 거니?"

그런데 그녀는 내 예상을 뛰어넘는 대답을 했다.

"영국에서 미국으로 여행 온 건 맞는데 영국에서 출발해서 6개월 동안 지구를 한 바퀴 돌고 있는 중이야. 미국이 마지막 여행 국가이고. LA 여행을 마치면 다시 영국으로 돌아가."

'뭐라고, 지구를 돈다고?'

그때 배웠다. run around the world. 그 말은 곧 한국어로 세계여행을 뜻했다. 갑자기 동요 하나가 떠올랐다. '앞으로 앞으로 앞으로 앞으로 ~ 지구는 둥그니까 자꾸 걸어 나가면 온 세상 어린이를 다 만나고 오겠

네.' 그렇다. 지구가 둥글기 때문에 앞으로 계속 나가면 출발한 곳으로 다시 도착할 수 있다는 것을 잊고 있었다.

"지구를 돈다고? 그럼 어디를 여행했는데?"

깜짝 놀란 난 궁금증을 참지 못하고 물었다.

"응, 6개월 동안 여러 나라를 다녀왔어. 내 지도를 보여주는 게 편하겠다."

그 아이는 어머어마한 크기의 배낭가방 어딘가에서 작은 종이를 하나 꺼냈다. 그것을 펼치니 A4용지만 한 세계지도가 펼쳐졌다.

그 순간, 나는 그저 '아!' 하고 몇 초 동안 그냥 그 지도를 바라봤다. 그 지도에 있는 여러 도시에 점이 찍혀 있었는데 그 점들은 선으로 이어져 있었다. 그러다 보니 여러 길이의 지그재그 모양의 선들이 만들어져 있었다. 어떤 것은 거의 펼쳐진 지그재그 모양, 그리고 어떤 것은 폭이 좁은 지그재그 모양이었다. 신기하게 그 선들이 지구를 돌며 지구를 감싸고 있었다.

난 학생이 어떻게 그 많은 나라를 여행할 수 있는지 의아했다.

"그럼 여행 경비가 많이 들지 않아? 돈은 어떻게 마련했어?"

"1년 동안 아르바이트하며 번 돈을 다 모았어. 영국이 환율이 높으니까 다른 어느 나라를 가도 물가가 낮기 때문에 영국에서 돈을 벌어서 다른 나라를 여행하는 게 큰 장점이기도 해."

맞다. 한국에서 최저시급을 받는 아르바이트도 하다가, 캐나다에서는 시급 2만 원 정도까지 받아봤기 때문에 그 차이가 얼마나 큰지 짐작할 수 있었다. 그러니 영국이라면 학생이라도 스스로 일해서 충분히 여행 경비를 마련할 수 있는 조건이 되는 곳이었다.

나는 스스로에게 말하고 있었다. '지구본을 펼쳐놓은 듯한 세계지도에 언젠가는 나도 이렇게 선을 긋고 싶다. 지구는 둥그니까 지구를 돌며 여행할 수 있는 것이구나, 나와 같은 대학생인데 이 친구는 벌써 세계여행을 혼자 다니고 있구나. 그게 가능한 것이구나!'

나는 갑자기 그녀가 너무 궁금해졌다.

"네 이름이 뭐라고 했지?"

"응, 레이첼이라고 해."

그녀의 이름은 그 당시 내게 생소했지만 참 예쁘게 들렸다.

"레이첼? 스펠링이 어떻게 되는데?"

그녀는 내 수첩에 또박또박 이렇게 적어주었다. RACHEL.

"사람들이 종종 Racheal과 혼동하기도 하는데 내 이름은 Rachel이야. 뒤에 a가 없는 레이첼이지."

그날 이후, 나는 나의 영어 이름을 결정했다. 레이첼. 그 Rachel이다. 그녀의 생기 넘치는 눈빛과 여행하면서 건강하게 탄 구릿빛 피부가 아직도 생생하다. 그녀를 다시 만난다면 나는 이렇게 이야기해주고 싶다.

'너를 만난 후 여행이란 것이 그리 어렵지 않다는 것을 배웠어. 너의 여행 이야기를 들으며 감동과 흥분을 느꼈던 밤이었지. 그리고 너의 이름이 예뻐서 그때부터 나의 이름은 레이첼이 되었고 이젠 그 이름에 더 익숙해졌어. 여행자였던 레이첼을 만나 지구 여행자의 삶을 살고 있는 레이첼이 된 거지.'

회사를
면접 보라

구직 면접,
많이 보는 게 능사다

♦

항공 승무원을 꿈꾸던 적이 있었다. 영문 이력서와 영어 면접 준비를 하고 있을 때 외국계 기업에 근무하고 있던 언니의 친구는 이런 조언을 했다.

"떨어지는 것 걱정 말고 무조건 면접 기회를 만들어서 영어 면접을 많이 보는 게 답이야. 돈 드는 것도 아니고 처음에는 긴장하고 말도 잘 안 나오지만 계속 면접을 보다 보면 실력이 늘고 그러다가 합격하게 되는 거야."

이 조언을 면접 준비를 할 때면 항상 명심했고, 지금은 나도 누군가에게 조언해줄 때 이 부분을 꼭 강조한다.

"어디가 되었든 무조건 영어 면접 많이 보세요."

항공 승무원 시험에 여섯 번 정도 떨어졌던 것 같다. 나는 예상 질문과 대답을 계속 반복해서 연습한 다음 면접을 보았고 예상 질문이 머릿속에 있으니까 다음 면접에서는 대답이 점차 자연스러워졌다. 외항사 시험도 보면서 영어 면접도 동시에 연습했다.

그렇게 면접을 계속 보고 계속 떨어지며 면접장에서 여유가 생기기 시작했다. 그리고 글로벌 회사인 크루즈 회사에 면접 기회를 얻게 되었다. 본사는 말레이시아에 있었고 마케팅 부서는 싱가포르에 있는 회사로서, 북미 지역에서 네임 밸류가 있는 크루즈 회사를 합병해 전 세계에 지점을 둔 규모가 큰 글로벌 회사였다. 그곳에서 면접을 본 후 믿지 못할 일이 생겼다. 전 세계 크루즈로 보내질 몇십 명의 크루를 뽑는 공채 면접이었는데 그곳에서 나는 당당히 면접 1등을 차지했다. 사람 일은 이렇게 알 수 없는 것 같다. 계속 면접 실패를 경험하던 내가 합격이라니, 그것도 면접 1등이라니!

승무원 시험을 준비하며 갈고닦은 면접 기술을 글로벌 기업 외국인 면접관 앞에서 유창히 발휘하게 될 줄 누가 알았겠는가? 느낌이 확실히 다른 면접이었는데, 딱딱한 항공사 면접 분위기가 아니라 자연스럽게 원어민과 이루어진 면접이었다. 그런 크루즈 회사 면접이 내가 가지고 있는 밝은 성격을 잘 드러내주고, 준비해온 예상 면접 질문과 대답들을 200퍼센트로 활용할 수 있게 해주었던 것 같다. 승무원 면접 때는 의식적으로 자연스러운 미소를 만들려고 노력하니 볼에 작은 경련이 생기기도 했다. 신기한 사실은 나는 원래 웃는 인상이고 웃음도 많은 사람인데 승무원 면접에서는 그런 내 본연의 모습을 보여주지 못했다는 것이다. 아니, 그렇게 안 되었던 것이다.

그리고 나는 여러 명의 지원자들과 함께 나란히 앉아서 보는 면접에는 정말 자신이 없었다. 그런 패널 인터뷰에서 늘 떨어진 이유가 바로 그 분위기를 어색하게 받아들여서인 것 같다. 5분 만에 끝나는 인터뷰는 아직도 자신이 없다. 나는 긴 면접이 훨씬 잘 맞는다. 그리고 다행히 해외에서는 보통 1시간씩 면접을 본다. 나에게 면접 시작 5분은 분위기 익히며 면접 워밍업하면 끝나는 아주 짧은 시간이다. 그 안에서 내가 나를 얼마나 잘 표현하고 보여줄 수 있을까? 그래서 나는 5분 정도의 짧은 시간만 주고 패널 인터뷰를 하는 회사들이 이해가 가지 않는다. 어떻게 그 사람을 그 짧은 시간 안에 판단할 수 있는 것일까?

그래서인지 면접 분위기가 달랐던 글로벌 크루즈 회사 면접 때는 그런 나의 모습을 모두 보여주고 내가 가지고 있는 생각, 내가 하고 싶은 것을 모두 막힘 없이 말할 수 있었다. 면접을 마친 후에도 만족스러웠던 면접이었다. 그렇게 자신에게 궁합이 맞는 면접 분위기, 면접관, 회사가 따로 있는 것 같다. 실패를 거듭했던 나에게도 합격의 기회가 그렇게 찾아온 것이다. 그것도 영어로 면접을 보고 글로벌 회사에 합격한 것이다.

원래는 크루즈 승무원으로 크루즈 고객의 입출입을 관리하는 포지션이었는데 면접에서 1등을 한 뒤, 서울 지사에서 사무직을 모집한다는 소식을 접하고 그곳으로 지원을 할 수 있는 특혜를 받게 되었다. 그 후 서울 사무실에서 지사장님의 면접이 한 번 더 있었고 어렵지 않게 글로벌 회사 서울 지사에 합격하게 되었다.

보통 서울 지사 사무직 직원을 모집할 때는 실장님이 1차 면접을 본후, 최종 면접을 지사장님이 보는데 면접에서 1등을 했다는 이유로 본사 HR 면접과 실장님의 면접을 패스하고 바로 지사장님과의 1 대 1 면접만으로 합격하게 된 것이다. 인맥 없는 낙하산이라고 해야 할까?

캐나다에서 지냈던 기간 동안 휴학했기 때문에 다른 동기들보다 졸업이 한 학기 늦었지만, 마지막 학기가 시작되면서 바로 취업을 하게 되었다. 모든 것이 순조로웠다. 원하는 대로 준비한 대로 풀리는 것 같았다. 나의 생애 첫 직장은 내게 자신감과 큰 기대를 안고 사회생활을 출발할 수 있도록 해주었다.

사회생활 이런 건가?

♦

하지만 안타까운 현실은 그것들이 오래 지속되지는 못했다는 것이다. 얼마 전 김수영 작가님의 블로그에서 읽었던 김미경 스타 강사님의 말이 떠오른다.

"복이 들어올 때는 화가 세트로 들어오는 겨."

내 생애 절정기인 것 같았던 그때가 아마도 내 인생에서 나 자신이 낙오자 혹은 루저로 보였던 우울한 시기였던 것 같다.

회사의 실세였던 실장님의 면접을 받지 않고 합격한 나는 첫날부터 실장님의 눈 밖에 나게 됐다. 유치하지만 어쩌겠는가. 그분이 사무실에서 가장 오래 일했고 가장 많이 일하고 가장 영향력이 있는 사람인걸.

지사장님과 오랫동안 일을 해온 오른팔인걸.

나의 첫 직장 경험은 그렇게 냉동실 같은 분위기 속에서 시작되었다. 영어 면접을 잘 봤으나 실전에서 영어로 업무를 보기에 나의 실력은 부족했고, 처음 다뤄보는 프로그램이나 Outlook도 익숙해지는 데 시간이 걸렸다. 말레이시아, 싱가포르 직원들과는 내선 번호만 누르면 연결되니 공간은 멀어도 실제 업무는 옆 부서 사람들과 일하는 것처럼 느껴졌으며 익숙하지 않은 싱가포르와 말레이시아 발음과 악센트에 진땀을 흘렸다.

그렇다고 익숙한 미국 발음을 가지고 있는 미국 직원들과의 대화가 백 퍼센트 이해되는 수준도 아니었으니, 발음 때문에 이해를 못 한다는 것도 이유가 되지 않았다. 나는 세일즈 팀 보조 업무도 했기 때문에 과장님이 자리를 비우셨을 때 대신 메시지를 남기는 정도였는데도 버거움을 느꼈다.

'아! 이것이 나의 영어 한계인가?'

하지만 그런 것들은 노력하면 극복할 수 있는 것들이었다. 완벽히 이해 못 하면 이메일로 보내줄 수 있는지 정중히 요청하면 된다. 방법은 찾으면 있었다. 물론 번거롭기도 하고 창피를 무릅써야 하지만 일이 될 수 있도록 만들면 되는 것이었다. 그리고 업무에 익숙해지면서 용어들이나 발음도 자연스레 익숙해졌다.

하지만 문제는 그 싸늘한 실장님께서 내 이름을 부르기만 하면 가슴이 벌렁거리는 것에 있었다. 서투른 업무 처리를 두고 훈계를 들을 때면 나의 자신감은 바닥을 지나 지하 깊숙이 떨어지고 있었다. 마음이 불편하니 일에 집중이 안 되고, 혹시 또 나를 부르지는 않을까 하는 긴장의 연속이었다.

"이게 왜 이렇게 된 거야?"

실장님이 쏘아붙이면 내 목소리는 개미 목소리가 되었고 실수할까 봐 조심스럽게 업무 처리를 하다 보니 속도가 느리다고 꾸지람을 들었다. 그러니 번역과 같은 시간을 요하는 일은 집에까지 일거리를 싸들고 왔다. 영어로 된 회사 팸플릿, 크루즈 홍보 자료, 고객 안내 책자 등을 모조리 읽어보기를 한 달 넘게 했다.

하지만 안 되는 것은 안 되는 것인지 업무에 능률이 오르지도 않고 그 실장님만 보면 떨렸다. 회식으로 노래방에 가서 노래를 부르다 노래마저 잘 나오지 않고 분위기가 다운되는 것 같아 1절만 부르고 끄자, "부르다 말고 왜 끄니?" 하며 쳐다보는 실장님의 눈빛이 "넌 애가 왜 그러니?" 하는 말처럼 들렸다. 밤에 꿈을 꾸면 그 실장님이 나와서 괴롭혔고, 밀린 업무를 시간 내에 처리하지 못해서 꾸지람을 듣는 악몽을 꾸곤 했다.

그 실장님이 나를 처음부터 싫어했던 것인지 내가 일을 못하고 눈치가 없어서 그런 것인지는 지금 생각해보면 확실하지 않다. 아마 둘 다였을지도 모른다. 하지만 그 당시에는 이유 없이 나를 미워한다고 생각했고 그분의 눈빛, 그분의 목소리만 들어도 긴장해서 굳어버리고 말았다. 그렇게 나는 자존감도 잃고, 자존심도 잃어가며 일하고 있었다.

거기에 결정적인 사건이 생겼다. 바로 한국 지사장의 횡령을 목격하게 된 것이다. 더 충격인 것은 그것이 일회성이 아니라 지속적인 비리라는 사실이었다. 그 사실을 알게 된 후, 더 이상 내가 일하고 있는 한국 지사에 미래가 보이지 않았다. 어디 그뿐인가. 극심한 스트레스 가운데 어거지로 버티고 있는 나의 미래 또한 보이지 않았다.

'내가 이런 곳에서 일해야 하나? 이런 곳에서 배울 게 있을까? 어떻게 지사장님은 대놓고 저런 행동을 하고 나쁜 일들은 밑에 직원들에게 시킬까?'

머리가 복잡해졌다. 내가 일을 못하고 실장님의 마음에 들지 못하는 것은 이제 두 번째 문제가 되었다. 그곳에서 범행의 현장을 목격하고도 경찰에 신고하지 않는 양심 없는 목격자가 되는 기분이었다. 그래 '똥이 무서워서 피하냐 더러워서 피하지'라고도 생각했지만 솔직히 그들이 무섭기도 했다. 순수한 사회 초년생이 감당하기에는, 그것을 바로잡기 위해 반발을 하기에는 너무 큰일들이었다.

그렇다면 본사에서는 아무것도 모르고 있었을까? 어떤 이유에서인지 본사에서 임원 한 명을 파견 보냈다. 한 달 동안 서울 사무실로 출근했지만 어찌된 일인지 오히려 그 사람이 잘리고 말았다. 솔직히 말도 안 되는 상황이었으나 누가 보아도 그 상황은 순진한 본사 임원이 한국 지사장에게 밀려 잘리게 된 것이었다. 세상에 그런 일도 일어난다는 것을 배웠다. 미국 시민권자로 미국 유학파 출신 한국 지사장님은 일보다 말을 잘하고, 회사보다 개인의 이익을 챙기고, 실무보다는 횡령을 위한 접대 모임에 다니느라 사무실에서 얼굴을 마주할 일이 별로 없었다. 그리고 진짜 일은 똑똑하고 일 잘하는 실장님이 다 하고 있었다. 내가 자라며 배운 것은 권선징악인데, 지사장님은 외제 차를 몰며 수많은 재산을 축적하고 있었다. 그 지사장님은 나에게 핑크빛 사회생활의 모습을 시

커먼 흑색으로 재탄생해 보여주었다.

　사회 정의를 위해서, 나의 정신건강을 위해서 그리고 나의 미래를 위해서 나는 입사 3개월 차에 퇴사를 결정했다. 어마어마한 마케팅 비용을 한국 지사에 쏟아부었던 본사는 내가 퇴사한 후 7개월 후에 사무실 철수라는 극단의 결정을 내렸다. 참으로 안타까운 결과였다. 한국 시장성을 잘못 판단해서가 아니라 본사의 시행착오로 올바르지 못한 지사장을 채용한 것이 문제였다. 내가 7개월을 그곳에서 더 버텼다면 레이오프를 당하게 되어 본사로부터 6개월 치 월급을 받고 퇴사하게 되었을 것이다. 그 회사는 그만큼 큰 회사, 좋은 회사였다. 하지만 내가 속해 있는 한국 지사에까지 그 좋은 시스템이 영향을 뻗어 나가지 못한 것이다. 레이오프 소식과 6개월 치 월급에 대한 이야기를 들었을 때 잠시, '그냥 몇 개월 더 버텨볼 걸 그랬나?' 하는 생각이 스쳐갔다. 하지만 몇 초 후에 나온 나의 대답은 동일했다. '더 나은 나의 미래를 위해서 그때 회사를 그만두길 백번 잘한 거야!'

모두를 이해시킬 수 없다면
결과로 이해시키자

◆

　　　　　　　내가 두 번째로 다닌 곳은 무역회사였다. 그리고 결론부터 빨리 이야기하고 싶다. 세상에는 나의 첫 직장이었던 곳처럼 부정부패에 얼룩진, 냉장고 같은 사람들만 있는 것이 아니었다. 빛 좋은 개살구를 빨리 알아보고 떠나길 잘한 것이다. 왜냐하면 나는 두 번째 회사에서 나의 큰 잠재력과 능력, 그리고 앞으로의 인생 계획과 방향을 다시 잡을 수 있었기 때문이다. 일 못하고, 눈치 없고, 주눅 들어 지내던 미운 오리새끼 같았던 신입사원이 두 번째 직장을 통해 나는 잘할 수 있는 일, 즐겁게 할 수 있는 일을 찾아 물살질을 배우는 어린 백조로 재탄생했다.

글로벌 회사를 떠나 내가 선택한 곳은 서울 강서구 염창동이라는 이름도 생소한 곳에 위치한 무역회사였다. 대중교통을 이용해서 출근할 수도 없는 먼 거리에 있는 곳이었다. 회사를 처음 방문했을 때의 인상은 어둠침침하고 작은 사무실로 남아 있다. 당시에는 총 6명의 직원이 근무하고 있었고, 회사가 김포시로 곧 이전한다고 했다. 사업을 확장해서 2층 신축 건물로 이전하는 것이며 회사 부지가 넓다는 설명도 들을 수 있었다.

입사 후 짐을 옮겨주기 위해 오빠와 아버지가 김포로 찾아오셨다. 그리고 오빠는 내가 다니는 회사를 보자 이렇게 말했다.

"너는 집 놔두고 이런 곳에 와서 왜 혼자 생고생하려는 거야? 건물도 간이건물 같고……."

그리고 아버지는 아무 말씀도 없으셨다.

나름 그 동네에서 맛있다는 밥집에 가서 갈치 정식을 시켰다. 그런데 이상하게 오빠가 밥을 많이 먹지 못했다. 그리고 아버지의 침묵은 계속됐다. 나중에 들은 이야기가 나를 보며 가슴이 울컥해서 밥을 잘 먹을 수가 없었단다. 오빠가 나를 이해 못 하듯이 나도 당시 오빠를 이해 못했고, 내가 선택해서 가고 있는 길에 대해 이해시키지도 못했다.

그 당시 나에게 오빠와 식구들의 의견은 중요치 않았다. 아니, 귀에 들어오지도 않았다. 내가 다른 사람들에게 어떻게 비쳐지든 나는 글로벌 인재의 소양을 배우며 멋지게 일하고 있었고 나의 성장을 하루하루 느끼며 살아가고 있었기 때문이다. 이전 회사처럼 서울 중심가에 위치한 깨끗한 고층빌딩에 있는 사무실이 아니어도 상관없었다. 나는 이미 그런 곳에서 일을 해보았고 빛 좋은 개살구는 내 인생에 의미가 없다는 것을 배웠다.

때로는 이렇게 내가 원하고 내가 옳다고 생각한 판단을 주변에서는 이해하지 못할 수도 있다. 하지만 내 안의 소리에 귀를 기울이고 경험에 비추어 보아 스스로의 판단에 자신이 있다면 더 이상 이해를 시키기 위해 애쓰지 않아도 된다. 결국 결과로써 이해시킬 수 있으니까. 결과로써 다른 사람들을 이해시키기까지는 몇 년이라는 시간이 걸렸다. 그때는 내가 쌓은 경력으로 미국에서도 직업을 얻을 수 있다는 것을 보여준 시점이기도 했다.

일은 나의 취미,
친구, 공부, 밥벌이다

♦

작은 무역회사에 다녔지만 나는 일이 너무 즐거웠고 재미있었고 성취감을 느낄 수 있었다. 외국인들과 일을 하며 영어를 계속 활용할 수 있고 해외 출장을 갈 수도 있다는 생각에 무역회사에 입사한 것이었는데, 그것들은 현실이 되었다. 그 시절, 나는 아침 9시에 출근하여 저녁 9시에 퇴근하는 것이 보통이었다. 무역회사 특성상 급한 일이나 시차로 인해 밤이나 주말에 통화를 해야 하는 일이 자주 있었다. 다행히 집에서 걸어서 5분 정도 되는 거리에 회사가 있었기 때문에 2년 넘게 일을 했지만 체력적으로는 크게 지치지 않았다. (회사가 집에서 가까운 것은 정말 중요하다.)

회사는 김포에서도 외곽에 위치해 있어서 마을버스도 자주 안 다니는 곳이었다. 급하게 볼일이 있으면 회사 자동차 중 트럭이든 승용차든 SUV든 회사에 세워져 있는 차를 이용할 수 있었다. 하루는 1종 보통 트럭을 몰고 은행을 다녀오는 길이었는데 20대 초반의 여자가 트럭을 몰고 다니는 모습이 안쓰러워 보였는지 회사에서는 나를 위해 소형 자동차 한 대를 더 사다 놓기로 결정했다. 물론 중고 프라이드였지만 나의 발이 되어준 차였다. 지금 생각해보면 나는 그 당시에도 주변의 시선을 그다지 신경 쓰는 성격이 아니었나 보다.

내가 이런 작은 무역회사를 선택한 이유가 무엇이었을까? 무엇이 그렇게 재미있었고, 무엇이 나 자신을 자랑스럽게 느끼도록 했던 것일까?

그곳은 첫 면접부터 남달랐다. 인사과 직원이 상투적인 말투로 면접 날짜를 알려주는 방식이 아니었다. 어느날 아침, 회사에서 근무하고 있는데 전화가 왔다. 짧은 통화일 것으로 예상하고 화장실로 들어가서 통화를 하는데 이것저것 한참을 물어보더니 면접을 하고 싶다고 했다. '왜 이렇게 구체적으로 계속 질문을 하지?' 하는 생각이 들었지만, 열심히 그리고 밝은 목소리로 모든 질문에 성실하게 답했다. 외국식으로 말하면 그것은 전화 인터뷰였던 것이다. 나중에 알고 보니 전화를 주신 분이 그 회사 사장님이셨다.

이력서만 훑어보고 지원자들을 대거 모집해서 여러 명씩 앉혀놓고 몇 분 안에 끝내는 면접에 몇 번씩 고배를 마시고 나서 그런지 유선상으로 나에 대해 길게 소개한다는 것이 조금 낯설긴 했지만 나쁘지는 않았다. 결국 나는 그 중소기업에서 면접 기회를 잡을 수 있었다. 그런데 면접 날짜도 전화를 준 바로 그 당일에 가능하냐는 것이었다. 오늘은 자율 복장으로 출근하기 때문에 캐주얼을 입고 있다고 했지만 상관없다고 했다. 그렇게 나는 퇴근을 하고 청바지 차림으로 면접장을 향했다.

사장님과 차장님이 참석한 면접이었다. 전화 인터뷰부터 1, 2차 면접을 하루에 모두 끝낸 느낌이었다. 왜냐하면 전화 인터뷰를 포함하면 약 3시간 동안 이어진 면접이었기 때문이다. 한국식 면접처럼 자라온 환경부터 전공, 경험 등을 물었고 그 후 해외 면접 방식인 Behaviour Interview와 Situational Interview(심층 면접) 방식으로 면접을 또 보았던 것이다. Behaviour Interview와 Situational Interview 방식이란 어떤 상황이나 문제가 놓이고 그것을 어떻게 해결해나갈 것인지 혹은 과거에 그것을 어떻게 처리했었는지 질문하는 방식이다. 대답을 통해 그 사람의 판단, 해결 능력과 과거의 경험들을 알아볼 수 있는 면접 방법이다.

나도 면접을 보았을 당시에는 Behaviour Interview라는 것이 무엇인지 몰랐다. 해외 경험을 가지고 계셨던 사장님께서 그 면접 방식을 알고서 그런 면접 방식을 채택하신 것인지, 아니면 사장님 나름의 면접 방법이 해외 Behaviour Interview 방식과 동일한 것이었는지 알 수는 없지만, 그 당시에는 너무도 생소한 질문들이었고 그런 질문에 대비한 상태도 아니었지만 긴 면접 시간 동안 편하게 이야기할 수 있으니 내가 가지고 있는 모든 생각이 자연스럽게 정리되어 입 밖으로 나왔다. 내가 어떤 사람이며 어떤 잠재력이 있는지 충분히 보여줄 수 있는 시간이었다. 정말 신기한 면접이었고, 내가 본 면접 중 가장 긴 시간이 걸린 면접이었으며, 내가 만족한 면접이었다.

나의 인터뷰를
통과한 회사

♦

　　　　　　나는 회사가 나를 면접 볼 때 나도 그 회사를 면접 보았다. 회사의 방향, 미션, 분위기, 열정 그리고 사장님의 비즈니스 마인드가 좋았다. 최소한 나라는 사람에 대해 관심을 갖고, 시간을 내주었으며, 이야기를 들어주었다. 그리고 내가 생각하지 못했던 많은 질문들로 내가 가지고 있는 성향과 생각들을 스스로 알 수 있게도 해주었다. 작지만 신뢰가 갔고, 많은 것을 배울 수 있을 거라는 큰 확신과 기대감이 생겼다.

　그렇게 그 회사는 내 인터뷰를 통과했다. 내가 통과시킨 첫 번째 회사이니 나 또한 어찌 애정이 가지 않을 수 있겠는가? 내가 설립

한 회사 같은 마음으로 일을 하고 있는데 나 자신이 어찌 자랑스럽지 않겠는가?

그 당시 나는 영문과를 졸업하긴 했지만 사람들이 잘 모르는 지방대였고, 변변한 토익 점수도 없었다. 그나마 회화는 약간 하는 정도의 실력을 갖고 있었다. 그런데 그 회사는 왜 나를 선택했을까? 사회 경력이라고는 거의 없던 나였지만 열정과 배우고자 하는 간절한 마음과 살아 있는 눈빛과 의욕이 넘치는 태도 때문이 아니었을까? 혹은 남들이 꺼리는 지역에 위치한 작은 회사였기 때문에 내가 선택되었던 것일까? 어찌 되었건 그렇게 회사는 나를 선택했고 나도 그 회사를 선택했으며 그곳에서 나는 정말 많은 것을 배워나갔다. 그리고 늘 내가 이 회사의 주인이며 사장이라고 생각하며 업무에 임했다. 늘 진정성을 가지고 따뜻한 마음과 진심으로 사람들을 대했고 일에 몰두했던 시간이었다.

주중에는 실무를 배우고 주말에는 한국 무역협회 무역 아카데미를 다녔으며 틈틈이 무역 실무와 관련한 책들도 읽었다. 그렇게 실무와 이론을 병행하며 무역 실무에 익숙해지기까지는 그리 오랜 시간이 걸리지 않았다. 곧 구매, 협상, 사고 처리 능력을 배울 수 있었다. 무엇보다 내게 가장 크게 다가왔던 것은 무역이라는 것을 처음부터 끝까지 모두 경험할 수 있었다는 사실이었다.

대기업 무역부 출신인 사장님은 이렇게 다양하고도 폭넓게 일을 배울 수 있는 것이 바로 중소기업에서 일하는 장점이라며, 그렇게 배워두면 나무만을 보는 것이 아닌 큰 산을 보며 일을 할 수 있어 일이 더욱 재미있어진다고 말씀하셨다. 그리고 그 말씀이 맞았다. 그 당시 나에게 일을 한다는 것은 취미이며, 친구이며, 공부이며, 밥벌이였다. 취미생활을 하듯 늘 흥미로웠고, 친구를 만나듯 재미있었고, 공부하듯 늘 배울 것이 많았으며, 무엇보다 돈을 벌면서 그런 모든 것들을 할 수 있었기에 더욱 좋았다.

그래도 공부는
해야 한다

해외 취업을 위한 스펙
그 이상의 실력

◆

한국에서 경력을 쌓고 해외로 나오려는 사람들에게 나는 나의 첫 직장, 아니 두 번째 직장이었으나 첫 직장 같았던 무역회사에서의 경험을 강조하고 싶다. 외국에 나오면 한국에서 말하는 스펙보다 더 중요한 것이 있다. 그 사람이 진정 무엇을 할 수 있는가이다. 그것이 그 회사에 어떤 영향을 주고 얼마의 이익을 창출할 수 있느냐 하는 것이다. 다시 말해, 업무를 얼마큼 제대로 알고 어떤 실력을 갖추고 회사에 어느 정도 기여할 수 있느냐는 것이다. 그렇기 때문에 한국에서 경력이 전혀 없는 사람보다 경력이 있는 사람들이 같은 분야로 해외 취업을 하기가 조금 더 수월할 수 있다.

한국에서 요구하는 스펙, 해외에서는 멋지게 무시해도 좋다. 한국에서 어느 학교를 졸업했는지는 중요하지 않다. 서울대를 나왔거나 지방대를 나왔거나 외국인이 볼 때는 한국에 있는 대학 중 한 곳일 뿐이다. 토익 점수도 필요 없다. 영어로 실무를 처리할 수 있을 정도라는 것을 보여줄 수 있으면 된다. 그 영어 실력은 전화 인터뷰와 면접에서 여실히 드러난다. 토익 만점을 받은 사람도 전화 인터뷰 때 제대로 대답을 못하면 아무런 소용이 없다. 토익은 자신의 영어 실력을 향상시키는 방법 중 하나인 것이지 해외에서는 아무런 스펙이 되지 못한다.

2년 정도 무역회사에서 일하면서 나는 무역 전문가가 되었다고 감히 말할 수 있다. 작은 회사였기 때문에 한 파트를 깊이 있게 알지 못하더라도 폭넓게 배울 수 있었다. 일단 폭넓게 전 과정을 배우고 나니, 더 깊이 알고자 할 때는 그것을 집중적으로 공부하면 된다는 것도 배울 수 있었다. 중요한 것은 산을 보는 것이다. 무역에서는 물류 흐름을 보는 것이고 구매에서는 long term win win business(장기적인 상생 비즈니스)를 생각하며 일을 대하는 것이 중요하다.

내가 어떤 회사에 다녔느냐보다 내가 어떤 일을 얼마만큼 할 수 있느냐가 진짜 실력이다. 그리고 해외에서는 그 실력이 무엇보다 중요하다. 물론 이름만 들으면 누구나 알 수 있는 글로벌 기업의 한국 지사에서 일했다면 큰 장점이 될 수 있다. 해외에서 인지도가 있는 한국 대기업에서의 경력이 이름을 알 수 없는 곳에서의 경력보다는 더 많은 관심을 받는 것은 당연한 일이다. 하지만 가장 중요한 것은 본인의 실력이다. 그리고 그 실력을 커버레터, 이력서, 면접에서 얼마큼 잘 표현할 수 있느냐는 것도 또 다른 실력이 된다.

사회생활에서

배운 것들

♦

당시 나는 수출상을 찾는 일부터 송금 후 사후 관리까지 모든 절차를 주도적으로 처리했으며 거래처와 좋은 관계 유지, 가격 협상, 유통 경비 절감, 은행 수수료 낮추기, 통관 수수료 줄이기, 해상 운임 협상 등 그 회사에서 내가 안 해본 일이 없을 정도로 폭넓게 일했다.

그중에서도 내가 했던 주 업무는 무역, 구매, 유통이었다. 물건을 구매해서 수입절차를 거쳐 국내에 유통시키는 일이었다. 그리고 그곳에서 나는 내가 잘할 수 있는 것을 발견했다. 그것은 바로 협상이었다. 내가 말을 잘해서가 아니었다. 나는 상대를 이해하고 이해시키고자 하는 마음을 가지고 있었다. 함께 성장하고자 하는 선한 마음이 내 안에 선천적으로 내재되어 있었다. 그것에 열정과 추진력이 보태지니 언젠가는 멋진 비즈니스 우먼이 되고 싶다는 생각과 언젠가는 나의 사업을 하고 싶다는 꿈도 꾸게 되었다. 물론 그 당시에는 꿈일 뿐이었지만 20대 말에 나의 첫 사업인 유학원을 경영하게 되었으니, 꿈을 꾸는 것은 막연하더라도 매우 중요한 것 같다. 어떤 기회가 나에게 언제 다가올지 모르니! 연봉이 높고 안정적인 대기업에 입사해서 어떤 업무를 깊이 있게 배우는 것도 좋고 중소기업에 입사해서 폭넓게 도전적으로 일을 배워나가는 것도 좋다. 중요한 것은, 나의 삶의 방향과 내가 앞으로 하고 싶은 일이 현재 하고 있는 실무와 경력에 어떻게 연결될 수 있는가 하는 것이다. 실무로 탄탄하게 다져진 실력이 있다면 어느 곳에 가더라도 자신감 있고 당당하게 일을 할 수 있다. 단순하게 일을 하는 것을 넘어서 회사에 이익을 발생시켜주는 인재가 되는 것은 실력이 바탕이 된 자신감을 가져다준다.

나의 잠재력과 역량을 충분히 이해하고 나에게 기대와 비전을 안겨줄 수 있는 곳을 택하라. 그곳이 대기업이든 중소기업이든 상관없다. 신입사원 한 명에게라도 정성을 쏟아줄 수 있는 곳을 택하라. 회사 입장에서는 기껏 힘들게 교육시켜 놓았더니 일만 배우고 떠났다는 말을 할 수도 있다. 하지만 회사에 이익을 발생시킬 수 있는 무엇인가를 창출하고, 발전시키고, 안정화시켰다면 떠날 때도 감사와 격려를 받으며 떠날 수 있다. 열심히 배우고, 열심히 베풀고, 열심히 성장하라. 떠날 때 박수를 받지 못한다면 당신은 회사가 기대하는 만큼 충분한 성과를 내지 못한 것이다. 그렇다고 실망할 필요는 없다. 그것을 경험 삼아 다음 곳에서 더 잘하면 된다. 그리고 그것이 내가 사회생활에서 배운 것들이다.

실력이 아직 부족하다고 판단되면 욕심을 조금 줄이고 눈높이를 낮추는 것도 방법이다. 업무에도 플랜 A와 플랜 B가 있다. 대부분의 경우 두 가지 이상을 놓고 최상의 것을 선택하려고 노력하는 선택의 연속이다. 예를 들어 마케팅 플랜을 짤 때는 A, B, C 플랜뿐만이 아닌 위급 상황을 대비한 비상 시 계획Contingency Plan까지 짜놓는다.

그러니 인생에서 내가 짜놓은 플랜 A가 안 되면 플랜 B로 넘어가는 것이 그 시점에서는 최상이 아니더라도 최선의 선택이 될 수 있는 것이다. 예를 들어, 취업 준비생이 A회사, B회사에 모두 떨어졌다면 Contingency Plan 꺼내듯이 아르바이트라도 하며 가장 최선의 선택을 이어가면서 최상의 기회를 준비해나가야 한다.

꿈은 그대로 두세요

♦

　　　　　　　누구나 대기업만을 바라볼 때 알짜배기 중소기업을 찾을 수 있는 안목을 갖는 것도 좋다. 이상적이지 않은 업무 환경이라도 내가 좋은 환경으로 개선시키면 된다고 생각해보자. 구직 시 눈높이를 낮춘다는 것은 내가 가지고 있는 꿈의 높이를 낮춘다는 의미가 아니다. 내 꿈은 그대로 두되 처음 시작이 조금 낮거나 조금 어려운 환경이 될 수 있다는 것이다. 그것들도 자신의 꿈으로 가는 과정임을 잊지 말자.

내가 눈높이를 낮추었다고 회사를 낮추어 보아서도 안 된다. 나와 같은 보석을 발견하고 채용한 대단한 회사가 아닌가. 다시 말해, 그곳은 미래 발전성이 아주 큰 회사인 것이다. 물론 내가 눈높이를 낮추어서 입사했듯 회사에서도 눈높이를 낮추어 나를 뽑았을 수도 있다. 그러니 자만은 하지 말자. 내가 무엇인가 확실히 보여주었을 때 그 성과에 대해 인정을 받고, 나와 회사가 함께 성장해나가면 된다.

나의 경우 커리어 우먼, 더 나아가 글로벌 커리어 우먼이라는 꿈은 늘 바뀜 없이 그대로였다. 한국에서 누구나 선망하는 대기업에 입사원서를 내고 떨어진 경험도 있다. 유학파 인재들이 일하는 해외 마케팅 혹은 해외 영업부는 올려다볼 수도 없는 곳으로 여겼던 적도 있었지만, 그럴 때도 나의 꿈은 여전히 글로벌 커리어 우먼이 되는 것이었다. 꿈을 그곳에 그대로 두고 나의 상황과 실력에 맞춘 플랜 중 가장 최상의 것을 선택하며 걸어오니 재미있는 일이 벌어졌다.

캐나다에서 대기업 유통회사에 다닐 때의 일이다. 내가 관리하는 회사 중에는 이름만 들으면 누구나 알 수 있는 한국 대기업이 몇 곳 있었다. 그 기업들의 해외 마케팅, 해외 영업부 부장 또는 과장과 일을 해야 하는 업무가 있었다. 캐나다 회사이기 때문에 한국 기업이라고 해도 업무상 모든 서류와 이메일은 영어로 이루어져야 했고 그룹 미팅을 할 경우 당연히 모든 것은 영어로 진행되었다. 그들은 대부분 미국에서 고등학교, 대학교를 졸업한 유학파였고 나는 한국 토종파였다. 나의 주관적인 경험을 가지고 그들과 나의 능력을 비교하고 싶지는 않다. 하지만 내가 솔직히 말할 수 있는 것은 그들과 나를 비교했을 때 나는 참 여유가 있었다는 것이다.

그들은 해외 유학 후 한국으로 돌아갔고 나는 한국에서 공부한 후 캐나다로 나왔다. 재미있는 것은 그들은 나를 통해 그들의 제품을 캐나다 전역에 유통시키고 홍보하고 마케팅 플랜을 만들고 싶어 한다는 것이다. 갑을 관계로 본다면 나는 갑이고 그들은 을이 되는 것이다. 나는 갑을 관계를 따지고 갑이라는 위치를 남용하는 사람이 아니다. 갑을 관계에 크게 의미를 두지도 않는다. 회사가 있기에 내가 그 위치에 있는 것이고 그들은 나를 성장시켜줄 파트너라고 생각하기 때문이다. 하지만 내가 이야기하고 싶은 것은 나는 더 이상 나의 플랜 A에 한국 대기업을 올려놓지 않게 되었다는 것이다. 한국에서 한국 대기업을 다니는 것이 최고의 플랜이었던 적이 있지만 지금은 더 나은 조건에서 더 다양한 선택을 할 수 있는 플랜들이 준비되어 있기 때문이다.

올려다볼 수 없는 꿈이 있다면 그 꿈을 옆에서 볼 수도 있고, 뒤에서 지켜볼 수도 있고, 위에서 내려다볼 수 있는 옵션들이 있다는 것을 알게 되었다.

고등학생 때 이만큼 공부했더라면

♦

2년 넘게 무역회사 생활을 하다 보니 일은 익숙해졌다. 무역 업무 사무 보조로 입사했지만 그동안 많은 성과도 냈고, 나름 그 분야에서는 자신감도 생겼다. 그런데 나의 한계를 느낀 것은 아주 다른 상황에서였다. 무역을 하며 해외 출장도 가고 한국으로 출장을 오는 해외 수출회사 직원들도 만나게 되면서 어려움을 느꼈다. 그들과 만나면 일 이야기만 할 것 같았지만 실제 비즈니스 관계에서는 일에 대한 대화만 나누는 것이 아니었다.

일과 관련된 주제 이외에 오가는 대화 주제는 문화, 경제, 정치 등 매우 다양했다. 그리고 그런 이야기를 나눌 때 내 영어의 부족함을 느낌과 동시에 배경지식이 부족해서 대화의 흐름이 끊기거나 대화에 끼지 못한다고 느껴질 때 아직 내가 배워야 할 것이 많다는 생각이 들었다.

영어 실력을 향상시키면서 동시에 체계적인 배움이 가능한 곳이 어딜까 하는 생각 끝에 찾아낸 곳이 바로 국제대학원이었다. 김영삼 전 대통령 정권 때 글로벌 인재 양성을 위해서 처음으로 만들어진 국제대학원은 전국에 8곳 정도 있다. 해외에 있는 비즈니스 스쿨과 비슷한 커리큘럼으로 수업을 영어로 진행했고, 경제, 회계 원리, 국제 정치, 경영, 마케팅을 두루 배울 수 있었기 때문에 나에게 필요한 모든 것이 갖춰진 최고의 과정이었다.

대학까지 마치는 동안 공부하면서 스트레스를 받아본 적이 없던 나였다. 하고 싶어서 한 것이지 누가 시켜서 한 적은 없었다. 누군가 나에게 공부를 하라고 혹은 어떤 공부를 하라고 시켰다면 더 잘했을 것 같은 생각도 들지만, 굳이 공부하라고 등 떠밀지 않았음에도 불구하고 스스로 하고 싶다고 찾아나선 케이스가 바로 나다.

고등학생 때보다는 대학생 때 공부를 더 많이 했고 대학생 때보다는 대학원 다닐 때 공부를 더 많이 했다. 그리고 공부를 하며 효율적으로 공부하는 방법도 스스로 익혀갈 수 있었다. 고등학교 다닐 때는 취업 혹은 대입이라는 선택 때문에 대학에 가고자 하는 마음으로 공부를 했던 것이고, 대학생 때는 내가 선택한 길이기에 성실할 수밖에 없었고 무엇이든 배움의 기회가 있다는 것에 재미있었고 감사했던 시기였다. 그리고 대학원 다닐 때는 조금 더 자세히 내가 원하는 것과 배우고 싶은 것을 알고 선택한 진로였기에 그 또한 소중한 시간이었다.

그뿐만 아니라 회사에서 일하며 궁금했던 것들 그리고 고민했던 것들에 대한 해답을 찾는 경험도 하면서 대학원에 입학하기를 잘했다는 생각이 들었다. 시간이 지난 지금도 대학원 진학은 나를 위한 현명한 투자의 시간이었다고 생각한다.

버티고 나니 값진 시간들

◆

　　　　　　　나는 대학원에서 똑똑한 인재들을 많이 만날 수 있는 기회도 얻었다. 호주, 미국, 뉴질랜드, 중국, 베트남 등에서 학업을 마친 한국인과 외국인 친구들도 있었고 서울권 대학을 졸업한 학생들도 꽤 있었다. 대학원 수업은 학부 때와 비교할 수 없을 만큼 많은 학습량을 소화해야 했다. 생전 보지도 못한 경제, 경영, 국제관계, 회계 원서들을 매일 읽어야 했으며 3시간 연강 수업이 하루에 한두 개씩 있었다. 한 강의를 듣기 위해서 읽어야 하는 책의 양은 보통 두꺼운 원서의 세 챕터 이상씩 되었다. 그것 외에도 그룹 과제, 개인 과제, 퀴즈, 중간고사, 기말고사, 프레젠테이션 등 준비해야 할 것이 많은 과정이었다.

첫 1년은 아르바이트를 전혀 하지 못할 정도로 학습량을 소화하는 데 스트레스를 받았다. 물론 그것이 나 스스로에게 도전 의지를 북돋아 주기도 했다. 직장생활에서 느낀 한계를 극복할 수 있는 발전을 이루고 글로벌 소양을 갖추기 위해, 그리고 부족한 분야의 배경지식을 갖추기 위해 들어온 곳에서 나는 다시 한 번 나의 한계를 시험하고 있었다. 학교 근처 고시원에서 살았던 나는 학교와 집을 오가며 책과 매일같이 씨름을 했다. 경제적으로 여유가 있는 편이 아니었지만 학업을 따라가기 위한 시간적 여유는 더더욱 없었으므로 아르바이트는 꿈도 꿀 수 없었던 것이다.

나만 힘들었던 것일까? 경영학과 나온 친구는 자신은 모두 알고 있는 내용을 영어로 다시 공부하는 느낌이라며 별다를 것 없어 어렵지 않다고 했고 내가 밤새 읽어 온 두꺼운 원서를 대학원 도서관에서 만난 동기 언니는 30분 만에 다 읽고서 수업에 참가했다. 그 언니가 책의 내용을 다 이해했을까 하는 나의 의문을 깨고 그 언니는 교수님이 던지는 질문에 대답을 하는 것은 물론 이런저런 질문들까지 했다. 그 모습을 보며 밤새 나는 무엇을 읽고 예습해 온 것인가 하는 회의가 들어서 힘이 빠졌던 날도 많았다.

대학원에 들어가기 전까지는 '내가 남들보다 머리가 나빠도 남들이 한 시간 공부할 때 나는 세 시간 하면 돼'라고 생각하며 살아왔는데, 대학원에 들어오니 머리 좋은 사람들이 공부까지 열심히 했다. 내가 세 시간 공부할 때 그들도 세 시간 공부하는 것이다. 그러니 따라가기가 더욱 버거울 수밖에 없는 것이 당연했다. 열심히 해도 넘기 어려운 것이 있다는 현실을 그렇게 배워나갔다. 그리고 그것을 받아들였다. 그리고 그들과의 실력 차이를 인정했다.

내가 무사히 공부를 마쳤으니 이제는 말할 수 있는 사실이지만 학과 공부 중 한 과목은 도저히 따라가지 못해 F학점을 받기도 했다. 시간을 가장 많이 쏟으며 공부하고 시험도 모두 치렀음에도 불구하고 말이다.

그것이 필수 과목이 아니어서 얼마나 다행이었던가. 졸업 후 F학점이 성적증명서에 표시가 되지 않았으니 말이다.

나는 그런 학생이었다. 혼자서 열심히 공부하지만 딱히 눈에 띄는 학생도 아니었고 공부를 잘하는 학생은 더더욱 아니었다. 그런데 1년을 그렇게 공부하고 나니 원서를 읽는 속도가 스스로 놀랄 만큼 빨라졌으며 요점을 요약하고 머릿속으로 정리할 수 있는 기술도 생기게 되었다. 매시간 시험 보듯 수업에 임할 수밖에 없었던, 누군가에게는 어렵지 않은, 하지만 나에게는 너무도 버거운 시간도 차츰 그렇게 익숙해져갔다.

첫 1년 동안의 힘든 시간은 나에게만 해당되는 것이 아니었는지도 모른다. 입학할 당시 30명이 넘었던 학생 수가 학기마다 휴학하며 떠나 졸업할 때에는 동기 졸업생이 15명 정도밖에 되지 않았다. 절반 정도 되는 학생들이 개개인의 어떤 사정으로 중도 하차 혹은 포기를 한 것이다. 그리고 나는 끝까지 살아남았다. 살아남기 위해 버틴 것이 아니라 버티고 나니 살아남게 된 나의 대학원 생활!

좋은 점은, 그곳을 졸업하니 완벽하지는 않아도 경제 잡지에 나오는 기사를 주제, 요점, 맥락을 파악하며 읽을 수 있게 되었고, 뉴스에서 국제정치에 관련된 보도가 나오면 대충이라도 이야기하고자 하는 흐름을 읽을 수 있게 되었다는 것이다. 발표력도 생기고 지식 습득 능력도 생겼다. 특히 마케팅 수업은 일을 할 때 조금 더 체계적이고 논리적으로 접근할 수 있게 만들어주어 나에게는 매우 값진 시간이었다.

해외 취업, 무엇부터 준비할까?

해외 취업에 도전하면서 가장 힘든 것은 바로 영어와 비자였다. 영어는 새로운 분야를 배우게 될 때마다 늘 새로운 단어들이 생겨났다. 하지만 언어는 계속 쓰다 보면 는다. 그다음 힘들었던 것이 비자였다. 나는 관광비자, 워킹 홀리데이비자, 취업비자, 영주권비자를 모두 가져보았는데, 역시 영주권이 최고이다. 영주권이 있으면 더 이상 일할 수 있는 신분을 만들기 위해 취업비자 스폰서 회사를 구하기 위해 노력을 안 해도 되기 때문이다. 그때부터는 정말 실력으로만 현지인들과 경쟁하게 된다.

회사 생활에서는 큰 어려움이 없었다. 사람 사는 게 다 비슷하다는 생각이 더 많이 들었다. 회사 가면 비호감인 사람 꼭 한 명쯤 있고, 뭐를 해도 멋지고 예쁘고 성격까지 좋은 사람도 꼭 있는 법이다. 일 잘하는 사람, 일 못하는 사람, 빠른 사람, 느린 사람, 착한 사람 등등 사람은 다양하다. 호주, 미국, 캐나다 모두 그랬다. 내가 밝게 대하면 그들도 나에게 밝게 대하고 내가 한 가지를 챙겨주면 그들은 두 가지를 더 챙겨주려는 것도 똑같았다.

가끔 말을 잘 못 알아듣거나 업무 레벨이 나의 한계를 시험할 때면 '난 왜 이리 못하지, 왜 이렇게 느리지?'라고 스스로에게 말하며 자책하거나 바보같이 느껴질 때도 물론 있었다. 하지만 누구를 탓하겠는가? 난 네이티브가 아닌데 그 정도는 감수해야 한다고 생각했다. 영어 한마디도 못하고 해외 취업을 꿈에만 그리고 있었을 때와 비교하면 그쯤은 견뎌야 한다고 생각했다. 처음부터 완벽한 사람은 없다. 내가 잘 못하는 것이 문제가 아니고 내가 못하는 것을 알고도 노력하지 않는 것이 문제다. 그렇게 생각하고 노력하다 보니 어느덧 실력도 늘었다.

그런데 나중에 보니 말을 잘못 알아듣는 경우가 나에게만 있는 것도 아니었다. 네이티브끼리도 서로 커뮤니케이션 문제가 있을 때가 있었다. 그것이 꼭 영어를 이해하고 못하고의 문제만이 아닌데 내가 너무 영어에 과민반응을 보였던 것이다.

해외 취업을 위한 영어 수준

영어권 국가에서 취업을 하거나 글로벌 기업에 취업을 한다면 당연히 영어는 매우 중요하다. 기본적인 의사소통은 물론, 모든 업무를 영어로 볼 수 있을 정도가 되어야 한다.

그렇다고 너무 겁먹을 필요는 없다. 영어를 완벽하게 구사할 수 있을 정도의 실력을 쌓은 후 해외 취업을 해야겠다고 목표를 잡고 있다면 평생 해외 취업을 못 이루게 될지도 모른다. 한국에서 자라고 교육받은 사람들은 정도의 차이는 있지만 누구나 영어에 어려움이나 한계를 느끼는 게 당연하다.

한국에서 영어 공부를 하고 완벽한 영어를 구사하는 것은 어려운 일이다. (대신 우리는 한국어 네이티브이지 않은가.) 그냥 편하게 생각하자. '죽을 때까지 네이티브만큼 완벽하게 영어를 구사하지 못할 수 있다. 하지만 밥 벌어 먹고 살 만큼의 영어는 할 것이다.' 이렇게 말이다. 처음부터 너무 욕심 내지 말고 꾸준히 그리고 영어를 늘 배운다고 생각하자. 일터가 가장 좋은 영어 학교이다.

나의 경우도 일을 배우며 영어 실력도 함께 향상시켜 나갔다. 무역 일을 배울 때 무역 용어, 구매 일을 할 때는 계약서에 나오는 용어들, 마케팅을 할 때는 전략에 필요한 용어들을 익혀나갔다. 다른 영어 네이티브들이 사용하는 표현들을 따라 하고, 특히 회사에서 일을 할 때 이메일을 받으면 좋은 표현들은 따로 메모해놓고 그것을 외우고 활용하며 내 것으로 만들어나갔다.

네이티브만큼 뛰어난 영어 실력이나 높은 토익 점수가 해외 취업에 있어 가장 중요한 요소는 아니다. 언어는 커뮤니케이션의 도구로서 기본적인 요소일 뿐이다. 자신이 어느 분야에서 일을 하는지, 그 분야에서 일을 할 때 영어로 업무를 볼 수 있을 정도가 되는지가 훨씬 더 중요하다. 예를 들어, 요리사라고 하면 요리와 관련된 모든 표현들과 단어들을 잘 알아야 한다. 무역이라면 수입, 수출과 관련된 모든 절차와 용어들을 알고 있어야 한다. 회계라면 그에 따른 용어와 자격증이 도움이 될 것이다.

그렇듯 영어를 아무리 잘해도 그 분야의 경력이 없거나 전문 용어들을 모르는 사람이라면 실제 업무를 볼 수 없거나 어려울 수 있다.

또한 어느 분야, 어느 직종이냐에 따라 요구되는 영어 레벨도 달라질 수 있다. 기본 회화 정도만 되면 되는 곳부터 네이티브 이상의 수준을 요하는 곳까지 모두 다르다. 그런 이유들 때문에 단순하게 영어회화 레벨 혹은 토익 점수로 해외 취업을 위한 영어 수준을 말할 수가 없다.

그리고 한 가지 더, 이력서에 토익 점수 절대 넣지 말 것을 말하고 싶다. 넣을 필요도 없고, 넣으면 우스운 상황이 된다. 현지 사람들은 그게 무슨 시험인지도 모르는 사람이 대부분이다. 영어는 일을 하기 위한 너무도 당연한 도구이기 때문에 명시할 필요조차 없는 것이다.

상황을 바꿔서 생각해보자. 우리들이 한국에 있는 한국 기업에 이력서를 제출할 때 이력서에 '한국어능력시험' 점수를 넣나? 영문 이력서에 토익 점수 넣으면 국문 이력서에 한국어능력시험 점수 넣는 것이나 다름없는 이상한 일이 된다. 나는 아직까지 그런 것을 요구하는 회사는 한 곳도 보지 못했다.

영어 수준에 따른 공부법

● 영어 초급자를 위한 방법

영어로 전혀 말을 못하는 사람들, 짧은 시간에 성과를 보고 싶은 사람들에게 추천하고 싶다. 사실 영어 초·중급 정도의 표현만으로도 세계여행을 할 수 있고, 외국인 친구도 사귈 수 있고, 외국인과 기본적인 대화를 구사할 수 있다. 만약 발음이 좋다면 훨씬 더 좋기는 하겠지만 그 정도 수준이 되기 위해서 영어 공부 3개월에서 6

개월이면 충분하다.

내가 영어 공부를 시작할 때 나는 문법도 모르고, 어휘력도 없고, 영어로 작문하거나 대화를 전혀 하지 못하는 수준이었다. 영어 중급이 되기까지 가장 중요한 나만의 핵심 영어 공부 비법은 무식하게 했다는 것이다. 이 방법은 영어 회화를 전혀 못하는 사람들에게 백 퍼센트 효과가 있는 방법이다. 내가 영어 과외 아르바이트를 할 때도 이 방법으로 3개월 프로그램을 만들어서 학생들을 가르쳤는데 효과가 대박이었다.

그 방법은 무식하면 용감하다고, 무식하게 통째로 영어를 외우는 것이다. 통째로 영어 문장을 외울 때도 방법이 있다. 한 단어 혹은 한 문장만 따로 외우게 되면 계속 잊어버리게 된다. 그런데 영어는 지식 공부가 아닌 언어이기 때문에 영어 회화 책에는 항상 어떠한 상황이 설정되고 그 상황에 맞게 두 사람 혹은 세 사람의 대화 형태로 진행된다. 나는 그 전체 문장을 외웠다. 문장이 너무 길면 중요한 문장만 빼서 외웠다. 여기서 중요한 것은 전개되는 상황을 머릿속으로 상상하면서 문장을 수십 번 혹은 수백 번 듣고 따라 하기를 반복하며 외운다는 것이다.

자신의 발음이 아닌 꼭 원어민 발음을 많이 듣고 따라 해야 한다. 따라 할 때도 작은 목소리가 아닌 자신의 목소리가 자신의 귀에 또렷하게 들리도록 크게 따라 해야 한다. 성대모사를 하듯 원어민 목소리를 따라 하는 것이다. 초급 회화는 이 방법으로 3개월만 하면 일상생활하는 데 필요한 영어는 거의 마스터하게 되고 발음과 리듬이 좋아지고 자신감도 생긴다.

좀 더 자세히 팁을 주자면, 나는 문장을 외울 때 그 상황 자체에 내가 있다고 상상했다. 예를 들어, 옷가게에서 손님과 점원의 대화가 이어지는 상황의 영어 문장들이라고 하면, 내가 외국 상점에 가서 옷을 고르고 있는 모습을 상상한다. (언젠가는 영어권 국가를 갈 것이라는, 그 당시 현실에서는 막연한 상황이었지만 또렷하게 상상해보는 것이다. 나중에 외국 나갔을 때 이렇게 말해야겠다고 생각하면서.) 그럼 나중에는 눈앞에 그 상점 점원이 있는 것처럼 외운 문장들이 정말 대화를 하듯 부드럽게 바뀐다. 상상을 하고 성대모사를 하니 재미도 있다. 꼭 1인 2역을 하는 연극인이 된 것 같기도 하다.

상황별로 된 영어 회화 책을 통째로 외운다고 생각해보라. 사실 외운다고 생각하는 것보다는 계속 듣고 읽으면서 그냥 영어를 나와 한 몸이 되게 만든다고 생각하는 게 좋다. 50번 읽어도 안 외워지면 100번 읽고 그래도 안 외워지면 100번 더 읽으면 된다. 문장을 반복해서 읽을 때는 상황별 내용 전체를 읽는 것이 아닌 한 문장이 완전히 외워질 때까지 소리 내어 읽은 후 그다음 문장으로 넘어가기를 반복한다. 그리고 나중에는 완전히 외워진 각각의 문장들을 하나의 상황으로 모두 연결시킨다. 이때 상상력을 발휘해서 자신이 그 상황에 있다고 생각하는 것이다. 나 또한 여러 가지 시행착오 끝에 이와 같은 방법으로 6개월 정도 공부를 반복하다 보니 어학연수 1년 다녀온 학생보다 낫다는 이야기까지 듣게 되었다.

초급, 중급 회화책을 완전 외우다 보면 기초 문법 공부는 따로 할 필요도 없다. 나의 경우는 회화가 어느 정도 되고 나서 문법책을 사서 보았는데, 이야기책 읽듯이 책장이 술술 넘어갔다. 그 당시 얼마나 신기했는지 모른다. 중고등학교 다닐 때는 전혀 이해 못 했던 내용들이고 문법 공부라고는 해보지도 않았는데 문법책의 내용들이 저절로 이해가 되니 정말 마술 같았다.

● 영어 중급자를 위한 방법

초급 과정이 지나면 환경이 매우 중요해지는 시기다. 이때는 여러 가지 환경에 노출되어 영어를 공부해야 효과를 빨리 느낄 수 있다. 영어 회화 중상급 이상으로 넘어가면 문법도 필요하고, 어휘도 필요하다 보니, 여러 가지 방법으로 그것들을 활용해주어야 자신의 것이 된다.

학교, 직장생활, 친구 등 영어와 관련된 환경을 만들기 위해 노력해야 한다. 그래서 나는 한국 직장에서도 영어를 사용해야 하는 직업만 선택했다.

비즈니스 이메일은 친구들과 주고받는 이메일과는 매우 다르다. 책을 보며 좋은 문장들을 활용해서 내 것으로 만들고 내가 받는 이메일 중 좋은 문장들이 있으면 항상 소지하고 다니는 작은 노트에 메모를 해놓고 필요할 때 적절히 사용한다. 그리고 일을 하며 영어 실력을 늘리고 싶었기 때문에 어떤 직업이든 영어를 사용할 수 있는 곳을 선호했다. 그래서 첫 번째 직장은 말레이시아계 글로벌 회사였고, 두 번째 회사는 무역회사였다. 그리고 유학원을 운영할 때는 외국에 있는 학교와 학원의 담당자들과 영어로 업무를 보며 꾸준히 영어를 사용하려고 노력했고 그 후 뉴욕으로 간 것이다.

무엇보다 원어민 친구를 사귀는 것이 큰 도움이 되었다. 캐나다, 호주, 미국에서 공부하고 인턴십할 때 늘 원어민 룸메이트나 영어를 사용하는 룸메이트만을 고집했다. 문화 차이는 있었지만 오픈 마인드를 가지면 문제 될 것이 하나도 없었다. 한국에서 직장생활을 할 때도 영어강사로 일하는 미국인을 길거리에서 만나서 친한 친구가 되었다. 어디에 있어도 환경은 자신이 만들기 나름이다. (다양한 외국인 친구 사귀는 방법은 내 블로그에 자세하게 소개해놓았다.(http://blog.naver.com/amygirl1/130091473911)

어학원, 스터디, 토스마스터, 자막 없이 영화 보기, 영어권 국가로의 여행, 해외봉사, 해외 인턴십 등 영어를 공부하고 활용할 수 있는 환경이 늘 주위에 있어야 한다. 일단 영어로 말하는 환경에 놓여 있어야 자극이 되고 흥미를 갖게 된다. 그렇게 자신의 영어 능력이 향상되고 있음을 조금씩 느끼게 될 때가 되면 재미가 붙는 것이다. 그게 중급자 과정의 시작이다. 초급자일 때는 조금만 해도 실력이 부쩍부쩍 느는 것같이 느껴지지만 중급부터는 그 성장 폭이 더디게 향상되는 것처럼 느껴진다. 그래서 그 정도에 멈추는 사람들이 가장 많다. 재미있어야 계속하게 되고 계속해야 잘하게 된다. 영어도 인생처럼 단거리가 아닌 장거리 경주이다.

● 영어 중상급자를 위한 방법

이제부터는 더더욱 영어 실력이 더디게 향상되는 시기다. 어느 날은 영어가 술술 나와서 '나 영어 좀 하네'라는 생각이 들었다가 어느 날은 말이 꼬이고 꼬여서 안 나오며 '왜 난 영어를 더 못해가고 있는 거 같지?'라는 생각이 들기도 한다. 어떤 때는 한글 단어가 떠오르지 않을 때도 생긴다. 그럴 때면 '영어도 못하는데 한국말도 생각 안 나면 어떻게 되는 건가?' 하는 생각이 들기도 하는데 이런 혼돈의 시간은 자연스러운 과정이므로 걱정하지 않아도 된다. 그런 경험은 공부를 할수록 더 늘어나지만 의식적으로 노력하면 그 혼돈의 시간은 줄어든다.

● 고급자에서 최고급자로

원하는 의사표현을 자유롭게 할 수 있고, 직종과 관련한 표현들도 문제 없이 하는 수준이다. 모르는 단어가 나와도 앞뒤 문맥을 맞추어 대충 이해할 수 있는 실력이기 때문에 해외에서 먹고사는 데 전혀 문제가 없는 단계이다.

바로 그런 이유들 때문에 더 높은 단계로 가기가 어려워지는 시기이기도 하다. 단어들은 더 어려워지고, 나이는 더 들어 예전처럼 열공하는 모드도 잘 안 만들어진다. 이때는 다른 방법이 없다. 다양한 환경과 방법을 통해 영어를 계속 가까이 해야 한다. 하지만 이 단계에서는 고급 단어를 외우고, 고급 문장에 익숙해지고, 뉴스, 다큐멘터리, 코미디, 영화 등 여러 방면에서 영어를 접하며 슬

랭부터 뉴스 표현까지 두루두루 섭렵하는 단계이다. 사실 나도 아직 이 단계로 가려고 하고 있는데 자꾸만 쓰던 표현, 쓰던 단어만 쓰려 하고 영어 공부를 할 때 깊이보다는 재미를 찾고 있다. 하지만 그래도 괜찮다. 중요한 것은 꾸준히 계속 조금씩 늘려나가는 것이기 때문이다.

해외 취업을 위한 비자 취득 방법

해외에서 합법적으로 일을 하기 위해 필요한 비자는 크게 세 가지로 나누어볼 수 있다.

첫 번째는 단기 비자, 두 번째는 장기 비자, 그리고 세 번째가 영주권이다.

단기 비자의 예는, 호주, 캐나다 워킹 홀리데이 혹은 미국 문화교류 비자라고 불리는 J1비자가 대표적이다. 현지 대학이나 대학원을 졸업한 후 일정 기간 동안 일을 할 수 있는 취업비자도 있다.

장기 비자라면 정직원 취업비자라고 생각하면 된다. 미국, 호주, 캐나다에 모두 해당된다. 회사가 스폰서가 되어 비자를 지원해서 일정 기간 동안 일을 할 수 있는 비자를 말한다. 기간 만료 전에 연장할 수 있다.

세 번째가 영주권이다. 나라마다 영주권 지원 조건도 다르고 영주권 신청 후 기다리는 기간도 모두 다르다. 그것은 직업군에 따라 또 달라진다. 중요한 것은, 영주권이 있으면 체류 신분에 상관없이 어디에서든 일을 할 수 있다는 거다. 한국에서 직장을 구할 때 우리가 신분에 대한 걱정 없이 구직활동을 하듯이 영주권이 있으면 그런 제약 없이 구직활동을 할 수 있게 되는 것이다.

영주권 신청 자격 조건과 상세 안내는 각 나라 대사관 사이트에서 이민 카테고리에 들어가면 볼 수 있다. 혹은 이주 컨설팅 사무소에 방문해서 상담을 받아볼 수도 있다. 하지만 이때 유의할 점은 몇 년에 한 번씩은 꼭 사기 사건이 발생하는 비즈니스 분야인 만큼, 신중하게 골라야 한다는 거다. 오래되고 인지도가 있는 곳을 선택하길 권한다.

다음 표는 해외에서 일을 하기 위해서 발급받을 수 있는 비자에 어떤 종류가 있는지 한눈에 보기 쉽게 정리해본 것이다. 해마다 혹은 분기마다 비자를 신청할 수 있는 조건과 자격들이 늘 바뀌기 때문에 세세한 사항들은 이곳에서 다루기가 어렵다. 하지만 내가 경험한 것을 바탕으로 봤을 때, 15년 이상 변하지 않는 것들이 있었는데, 바로 아래 표에서 4가지로 구분한 비자 종류들이다. 나라마다 부르는 용어와 종류의 차이는 조금씩 있지만 큰 카테고리로 보면 단기, 유학 후, 장기 그리고 영주권 비자들이다.

비자 종류	내용
단기 비자 활용	**워킹 홀리데이 비자** - 만 30세 이하 - 평생 한 나라 한번 - 경험, 영어, 돈, 해외 취업 혹은 영주권 가능성 만들 수 있음 - 영어권 나라: 호주, 캐나다, 뉴질랜드, 영국 등 **문화 교류 비자(J1 비자)** 미국 : 고용주가 있어야 함. 유급 인턴 가능. 취업 알선 업체를 활용하는 것도 방법. (정부지원금 있음. www.worldjob.co.kr 참조) **Co-op Work Permit(실습 비자)** 캐나다: 실습 형태 비자. 인턴십 프로그램에서 활용. 학습 기간만큼 일할 수 있음. 학생비자 소지한 자
유학 후 비자 활용	**미국 OPT** 대학 정규과정 1년 이상 수료한 학생 OPT 기간 12개월, 이공계 29개월까지 **캐나다 Post Graduation Work Permit :** 대학 정규과정 최소 8개월 이상 수료한 학생 체류기간 8개월~3년
취업 후 비자 활용	**미국, H1B** 고용주가 있어야 하며, 비자 쿼터가 있어 추첨 방식, 3년 후 갱신, 학사 이상, 일자리 전공, 미국 노동부 통계에 따른 임금 이상을 받아야 함 **캐나다, Work Permit** 인력 부족군에 속하는 직업, 최대 4년, 4년 내 영주권 신청할 수 있음 **호주, 457** 인력 부족군에 속하는 직업, 최대 4년, 3년 이상 경력, 영어 IELTS 5.0 이상인 자
영주권 비자 활용	**대표적인 영주권 케이스** - 미국: 취업비자 받은 후 영주권 진행 - 캐나다: ❶ 취업비자 받은 후 영주권 진행, ❷ 취업비자 없이 영주권 신청 자격 점수가 되어 영주권 신청 - 호주: 캐나다와 같은 방식

표와 내용은 어디까지나 큰 카테고리를 보여주기 위함이며 비자 정보는 사전 통보 없이 이민국 사이트를 통해 갑자기 변경되는 경우도 있으니 더 자세하고 정확한 정보는 각 나라의 이민국 사이트를 참조하기를 바란다.

Part 3

Prince St
ONE WAY
DELICATESSEN

모든 여행에 직항만 있는 건 아니다.
같은 목적지를 향해 가더라도 길은 많다.
경유지에 잠시 내려 머물며 여행을 해도 좋다.
그렇게 이 나라에서 저 나라로, 이 도시에서 저 도시로 머물고 떠나며
다양한 인생을 맛보고 일하며 공부할 수 있다면.
여행이 삶이 되는 것만큼 가슴 설레는 삶이 또 있을까?

<h1>나는 언젠가는
해외에서 살 사람이야</h1>

뜻밖에 찾아온 기회

        대학원 마지막 학기, 이제 다시 사회로 나갈 시간이 다가왔다. 대학원을 졸업하면 캐나다에 가서 살겠다는 꿈은 대학원 입학 때부터 갖고 있었다. 부모님께도 늘 그렇게 이야기를 했다. 처음에는 '무슨 돈으로 가냐, 가족도 없는 곳에서 어떻게 생활하려고 하냐, 무슨 일을 해서 먹고살려고 하냐?' 등등 걱정이 앞서셨지만, "나는 대학원 졸업하면 바로 캐나다로 갈 거야. 거기 가면 내가 할 일 없겠어?"라며 끊임없이 부모님께 말씀드렸다. 그러자 언제부터인가 '막내딸은 졸업하면 외국 가서 살 딸'이라고 받아들이셨다. 그냥 세뇌되셨다는 표현이 더 어울릴 것 같다.

새로운 곳에서의 도전과 영어권 국가에서의 생활을 상상할 때 가장 걱정되는 것은 당연히 일자리였다. 하지만 대학생 시절 캐나다에서 서빙 아르바이트를 하면서 터득한 생활력이 있었고 일단 아르바이트 일자리라도 구하면 생활이 유지될 수 있기 때문에 그 기간 동안 기회를 찾으며 영어 공부를 계속하면 된다는 것이 나의 계획이었다. 그러니 크게 걱정할 것이 없었다. 좋은 일자리를 처음부터 구하지 못한다고 하더라도, 시간이 조금 더 걸리더라도 일단 그곳에서 부딪혀보면 분명 좋은 기회를 얻을 수 있을 거라는 믿음이 있었다. 물론, 대학교 때 캐나다에서의 경험이 없었더라면 그런 용기는 쉽게 생기지 않았을 것이다.

나는 언젠가는 해외에 나가서 살 것 같았다. 나가서 살고 싶었다. 자유스러움과 사람 향을 일찍 맡았던 것 같다. 하늘도, 공기도, 사람들도 모두 여유가 있었다. 남의 시선을 의식하지 않고 눈치 볼 일 없는 자유스러움, 아름다운 자연환경과 안정적인 복지혜택까지 캐나다는 나에게 매력적인 나라였다. 그래서 캐나다 경험 이후 나는 너무도 당연하게 해외에 나가서 사는 것을 생각하고 있었다. 방향이 설정되니 그다음은 어떻게 나갈 것이냐에 대한 질문과 계획과 실행만이 남았다. 거창할 것 없다. 꼭 한국에서만 살아야 할 이유가 없다면 내가 살고 싶은 곳을 정해서 살아보는 거다.

대학원 마지막 학기에 나는 뜻밖에 해외로 나갈 좋은 기회를 얻게 됐다. 캐나다가 아닌 호주였지만 한 번도 가보지 않은 곳이고 더욱이 K move(한국산업인력공단)에서 왕복 항공권, 최소 생활비, 해외 인턴십 회사 알선까지 전액 지원해주는 프로그램이었다. 계획했던 캐나다는 아니었지만 '이런 기회가 또 어디 있겠는가?'라는 생각에 그 나라가 어느 나라든 큰 의미를 두지 않았다. 어차피 나는 언젠가는 캐나다에 가서 살 사람이니, 그곳이 어디든 해외에서의 경험은 당연히 도움이 될 것으로 생각했다. 호주가 마음에 들 수도 있고 직업을 구해서 정착할 기회가 될 수도 있는 것 아닌가. 마다할 이유가 없었다. 이 프로그램은 졸업 예정 자인 대학생 혹은 대학원 학생들을 대상으로 모집하는 것이었기 때문에, 만약 내가 대학원에 진학하지 않고 직장생활을 계속했었다면 이런 좋은 프로그램에 지원할 수 없었을 것이다. 기회는 그렇게 예상치 않게 찾아오기도 한다.

해외 취업을 꿈꾸다

♦

　　　　　　호주 도착 후 첫 3개월은 회사, 호주 발음, 날씨와 나라 문화 등에 적응을 하느라 너무도 빨리 지나갔다. 그 시간 동안 부서 사람들과도 친해지고, 사수와도 친해져서 일도 배우고, 영어도 배웠다. 훗날 내가 해외에 있는 직장을 다니는 모습을 조금 더 또렷하게 상상해볼 수 있던 시간이었다.

그곳에서 알게 된 파비오라는 동료가 있었다. 그는 해외 인턴십으로 일을 시작해서 그 회사 정직원이 된 케이스였다. 그 친구는 모국어가 이탈리아어였다. 그를 보며 나도 열심히 하면 정직원이 될 수 있다는 꿈을 키워나갔다. 회사에서 일한 지 4개월쯤 되었을 때 나는 직장상사에게 이런 의사를 내비쳤다. 이 회사에서 계속 일하고 싶으며 누구보다 열심히 할 수 있다는 것을 어필했다.

호주 회사 동료들과 주말에 근교 피크닉 후 식사

　다행히 나는 회사 사람들과의 관계가 좋았고 일도 많이 배운 상황이었기 때문에 긍정적인 답변이 돌아왔다. 그는 나를 채용하기 위한 준비를 하겠다고 했다. 그 말을 들으니 어찌나 고마운 마음이 들었는지 모른다. 그 일이 있고 난 뒤 2주쯤 흘렀을까, 그가 다시 나를 불렀다. 부푼 기대를 안고 밝게 웃으며 그의 말에 귀를 기울였다.

　"레이첼, 파비오의 경우 나의 추천으로 회사에서 비자 스폰서가 되어 정식 직원이 되었다는 것은 알고 있을 거예요. 그리고 내가 레이첼을 채용하고 싶어서 그 절차에 대해서 다시 알아보았어요. 그런데 회사가 합병되다 보니 사내 규율과 절차들이 대폭 조정된 거예요. 앞으로 구조조정으로 많은 사람이 퇴사를 해야 하는 상황이고요."

머릿속이 갑자기 멍해졌다. 일이 술술 잘 풀리겠다는 예상을 완전히 뒤엎는 이야기가 이어졌다.

"그 절차라는 것이 무척 까다로워졌어요. 이전에는 내가 왜 새로운 직원을 채용해야 하고, 어떤 이유에서 꼭 필요한지 몇 장의 보고서만 제출하면 됐는데, 이제는 그것만으로는 불충분하게 되었어요. 레이첼이 이제까지 잘해온 모습과 앞으로의 잠재력을 믿고 추천하려 했는데, 사내 내부 심사를 통과하기가 어려울 것 같아요."

요약하면 이야기는 이러했다. 왜 나를 채용해야 하는지, 왜 굳이 호주가 아닌 다른 나라에서 인력을 데리고 와야 하는지, 어떤 업무를 하고 성과를 내었는지, 그것이 정확한 수치와 증거 자료로 증명되어야 하는 것이었다. 이전에는 제출해야 하는 보고서가 다섯 페이지 정도였고 나머지는 법률 팀과 변호사가 진행을 했는데, 지금은 법률 팀까지 가는 보고서가 책 한 권 정도의 분량이 되었다는 것이다. 그렇게 해도 사내 내부 심사를 통과한다는 보장도 없다는 것이다. 구조조정과 인원 감축이 진행되고 있는 상황에서 해외에서 온 지 몇 달 안 된 인턴사원인 내가 회사에서 스폰서십을 받는다는 것은 내가 생각해도 어려워 보였다.

'왜 하필 내가 들어온 후에 회사가 합병되었을까? 몇 달 후에 되었으면 좋았을 것을…….'

기대가 컸던 만큼 실망도 컸다. 하지만 이미 때는 늦었다. 벌써 나의 호주 생활은 5개월째로 접어들고 있었고 그때부터 다른 직장을 본격적으로 알아보며 구직활동을 펼쳐야 했다.

호주 인턴십이 내게 준 것

♦

　　　　　　6개월 동안 호주 시드니 인턴십을 통해 내가 가장 얻고 싶었던 것을 꼽으라면, 그것은 해외 취업이었다. 자연환경이 좋고 영어를 사용할 수 있는 곳에서 사는 것은 오래전부터 내가 꿈꿔왔던 것이다. 그래서 호주에서의 해외 인턴십은 나의 인생에서 매우 중요한 시기였다. 사실 꼭 호주여야 하는 이유는 없었지만, 막상 살아보니, 시드니가 마음에 들었다.

하지만 처음 3개월간은 발음이 익숙하지 않아 고생을 했다. 회사에서 전화를 받을 경우, 이름 철자를 받아 적는 것도 어려웠다. 한국에서 배운 미국식 영어도 아닌, 가끔 영화나 뉴스를 통해 듣는 영국식 영어도 아닌, 첫 직장에서 많이 들었던 싱가포르식 영어와 말레이시아식 영어도 아닌, 그것은 호주식 영어였다. 'Thank you'를 줄여서 Ta(타)라고 말하고, R 발음은 거의 '아'처럼 들렸다.

어디 그뿐인가? 다민족 국가와 글로벌 기업답게 이탈리아 악센트, 인도 악센트, 홍콩 악센트 등 익숙한 발음이라고는 전혀 없었다. 동양인인 내가 미국식 영어 발음을 가지고 있다며 그들은 나를 신기해했다. 어디서 공부했냐는 질문도 많이 받았다. 그러면 나는 이렇게 대답했다.

"한국에서는 거의 미국식 영어만 가르쳐서 우리는 미국식 발음을 쓰는 거야. 미국에서 공부한 적은 없어."

그렇다고 내가 미국 네이티브 발음을 가지고 있다는 것은 전혀 아니다. '버터'를 미국식 발음으로 '버러'라고 하는 정도를 가지고 그들이 신기해했던 것뿐이다.

　3개월 정도가 지나니 조금씩 호주식 발음이 익숙해지기 시작했다. 하루아침에 적응되지는 않았지만 못 알아들었던 발음들을 하나씩 경험으로 익혀나가니 리스닝이 좋아지기 시작했다. 하지만 그것만으로는 부족했다. 나는 이곳에서 취업을 해야 하는 사람이 아닌가!

　이제 나에게 주어진 시간은 약 1개월 정도뿐. 인턴십 기간이 끝난 후, 무직의 상태로 호주에 더 있는다는 것이 사치처럼 느껴졌다. 해보는 데까지 해본 후 기회를 잡을 수 있으면 호주에서 취업을 하는 것이고 만약 취업이 안 된다고 하더라도 캐나다 혹은 미국에서 취업할 때 도움이 될 것이라고 생각했다.

영문 이력서,
대체 뭐가 문제냐고

♦

　　　　　　취업비자를 받아서 정직원이 되는 꿈이 날아가고 나니, 나 자신이 벌판에 놓인 아이처럼 느껴졌다. 어디서부터 어떻게 시작을 해야 하는 걸까? 우선 대학교와 대학원에서 두 번 수강했던 영문 이력서 작성법 수업을 떠올리며 그때 만들어놓은 커버레터와 영문 이력서 파일을 다시 열어서 업데이트를 했다.

　그리고 취업 사이트들을 검색하며 리스트를 작성했다. 희망하는 이곳저곳에 이력서와 커버레터를 발송했다. 구직활동을 해본 사람이라면 알 것이다. 이력서 보내는 것은 시간이 꽤 걸리는 작업이다. 첨부파일로 보내는 곳은 쉽지만, 회사 양식에 맞추어 작성해야 하는 곳은 시간이 많이 소요된다. 약 50곳 정도에 나의 이력서를 보냈다. 거의 대부분 무역 업무, 수출입 통관forwarding 업무, 선박회사 등 이전에 했던 업무와 관련된 회사들이었다.

그런데 아무 곳에서도 연락이 오지 않았다. '내가 외국인인 것을 아는 건가, 한국 이름을 그대로 써서 그런가, 문법이 틀린 게 있나, 한국 직장 경력이 인정되지 않는 것인가?' 수많은 질문들이 지나갔다. 그래서 친한 회사 동료 안나에게 나의 상황을 이야기하고 그녀에게 도움을 요청했다. 그녀는 흔쾌히 나를 도와줄 수 있다며 본격적인 코칭에 들어갔다. 한국에서 영문 이력서 수업을 두 번이나 듣고 원어민 친구에게 문법 교정도 받은 터라 그래도 자신이 있었는데, 프로페셔널한 직장인이 보는 관점은 또 달랐다. 한국말을 할 줄 아는 것과 한국말을 잘하는 것의 차이라 할까. 이력서를 작성하는 것과 합격할 수 있는 이력서로 만드는 차이가 있는 것처럼 영문 이력서도 마찬가지였다.

내가 만든 영문 이력서는 형식적인 서류였지, 면접관의 관심을 끌 수 있는 이력서가 아니었던 것이다. 그래서 나는 이력서 교정에, 교정에, 또 교정을 거쳐나가며 최종 이력서를 완성하게 되었다. 그때 안나의 도움을 받으며 현지에서 통하는 서구식 이력서 양식을 다시 배우게 되었다. 한국에서 배운 영문 이력서와 커버레터 작성에 대한 강좌들이 너무도 기초적이고 기본적인 과정이었다면 현지 동료의 도움들은 그것에 살을 입혀주고 옷을 입혀주는 작업이었다. 그녀는 특히 미국, 영국, 뉴질랜드 등에서 해외 취업을 몇 차례 이루며 살았던 경험이 있었기에 나와 같은 외국인 취업 준비생의 마음도 잘 알았고 무엇이 중요하고 어떤 것을 강조해야 하는지도 잘 알았다. 이런 최고의 과외선생님이 어디 있겠는가? (안나의 해외생활 이야기는 5장에서 더 자세히 소개할 것이다.)

전화 인터뷰가 뭐야?

♦

그렇게 완성된 이력서와 커버레터를 발송하고 나니 이제는 이야기가 달라졌다. 발송 후 일주일 정도가 지나자 그때부터 하루에 최소 한두 통씩 전화가 걸려오기 시작했다. 무역과 관련된 회사들이었다. '경력이 가장 중요하다고 하더니만, 한국에서 무역 업무를 했던 것이 효과가 있네 효과가 있어.' 그리고 안나가 마지막으로 흐뭇해하며 했던 말도 떠올랐다.

"이 이력서를 보면 네가 외국인인지 네이티브인지 전혀 알 수 없을 거야. 프로페셔널한 네이티브 이력서처럼 완벽하거든."

그런데 회사로부터 전화를 받으면 뭔가 이상하다는 느낌이 들었다. 한국에서는 이런 경우 지원자에게 전화를 해서 면접 날짜를 조정하는 것이 보통인데 호주는 그렇지 않았다. 내가 기대했던 것은 인터뷰 날짜를 잡자는 말이었는데, 이것저것 물어보더니 다음에 다시 전화 주겠다고 하고 끊어버리는 것이었다. 그 후 다시 연락이 없었다. '이건 뭐지? 나한테 왜 전화를 한 거지?' 그래서 다시 안나에게 그 상황을 이야기했다.

"What?!"

내가 어리둥절한 표정을 지으며 물었다.

"내가 뭐 잘못한 게 있는 거야? 왜 질문을 몇 가지 하더니 그냥 끊는 거지? 인터뷰 날짜를 정하는 질문은 왜 하지 않는 거야?"

안나의 설명은 이러했다.

"호주에서는 관심 있는 구직자의 본 인터뷰를 예약하기 전에 전화로 그 사람을 먼저 테스트해봐. 지원자가 많으니 미리 걸러내기하는 거지. 그걸 전화 인터뷰라고 해."

"뭐라고? 전화로 인터뷰를 보는 거라고? 그럼 전화 건 사람이 면접관인 거네?"

"그렇지. 전화 받는 예절, 언어 구사 능력, 그리고 해당 업무에 대한 지식과 기타 질문을 하는 것이 보통이야. 그 인터뷰를 통과해야 정식 면접 날짜를 잡게 되는 거지."

그런 것도 모르고, 나는 그 황금 같은 기회를 몇 번이나 날려버렸다니……. 한 번은, "혹시 지금 인터뷰를 보시는 건가요?"라는 어이없는 질문까지 던졌으니, 그들이 보기에는 내가 호주 인터뷰 문화도 모르는 사람으로 보여졌을 것이다. 안나의 이야기를 듣고 나니 아쉬움과 민망함으로 얼굴이 붉어졌다.

그날부터 나는 예상 질문을 뽑고 그에 대한 답변을 연습하기 시작했다. 이미 여러 번의 전화를 받았던 상황이기 때문에 공통 질문들이 어느 정도 쉽게 추려졌다. 자기소개, 현재 무슨 일을 하는지, 이전에 했던 일은 어떤 일이었는지, 왜 지금 다니는 직장을 옮기려고 하는지, 왜 이

전 직장을 그만두었는지, 왜 이 직책에 관심이 있는지 등이 공통된 질문들이었다. 이력서에 기재된 내용을 바탕으로 물어보기 때문에 이력서를 펼쳐놓고 그들이 궁금해할 수 있는 예상 질문과 답변도 만들었다.

그 후부터 걸려오는 전화에는 열심히 성의를 다해 답변했다. 최대한 밝은 목소리와 자신감 있는 목소리로 답하는 것도 잊지 않았다. 그리고 그 결과, '다음에 다시 연락을 주겠다'는 말 대신 '인터뷰를 볼 수 있겠냐?'는 질문으로 바뀌었다.

'그래, 하면 되는구나!'

직접 얼굴을 마주보며 하는 면접이 아니라서 더욱 어려울 거라 생각했는데, 연습하다 보니 질문하는 내용이 한정되어 있고 인터뷰 시간도 길지 않아서 그리 어렵지 않게 전화 인터뷰를 패스할 수 있었다. 그렇게 총 10곳 정도에서 전화를 받았고 그중 5곳에서 면접을 볼 수 있는 기회를 얻었다. 그리고 그중 3곳은 취업을 알선해주는 헤드헌터였다. (호주는 헤드헌터를 통해 취업하는 경우도 많다.)

해외 취업,
면접부터 다르다

♦

많이 떨리는 순간이었다. 한국에서 취업 준비를 할 때도 영어 인터뷰 연습을 많이 했지만, 한국에서 하는 영어 인터뷰와 영어가 모국어인 호주에서 하는 인터뷰는 많이 달랐다. 가장 달랐던 것은 면접 시간과 면접 내용이었다. 면접 시간은 기본 1시간으로, 긴 곳은 3시간도 있었다. 특히 헤드헌터 회사의 경우는 컴퓨터 능력 테스트와 적성검사까지 보니 면접 시간이 3시간 정도 되었다.

면접 방식은 Situational 인터뷰와 Behaviour 인터뷰 방식으로 이루어진다. 어떠한 상황이 주어진 후에 그것을 어떻게 처리하는지에 대한 설명 혹은 예전의 직장 경험 중 유사한 경험이 있었는지 질문한 후 그것을 어떻게 처리, 혹은 극복했는지 물어보는 형태이다. 두 인터뷰 방식 모두 검색엔진이나 AI로 검색하면 자세한 설명과 예상 질문들을 쉽게 찾을 수 있다.

나 또한 회사 동료에게 설명을 들은 후 검색해보니 많은 정보들이 있는 것을 보고 놀랐다. 중요한 것은 처리하는 단계에 맞추어 설명하는 것이다. 크게, 상황 설명, 문제 처리 과정, 결과로 나누어진다. 꿀팁을 주자면, 일이 처리되고 난 후에는 다시 한 번 review 혹은 follow하여 계속해서 잘 진행되고 있는지를 확인하는 단계를 넣으면 플러스 점수를 받을 수 있다. 상황 설명-문제 처리-결과-Follow Up으로 이루어지는 것이다.

이 팁은 면접관에게 직접 질문을 해서 들은 답변이었다. 인터뷰를 보는 도중 내 답변을 모두 들은 면접자의 표정에서 뭔가 더 기다리고 있다는 눈빛을 살짝 발견했었는데, 면접이 끝난 후 용기를 내어 질문을 했더니 이런 답변을 주었다.

"인터뷰를 볼 때 많은 사람들이 보통 일이 종결되는 시점을 일의 끝, 혹은 일이 완성된 단계라고 생각해요. 하지만 그 일이 아무 문제 없이 계속해서 잘 진행되고 있는지를 재차 확인해주는 것도 중요해요. 정말 완벽히 잘 처리되었다고 생각해도 그렇지 않을 때가 발생할 수 있는 거 잖아요. 100점짜리 답이 120점짜리 답이 될 수 있는 방법이에요.”

혹시나 해서 물어본 질문이었는데 이렇게 친절하고 자세하게 설명을 해주었던 고마운 면접관이었다. 그리고 그 면접관 말처럼 실전에서 일을 하다 보면 완벽하게 끝냈다고 생각해도 예상치 못한 일이 발생한다거나 생각처럼 잘 진행되지 않는 경우들이 있다. 바로 그런 일을 미연에 방지하는 모습에서 프로페셔널리즘을 볼 수 있다.

면접을 통해 얻은 것들

♦

몇 번의 인터뷰를 본 후, 최종 면접까지 갔던 인터뷰도 있었다. 그런데 결과적으로는 모든 면접에서 떨어지고 말았다. 나의 가장 큰 실수는 내 신분에 대한 자신감이 없었다는 것이다. 면접을 보다 보니 워킹 홀리데이 비자에 대해 잘 모르는 회사도 있었고, 워킹 홀리데이 비자를 가지고 현지 취업에 도전한 구직자를 한 번도 보지 못했다는 회사도 있었다. 그러니 나 혼자 신분과 비자에 대한 걱정을 너무 지나치게 했던 것이다. 또한 혹시 ‘내가 원어민이 아니라서 영어가 부족하다고 느끼면 어떡하나?’ 하는 걱정을 지나치게 했다. 결정적으로, 인터뷰가 끝날 때쯤 나는 나의 신분 문제에 대해서 먼저 언급을 했다. 마음속에 걱정이 되다 보니, 처음부터 설명하는 것이 좋을 것 같았기 때문이다.

　마지막 회사까지도 낙방하고 나서 회사 동료가 나에게 해준 말이 와 닿았다.

　"취업 스폰을 받는 절차와 진행이 회사 입장에서는 추가 비용과 준비 기간을 부담해야 하는 번거로운 일인 건 사실이야. 동일한 조건의 구직자 중 한 사람은 취업에 결격사유가 없고, 또 다른 한 사람은 취업비자를 받도록 진행해주어야 한다면 회사 입장에서는 첫 번째 구직자를 선택하는 것이 당연한 거지. 그런데 그렇다고 해서 너에게 단점으로 작용할 수 있는 것을 앞서 말할 필요는 없는 거잖아."

　그 동료의 말이 맞다. 비자 관련된 부분은 최종 면접까지 모두 합격한 후 논의할 수 있는 내용이다. 물론 비자 상태나 체류 신분을 묻는 질문을 한다면 거짓 없이 답해야겠지만 군이 묻지 않은 것을 미리 말할 필요는 없다는 것이다. 회사에서 지원자가 너무 마음에 들 경우는 취업비자 스폰을 해줄 수 있기 때문이다.

　나는 내가 원어민처럼 영어를 완벽히 하지 못한다는 것, 발음이 그들과 다르다는 것을 핸디캡처럼 느끼고 있었다. 그런데 영어에 대한 부분은 내가 걱정해서 해결되는 부분이 아니다. 회사에서 판단했을 때 영어로 업무가 가능하겠다고 생각하면 되는 거다. 가능하다는 생각이 드니 뽑는 거다.

　'혹시나 입사하고 실전에서 내가 영어를 잘 못하면 어떡하나?' 하는 생각을 나도 많이 했다. 그런데 그 걱정은 합격한 후에 해도 늦지 않다. 많은 인터뷰를 보고 미국과 캐나다에서 취업을 여러 번 성공한 지금으로서는 그것들이 전혀 필요 없는 걱정이었다는 것을 알게 되었다.

모든 취업면접에서 떨어졌지만 나는 그 경험을 통해서 가장 중요한 것을 얻었다. 우선, 자신감을 얻게 되었다. 처음에는 해외에서 유학이나 직장생활을 했던 경험이 없고 영어도 원어민 수준으로 구사하지 못하는 외국인인 내가 가능할까 하는 생각에서 출발했지만 여러 과정을 거쳐, 서류 전형 통과, 전화 인터뷰 통과, 1, 2차 면접 합격까지 오지 않았는가?

한국에서만 교육을 받은 사람도 해외 취업 문을 두드려볼 수 있다는 것, 원어민만큼의 영어 실력까지는 안 될지라도 업무상 무리가 없고 의사 전달력과 전문 분야에 대한 지식이 있다면 해외 취업이라는 것은 충분히 도전해볼 만하다는 것이다.

물론, 나의 이야기가 호주 취업에서 낙방한 사람의 넋두리가 될 수도 있었다. 하지만 나의 해외 취업에 대한 도전은 그게 끝이 아니었으므로 그때의 경험은 내 꿈을 향해 가는 과정이 되었다. 호주에서 더 많은 시간을 투자에서 도전해보지 않은 것에 대해 후회도 조금 남는 것은 사실이다. 하지만 멀게만 느껴졌던 '해외 취업'이란 단어에 '가능성'이란 힘을 실어준 가치 있는 시간이었고 그 경험으로 인해, 미국과 캐나다에도 도전해볼 수 있겠다는 자신감을 얻은 것은 최고의 성과임이 분명하다.

뉴욕!
내가 간다

미국에서 인턴십 구하기,
생각보다 쉽다

♦

　　　　　　　　호주에서 돌아와서 내 생애 첫 사업을
시작했다. 삼성동에 위치 좋고 전망 좋은 곳에 사무실을 구했다. 내가
처음 도전한 사업은 캐나다로 유학 가는 학생을 돕는 유학원이었다. 목
적은 내가 해외로 나가기 위해서였다. 한국 본사에서 학생을 보내면 나
는 그곳에서 거주하며 학생들을 관리하고, 캐나다 밴쿠버 지사를 운영
하면서 한국을 자주 왔다 갔다 하는 것이 장기적인 목적이었다. 어쨌든
나는 해외에서 살아야 할 사람 아닌가? 특히, 나는 밴쿠버를 너무도 좋
아하지 않는가?

그렇다면 궁금해질 것이다. 레이첼은 돈이 많았나?

아니, 없었다. 시작할 때 자본금은 500만 원이었다. 그중 일부는 아버

지와 언니에게 투자를 받았다. 우연한 기회에 한국에 인스턴트 오피스라는 것을 알게 되었고 저렴한 비용으로 사무실을 임대하고 다양한 크기의 회의실을 사용할 수 있다는 장점을 활용해서 고정 비용이 거의 들지 않는, 리스크를 최소화한 전략으로 사업을 시작했다. 홍보는 네이버와 싸이월드에 카페를 만들어서 직접 했다.

그런데 유학원 원장으로 학생들을 유학 보내며 예전부터 하고 싶었던 나의 꿈이 계속 떠올랐다. 그것은 '외국에서 풀타임으로 어학원 다니기'였다. 대학생 때 캐나다에서 파트타임으로 5개월 어학원을 다니며 가장 부러웠던 것은 집에서 도움을 받아 풀타임으로 학원만 다니는 학생들이었다. 나는 학원이 끝나면 알바를 가야 했고 풀타임 학원비는 비쌌다.

'나는 해외에서 살 사람인데 그럼 영어를 더 공부해야지.'

풀타임 어학연수 가는 꿈을 이뤄보고 싶은 생각이 들었다. 어학원에 연락을 해서 내가 직접 어학연수를 받고 싶다고 말하니 수업료를 공짜로 해주겠다고 했다.

'와! 유학원 원장은 이런 것이 좋구나!'

그래서 지역을 두 곳 정했다. 한 곳은 샌프란시스코 그리고 또 다른 한 곳은 하와이. 그렇게 내 나이 30세에 미국으로 영어 어학연수를 떠났다. 그것도 공짜로.

유학원은 약 2년 정도 운영했다. 성과는 나쁘지 않았다. 하지만 '이러다가는 평생 한국에서 일해야겠구나!' 하는 생각이 들었다. 나를 대신해서 한국 사무실을 운영하며 상담을 잘할 수 있을 만한 해외 경험이 풍

샌프란시스코 어학연수 때 캠핑장에서 급류 타기

부한 사람을 찾지 못했기 때문이다. 그렇게 미국에 있으면서 한국 사업을 정리하고 본격적으로 미국 취업에 뛰어들게 되었다.

호주에서 인턴십을 하는 동안 만든 이력서를 보완하여 남은 미국 생활을 인턴십을 하며 보내고 싶다는 생각이 들었다. 어떻게든 자리를 만들어서 그곳에서 인정받고 정직원이 되는 것이 최종 목표였다. 샌프란시스코에서 6개월 어학연수를 마치고 두 번째 어학연수 장소로 하와이에 갔다. 하와이에 있으며 여러 곳에 인턴십을 위한 이력서를 제출했고 몇 차례의 인터뷰 끝에 한 회사로부터 연락을 받았다. 그리 어렵지 않았다.

면접 준비를 하며 수차례 호주에서 인터뷰를 보았던 경험이 많은 도움이 되었고 샌프란시스코와 하와이에서 어학연수를 받고 현지인 친구들을 많이 사귀면서 나의 영어 실력은 호주에 있을 때보다도 훨씬 더 향상되어 있었기 때문이다. 무엇보다 회사에서는 무급으로 일을 시킬 수 있는 인턴십을 싫어할 이유가 전혀 없다는 것도 알게 되었다. 무엇이 되었건 일을 도우며 일을 배우고자 하는 학생들이기에 업무에 조금이라도 도움이 될 수 있기 때문이다.

'도움이 될까?'라고 질문을 던지는 회사라면 무보수로 열심히 돕겠다고 이야기하는 것도 좋다. 생각보다 인턴십을 구하는 것은 쉽다. 자기가 얼마큼 이력서를 정성스럽게 제출하고 면접을 준비하여 자기 PR을 하느냐가 중요하다. 정직원 채용이 아니기 때문에 면접 질문 내용도 까다롭지 않고 보통 1차 면접으로 채용 여부가 결정된다. 그 면접에서 밝은 인상과 자신의 성실성 그리고 배우고자 하는 열정을 보여주면 된다. 단, 그 정도로 자신을 PR할 수 없는 정도의 영어 실력이라면 영어 공부를 더 한 후 도전해보길 바란다. 영어가 중급 이하라면 커뮤니케이션의 어려움으로 그들의 업무에 방해가 되거나 자신에게 온 인턴십 기회를 최대한 활용할 수 없게 된다.

막상 인턴십 합격 통보를 받고 나니 더 이상 인턴십 자체가 나의 목표가 아니라는 걸 알게 되었다. 그래서 내 다음 계획인 더 큰 도시, 뉴욕으로 가기로 결정했다는 내용을 담아 정중히 거절의 이메일을 보냈다. 사람 일은 어떻게 될지 모르는 것이고 그들은 나를 위해 시간을 할애한 사람들이다. 그러니 감사하는 마음과 인턴십을 하지 못하게 된 미안한 마음을 담아서 보내는 것은 당연하다. 이메일을 보낸 후 다시 한 번 전화 통화를 하며 그동안 감사했다는 말과 작별 인사도 잊지 않았다. 그렇게 나는 하와이에서의 3개월 유학 생활을 정리하기로 결정했다.

인턴십은 내가 원하면 언제든지 구할 수 있는 온전한 나의 선택 사항인 것이고, 미국의 경우 관광비자로 최소 6개월 이상 머물 수 있으니 관광비자로 여행을 와서 무급 인턴십을 구하는 것은 그리 어렵지 않은 것이 그 이유였다. (그 당시에는 관광비자 6개월이었고 현재는 무비자 3개월로 변경되었다.)

♦

　　　　　　　'어차피 이게 내 미국 생활의 마지막이라면 뉴욕에서 한 번 더 도전해보자. 그리고 취업이 나의 마지막 선택사항이라면 그 전에 창업에도 도전해보자. 운이 좋으면 뉴욕에 가자마자 제품 주문을 받을 수 있지 않을까?'

　눈여겨 본 아이템이 오래전부터 있었다. 여러 가지 가능성을 열어놓은 상태에서 문득 그 아이템이 떠올랐다. 한국에서 대학원에 다닐 때 반학기 휴학 기간 동안 매일경제 한·중·일 벤처 비즈니스 포럼에 참석하여 한국 학생 대표로 활동을 했고, 그것을 계기로 패션 창업 아이템을 가지고 있는 두 친구를 알게 되었다. 나의 창업 아이템은 부동산이었지만 나는 그들의 아이템이 눈에 더 들어왔다. 그 아이템을 가지고 그들과 마케팅 계획을 함께 짜면서 창업 아이템 공모전에 여러 번 입상을 하기도 했다.

　그 친구들은 학교를 졸업한 후 실제로 온라인 쇼핑몰을 오픈하며 진짜 창업을 하게 되었다. 그렇게 인연이 되어 한 해 한 해 성장해가는 그들의 모습을 지켜보며 그 제품을 해외에서 판매하고 싶다는 욕심이 생겼다. 나는 그 패션 주얼리를 미국에 유통시키기로 마음먹었다.

　한국에서 받은 샘플들을 가방 한가득 싣고서 뉴욕으로 향하는 나는 꿈에 부풀어 있었다. 한국에 있는 대형 인터넷 쇼핑몰에서 판매 1위까지 기록했던 제품이었다. 그렇기에 그 제품에 대한 자신감과 열정에 차 무조건 이 아이템으로 미국 시장을 선점해야겠다는 마음이 가득했다. 도착하자마자 다음 날부터 하이힐을 신고 판매할 아이템을 아름답게 착용하고 맨해튼을 누볐다.

지하철을 타도, 버스를 타도 사람들의 시선이 내 옷과 액세서리에 머무는 것을 느낄 수 있었다.

"이거 어디에서 샀어요? 너무 예뻐요."

이 질문을 길거리에서 모르는 여자들에게 얼마나 많이 받았는지 모른다. 나는 생각했다.

'그래, 이미 소비자는 이 상품을 좋아한다. 이제 이런 제품이 있다는 것을 거인 같은 미국 시장에 선보이기만 하면 되는 거야.'

하루도 지체할 수가 없었다. 맨해튼에 도착한 다음 날부터 시장조사와 홍보를 시작했다. 시차 적응도 안 되고 무리하게 돌아다닌 탓에 일주일 만에 체중이 줄고 입병도 났지만 그런 것이 나의 열정을 막을 수는 없었다. 앞으로 내가 연락해야 할 곳들을 리스트로 만들었고 소개 이메일을 보냈다. 수백 군데 이메일을 넣고 매일 아침마다 '제가 보내 드린 이메일을 받으셨나요?'라고 시작하는 전화를 무작정 걸었다. 드레스숍, 옷가게 체인점 본사, 도매상, 백화점 등 그렇게 뉴욕에서 맨땅에 헤딩이 시작되었다.

내가 기대했던 것은 신기하고 아름다운 제품에 사람들이 금방 관심을 보이고 비즈니스가 술술 풀리는 그림이었다. 하지만 그들은 냉정했다. 프로들은 아무리 좋은 아이템을 가지고 있어도 시장에서 검증되지 않으면 관심조차 주지 않는다는 것을 알게 되었다. 큰 회사로 가면 갈수록 세계는 더 냉정했다. 전화 연결이 안 되는 곳이 거의 대부분이었고 그나마 전화 연결이 된 곳이 몇십 군데 정도였다.

유명 백화점 구매팀에도 여러 차례 연락을 시도했다. 그런데 어렵게 전화 연결이 되어도 내 말이 끝나기도 전에 관심 없다면서 끊어버렸다. '아니, 이렇게 좋은 상품을 소개시켜주려고 하는데 왜 말도 안 들어보는 거야? 최소한 인사는 하고 끊어야 하는 거 아니야?' 하지만 그 정도는 양반이었다. 어떤 경우는 내가 "Hi, This is Rachel Baek from ABC company" 하면 "뚝!" 하고 전화가 끊겼다. 실수로 끊어졌나 싶어 다시 걸면 "Hi, This is Rachel Baek"이라는 말이 끝나기도 전에 "뚝". 현실 세계는 그랬다. 관심 없다는 말을 들을 수 있는 기회조차도 얻을 수 없었던 것이다.

그렇게 전화 홀대를 몇 번 받고 나서 나는 전략을 조금 바꾸었다. 우선, 소매점에서 인정을 받은 후에 그 데이터를 도매점이나 대형 패션회사에 보내는 것이었다.

거리로 나가자!

♦

맨해튼 거리에는 액세서리 도·소매점들이 꽤 많이 있다. 겉으로 보기에는 작은 소매점처럼 보여도 동부 일대 패션 아이템들을 유통시키는 중견 기업인 경우가 많다는 것도 발로 뛰며 배운 것이었다. 맨해튼을 한 블록 한 블록 직접 걸어서 상점을 찾아다니며 상품을 소개하니 몇 곳에서 관심을 보였고, 내가 직접 샘플 제품을 소매점에 판매하여 맨해튼 중심가에 진열되는 영광도 얻게 되었다.

그렇게 오전에는 수십 군데씩 전화를 걸고 오후에는 맨해튼 거리로 나가서 소매점을 일일이 방문했다. 발로 뛰니 생생한 정보와 조언들을 많이 들을 수 있었다. 대부분의 소매점과 도매점은 독특하고 창의적인 아이템에 관심을 가졌지만, 상품성에 대해서는 확신하지 못했다. 그리고 무엇보다 소매점은 대량의 물량을 소화할 수 없었고 도매점은 상품성이 확인되지 않은 상품에 위험을 감수하면서 투자하고 싶어 하지 않았다.

무엇보다 가격이 맞지 않았다. 한 달 매장 렌트비가 1,000만 원 정도 되는 소매점에서 액세서리 제품들은 원가의 10배 이상의 가격으로 판매를 해야만 수지가 맞는다는 것도 그때 알게 되었다. 한국에서 수공예로 제작되는 우리 제품은 그 가격 경쟁력에 훨씬 못 미쳤다. 아무리 차별화를 둔 독특한 제품이라 해도 그 가격 앞에서는 힘을 잃었다.

뉴욕 시장의 스피드는 가히 어마어마했다. 예를 들어, 맨해튼에 어떤 모자 하나가 인기를 얻으면 그다음 날 똑같은 모자가 옆 가게에서 더 경쟁력 있는 가격으로 판매될 수 있다고 했다. 유행할 상품을 바로 알아차린 중간 판매상들이 중국으로 사진과 정보를 보내면 24시간 안에 똑같이 만들어서 비행기로 보낸다는 것이다. 그리고 성공을 확신하게 되면 바로 대량생산하여 10일 만에 중국에서 미국까지 올 수 있다고 한다.

만약 내 아이템이 반짝이는 아이디어와 예쁜 디자인으로 대중의 호감을 받게 되면 누군가가 그것을 그대로 카피해서 공격적인 가격으로 유통하기까지 10일도 안 걸리는 상황을 대처할 수 있는 준비가 우리는 전혀 되어 있지 않았던 것이다. 물론 특허권과 같은 장치를 해놓을 수 있지만 패션시장 자체가 수명이 빠르니 소송을 걸다 보면 이미 시장은 다른 곳으로 움직이고 없을 수도 있는 것이다. 특히 이 아이템은 계절의 영향을 많이 받는 여름 아이템이었으니 그 수명을 누구도 장담할 수가 없었다.

그래도 포기할 수 없어서 사정사정하여 위치 좋은 소매점에 소량으로 직접 판매를 했고 좋은 위치에 디스플레이되는 기회도 얻었다. 그때 맨해튼 매장에 진열된 모습을 찍어 한국에서 홍보 자료로 만들어 사용하기도 했다. 어쨌든 뉴욕 맨해튼 입성이지 않은가?

그렇게 발로 뛰는 사이 맨해튼 패션 디스트릭트에 위치한 유명한 드레스 숍을 운영하는 수입처와 의류 패션 업체로부터 연락을 받을 수 있었고, 통화 중에 직접 보고 싶다는 말도 듣게 되었다. 맨땅에 헤딩 한 달 만에 정식 미팅을 할 수 있는 기회를 얻게 된 것이다. 한 달 동안 전화를 계속 걸다 보니 내공이 쌓여 10초 안에 제품에 호감을 갖도록 물고 늘어지는 기술까지 생겼다. 노력과 경험으로 만들어낸 나쁘지 않은 결과였다.

뉴욕 패션 디스트릭트를
누비다

♦

그렇게 제품을 가지고 와보라는 곳이 몇 군데 더 생기는 쾌거를 얻게 되니, 이제 진짜 시작이라는 마음이 앞섰다.

"그래, 여기는 뉴욕이다. 한 업체만 잡아도 성공이다."

이미 갑, 을 관계에서 수많은 냉대를 받았던 나는 나에게 친절하리라는 기대 없이 미팅에 참석했다. 하지만 관심 있는 아이템 앞에서 그들은 진지했고, 간결했고, 나의 열정에 격려와 친절을 베풀었다. 눈부신 쇼룸을 지나 수십 명의 패션 디자이너들이 일하는 모습을 지나 안내된 미팅룸에서 나는 그들의 프로페셔널리즘을 보았다.

멋졌다. 내가 그들과 비즈니스를 이야기할 수 있게 된 것만으로도 감격을 느꼈다. 그들의 소중한 의견과 격려는 회의를 마치고 나오는 내 심장을 울렁이게 했다. 내 주도로 이루어진 생애 첫 미팅이었다. 그것도 심지어 영어로 하고 나왔다니! 미팅 후 나는 내 어깨를 힘차게 스스로 토닥이며 칭찬해주고 있었다.

나의 무기는 열정과 부드러움이다. 하지만 그것만으로 비즈니스가 성사되기는 어려웠다. 내가 만났던 진지했던 디자이너들, 소매점 사장님, 유통회사, 무역회사들의 의견을 종합해보니 모두 비슷했다. 그들은 구체적인 자료와 유사 제품들을 나에게 보여주며 의견을 주기도 했다. 패션 아이템으로 매우 독창적이고 아름다운 제품이지만 대중적으로 다가가기에는 가격이 맞지 않는다고 했다. 같은 아이템을 중국에서 만들

뉴욕 액세서리 마케팅 조사 중

면 내가 제시한 가격 원가가 5분의 1로 줄어든다는 이야기는 여러 곳에서 들었고 한 업체에서는 자신들이 실제로 중국에서 견적을 받은 다른 제품들의 원가를 보여주기도 했다.

두 명의 패션 디자이너가 주축이 된 우리 회사로서는 그 정도의 물량을 중국으로부터 주문할 수 없는 작은 규모였다. 최소 주문량을 맞추기에는 우리 회사가 너무 작았던 것이다. 주력하는 아이템과 그 후속 아이템이 준비되어 있어야 하고 대량 주문에 대한 가격 경쟁력과 물량에 대한 준비 등 핸드메이드 제품으로 수작업했던 우리 회사가 뛰어들기에는 넘어야 할 산이 너무 많았다. 그것들은 모두 비즈니스 리스크가 되는 것이다.

그러나 수많은 거절과 냉대와 또한 격려와 조언들은 나에게 실패보다 더 많은 것을 얻게 해주었다. 나에게 그 패션 아이템이 없었다면 내가 그들의 유통구조, 가격 구도, 패션 아이템 선정, 제품 라이프 사이클, 비즈니스 에티켓 등 그 많은 것들을 어떻게 경험할 수 있었을까?

가격 경쟁력이 턱없이 미치지 못한다는 것은 내가 가지고 온 샘플들을 모두 판매하며 받은 피드백으로 다시 한 번 확인할 수 있었다. 그래도 멋진 도전이었다. 내가 할 수 있는 모든 방법으로 시도해보았고 시장에서 내려진 평가를 받아들일 수 있을 만큼 그 세계를 발로 뛰며 공부했기 때문에 후회가 남지 않았다. 또한 그동안 학교에서 배운 영어까지 유감없이 모두 활용할 수 있던 기회였으니 뉴욕에서 비즈니스 경험뿐만이 아닌 어학 실력 향상도 덤으로 얻게 되었다.

또한 내가 호주에서 많은 인터뷰에 낙방을 하며 가장 크게 배웠던 것이 해외 취업의 가능성을 발견한 것이었다면, 이번 경험은 해외에서 살기 위해서 취업만이 기회가 아닌 해외 창업 혹은 해외 수출상도 하나의 방법이 될 수 있다는 것이었다. 좋은 한국 아이템을 해외에 알리고, 판매하는 일이 그것이다.

미국에서 처음으로
돈을 벌다

♦

　　　　　　　뉴욕은 일자리가 참 많다. 그 의미는 마음

만 먹으면 기회가 참 많은 곳이라는 뜻이다. 시드니, 샌프란시스코, 하와이에서 경험을 쌓고 무료로 어학 공부를 할 때 늘 해외 취업을 갈망하고 현지 구직 사이트와 한인 커뮤니티 사이트에서 구직 정보를 자주 확인하며 내가 이룰 수 있는 가능성 있는 정보들을 찾아보곤 했다. 그런 과정을 거친 후 뉴욕에 갔는데 그 많은 구인 채용 정보를 보고 놀라지 않을 수 없었다. 특히, 한국어를 구사할 수 있고 한국 문화를 이해한다는 것이 장점이 될 수 있는 곳이었다. 한인 이민 역사가 길고 한인들이 많이 살고 있는 다른 대도시들의 상황도 비슷하리라고 생각한다.

뉴욕에서의 구직은 나의 마지막 절박함에서 시작되었다. 샌프란시스코와 하와이에서 30세가 넘는 나이로 늦은 어학연수를 마치며 뉴욕행을 결정했다. 앞서 이야기했듯이 하와이에서 인턴십 제의도 받은 상태였는데 내 경제 사정이 무직으로는 몇 달 버티지 못할 것 같다는 생각으로 뉴욕을 생각하게 되었다. 더 늦기 전에 그곳에 가보고 싶었다.

미국 서부와 캐나다 서부는 여러 차례 방문하고 살아보기도 했지만 그때까지 미국 동부는 한 번도 가보지 못한 곳이었다. 뉴욕, 그 이름만으로도 가슴 설레는 곳이 아닌가! 그런 큰 기대를 가슴에 안고 패션 비즈니스 창업에 도전해보았지만 실패로 돌아갔으니 시간도, 금전적 여유도 없던 나의 상황은 순식간에 '뉴욕 취업 도전기'에서 '뉴욕에서 생존기'로 변했다. 가장 빨리 구할 수 있는 일자리를 찾는 것이 나의 1순위 목표였다. 관광비자로 1년 동안 미국과 한국을 오갔는데, 그다음 3개월을 어떻게 뉴욕에서 버틸 것이냐가 관건이었다.

일단 한국 무역회사 경력과 호주 인턴십 경력을 바탕으로 이력서를 다듬었다. 뉴욕에서 대표적인 한인 커뮤니티 사이트인 www.
heykorean.com에 올라온 한국계 회사에 이력서를 보냈고 Craigslist.
com과 Monster.com을 통해 이력서를 보내기 시작했다.

또한 Craigslist에는 셀 수 없는 구직 정보가 올라오기 때문에 검색어
를 Korean으로 넣어보았다. 그랬더니 그것만으로도 몇 개의 업체가 검
색되었다.

나의 첫 번째 일은 어플리케이션 작동법 안내문 번역이었다. 일회성
아르바이트였기 때문에 관광비자만 가지고 있던 나의 신분이 아무런
문제가 되지 않는 고소득 일이었다. 한국에 있을 때 근무했던 글로벌 회
사 3개월 경력과 근무할 당시 영어를 한국어로 번역했던 일을 강조해서
이력서를 만들었고 영어로 수업 전 과정이 진행되는 대학원을 졸업했
다는 것으로 나의 어학 실력을 조금 더 어필했다.

미국에서는 애플 폰이 센세이션을 일으키고 있었지만 한국은 그 당
시 삼성 스마트폰이 출시되기 전이었다. 그리고 내가 번역한 것은 삼성
스마트폰에 내장될 한 어플리케이션 작동법을 영어에서 한국어로 번역
하는 작업이었다. 당시에는 너무도 생소한 분야였고 어플리케이션이
란 용어 자체가 한국어로 사용되기 이전이었다. 그리고 나는 적절한 번
역어가 없는 그 어플리케이션이란 단어를 외래어 그대로 어플리케이션
이라 칭했다. 지금 생각하면 잘한 것 같다. 지금은 모두 앱, 혹은 어플리
케이션이라고 부르고 있으니 말이다.

한국에서 구직 당시, 삼성기업 입사에 도전해 필기시험에서부터 탈
락했던 나였는데 삼성 폰에 내장되는 어플리케이션의 번역을 담당하

게 되다니, 참 신기한 일이었다. 어쨌든 미국에서 뜨고 있는 이 어플리케이션 회사에는 나 같은 사람이 필요했다. 한국어를 영어보다 더 잘하는 사람, 미국에 사는 사람, 과거 이름 있는 회사에서 번역 경력이 있는 사람.

미국 취업으로
가는 길

♦

　　　　　그 아르바이트 수입으로 인해서 뉴욕에서 한 달은 더 버틸 수 있었다. 참 아슬아슬했다. 이대로 한국에 돌아갈 수 없다는 절박함이 멋진 기회를 만들어준 것이다. 번역 일을 하며 관심 있는 업체를 선정하여 계속해서 이력서를 제출했고 인터뷰 제안도 받았다.

첫 번째 회사는 맨해튼 중심가에 있는 고풍스럽고 럭셔리한 건물에 상주해 있는 마케팅 회사였다. 이곳도 역시 나의 검색어 'Korean'을 통해서 발견한 회사였다. 미국 회사였고 한국에 투자 목적으로 시장조사를 하고 있는 회사에게 본격적인 투자 유치를 받기 위해 샘플 시장조사를 하는 일이었다. 말이 샘플이지 어마어마한 투자금이 걸려 있는 프로젝트였기 때문에 본격적인 시장조사에 앞서 선행되는 샘플 시장조사였던 것이다.

그들은 한국의 정서와 문화를 이해하고 한국어를 조금이라도 구사할 수 있는 마케팅 경력자와 전공자에게 플러스 점수를 줄 수 있다고 했다. 그리고 나는 대학원 학생 시절 대기업 지원을 받아서 이탈리아와 러시아에서 해외 마케팅 리서치를 수행한 경험이 있었고 대학원에서도 마케팅을 배웠기 때문에 그 일에 적임자라 생각했다. 하지만 그들은 나의 마케팅 역량이 확실히 평가되지 않은 상태에서 취업비자 스폰서가 되어줄 수는 없다고 했다. 샘플 시장조사 결과를 받아본 후 그 투자회사가 최종 계약을 확정해야 했기 때문이었다. 취업비자를 위한 스폰서가 되어줄 수는 있지만 샘플 시장조사를 위해서 나를 채용했다가 계약이 성사되지 않거나 내가 비자를 신청했지만 비자를 받지 못하게 되는 상황이 발생하는 것을 우려했다.

미국에서 취업비자를 받기 위해서는 회사에서 추가로 지불해야 하는 비용이 6,000~10,000달러 정도 된다. 약 천만 원 정도 하는 금액이다. 미국 영주권자나 시민권자 혹은 미국에서 학교를 졸업하여 일정 기간 동안 합법적으로 일을 할 수 있는 사람은 그 취업비자가 필요 없다. 비자를 가지고 있지 않은 사람을 채용하기 위해서는 왜 그 사람을 미국이 아닌 다른 나라에서 불러와야 하는지 증명해야 하기 때문에 변호사 비용을 포함한 신청서 접수를 대행해주는 비용으로 회사에서 변호사 사무실에 지불해야 하는 비용이다.

하지만 스폰서가 있어서 취업비자를 신청하더라도 세 명 중 한 명에게만 비자가 발급되는 시스템이었다. 다시 말해, 취업비자를 신청한 같은 조건의 세 사람 중 두 명은 특별한 이유 없이 탈락한다는 것이다. 그 회사에서는 나를 채용하기 위해 그 위험을 모두 부담할 수가 없었던 것이다. 정리하자면, 그 회사는 나를 스폰서해주고 내가 취업비자를 받아올 때까지 기다릴 수 있는 시간적 여유가 없었고, 취업비자 신청 후 확실하게 비자를 발급받는다는 보장도 없었고, 그 투자회사가 최종 계약서에 사인할 것인지도 알 수 없었다.

그렇게 나는 첫 번째 인터뷰에서 두 번째 인터뷰 기회조차 얻지 못했다. 겉으로는 당당하고 자신감 있게 웃고 있었지만 속으로는 합법적으로 일할 수 있는 비자가 없다는 너무도 현실적인 이유로 낙심하고 있었다. 그렇게 터벅터벅 럭셔리한 맨해튼 건물을 나오며 스스로에게 질문을 던졌다.

"내가 정말 해외 취업이란 것을 이룰 수 있을까?"

그리고 다시 마음을 잡았다.

'아니, 아직 끝나지 않았어. 나에게는 한 달이라는 시간이 남았잖아. 다시 도전해보자.'

내가 하고 싶은 것과
내가 할 수 있는 것

♦

　　　　　　다시 컴퓨터 앞에 앉았다. 그리고 이제까지 지나온 뉴욕 생활을 떠올리며, 그 경험과 생각을 모아 정리를 해보았다. 상황은 이러했다.

1) 합법적으로 일을 하기 위해서는 비자가 필요하다.

2) 비자를 신청하기 위해서는 회사의 스폰서십이 필요하다.

3) 그것은 회사에서 안고 가야 할 비용과 위험이다.

4) 그렇다면, 비자 혹은 영주권이 없음에도 불구하고 그들이 나를 채용해야 할 이유가 있어야 한다. 그 이유를 찾아야 한다. 만들어야 한다.

그런데 현실은, 나는 네이티브만큼 영어를 잘하지도 못하고, 해외에서 풀타임 일을 해본 적도 없고, 해외에서 받은 학위도 없었다. 현지 미국회사에 취업하기 위해 미국 현지인들과 경쟁하자니 그것이 만만치 않겠다는 생각이 들었다.

그렇게 따져보니 마음이 답답해져왔다. 내가 하고 싶은 것과 내가 할 수 있는 것 사이에 괴리가 생긴 것이다. 내가 하고 싶은 것은 비즈니스 우먼으로 멋진 정장을 입고 맨해튼 중심의 멋지고 고급스러운 빌딩에 있는 회사로 출근해서 노란 머리의 회사 동료와 상사들과 함께 일을 하는 것인데……. 그리고 다시 한 번 스스로에게 물었다.

'정말, 과연 내가 해외 취업을 이룰 수 있을까? 돈도 떨어져가고 관광비자 기간도 얼마 안 남았는데…… 진정 이룰 수 있을까? 호주에서는 워킹 홀리데이 비자로도 있었는데 정말 미국에서 관광비자만 가지고도 취업을 할 수 있을까?'

그러다가 이유는 알 수 없지만 나의 모태 긍정 에너지가 발동했다.

'이 많은 회사 중에 내가 일할 곳 하나 없겠어? 나는 조금만 키워주면 10배로 더 클 수 있는 인재라고! 이런 인재를 알아봐줄 회사가 꼭 있을 거야. 그래도 안 되면 뉴욕 시내 구석구석 실컷 구경한 것으로 만족하지 뭐. 그래도 몇 달은 뉴요커로 살면서 시장조사도 해보고, 현지인들과 영어로 미팅도 해보고, 번역 알바도 해봤잖아.'

그렇다. 붙어도 떨어져도 뉴욕에서의 도전은 의미가 있었다. 가장 중요한 것은 해보고 안 된 것은 후회가 남지 않지만 시도조차 안 해본 것은 꼭 나중에 후회가 남는다는 것이다. 그러니 나한테는 최소한 후회가 남을 이유는 없었다. 그렇게 생각하니 '일단 더 해보자'는 마음이 생기고 마음도 더 편해졌다. 상황은 달라진 게 없었지만 마음가짐이 달라지니 뭐 딱히 어려울 것도 없었다. 그리고 현실적으로 취업 확률이 높고 내가 차별화될 수 있는 것들이 무엇인지 생각해보았다.

내가 평가한 나의 차별성은 이런 것들이었다.

1) 무엇이 되었든 일이 주어지면 성실히, 열심히, 그리고 잘하는 스타일

2) 한국에서 무역 경력도 있고 무역은 눈 감고도 할 수 있을 정도

3) 한국말을 엄청나게 잘하고, 영어도 의사소통이 이루어질 만큼은 함

4) 특히 성격이 무난하고 좋아서 어디서나 잘 적응해 나감

그 후부터 한인 커뮤니티 사이트에 올라오는 구인 광고를 더욱 유심히 보게 되었다. 그러다 보니 유통회사 두 곳에서 무역 사무직을 구한다는 채용공고를 보게 되었다.

솔직히, 처음 구인공고를 봤을 때는 미국에 있는 작은 한인 무역회사

일 거라는 생각이 들었다. 하지만 회사 규모는 중요하지 않았다. 한국에서 중소기업에서 일하면서 어떤 회사에 다니느냐보다 내가 어떤 일을 배우고 성장할 수 있는지가 더 중요하다는 것을 배웠기 때문이다. 그리고 뉴욕에서는 회사 규모보다 더 절실하게 필요한 것이 직업이었다.

나는 언젠가는 해외에서 살 사람이고 그러려면 직업이 있어야 하기 때문이었다. 바로, 해외 취업을 해야 하는 이유였다. 내가 가지고 있는 한국어가 장점이 될 수 있고, 나에게 비자 스폰을 해줄 수 있는 그런 회사여야 했다. 몇 시간을 일하든, 얼마를 받든, 그것은 그다음 문제였다. '나는 취업을 해야 하는 사람이다. 나는 해외에서 살 사람이다'라는 생각이 머릿속에 늘 자리하고 있었다. 그렇게 생각하면 기분도 좋아졌다.

드디어
첫 해외 취업

될 때까지 도전

♦

　　　　　그렇게 현지 기업에서 한인 기업으로 전략을 바꿔 두 곳에 이력서를 보낸 뒤, 첫 번째 회사에서 인터뷰하자는 전화를 받았다. 회사 건물에 들어서니 깔끔한 로비가 보기 좋았다. '한인 회사인데 좋은 건물에 사무실이 있네.' 이것이 나의 첫 느낌이었다. 이유는 모르겠지만 나는 미국에 있는 한인 회사는 작은 로컬 중소기업일 거라는 생각을 가지고 있었다.

　면접관 두 분 앞에서 면접을 보는데 왠지 느낌이 좋았다. 어렵지 않은 질문들에 한국어로 면접을 보니 그렇게 쉬울 수가 없었다. 일단, 영어든 한국어든 면접은 무조건 많이 보는 것이 답이다. 머릿속에 정리가 되어 있으면 확실히 말이 술술 나오고 자신감도 더 생긴다. 이미 내 머릿속에 영어 면접을 보며 준비했던 질문과 답이 정리되어 있었으니, 한국말로 답하는 것은 일도 아니었다.

　면접을 많이 보다 보면 이런 느낌이 올 때가 있다. '이곳 될 것 같다.' 화기애애한 분위기 속에서 내가 대답을 건넬 때마다 입가에 미소가 살짝 지어지는 면접관들의 모습, 마치, '그렇지'라고 말하는 것 같은 그런 표정들이 보일 때가 있다. 그날도 그랬다.

　무역실무 경력이 있고, 무역은 처음부터 끝까지 모두 혼자 할 수 있을 만큼 자신이 있고, 구매도 해봤고, 영어도 하고, 호주에서 인턴십 경험도 있고…… 등등 대답을 할 때마다 뭔가 부드럽게 지나가는 좋은 느낌이었다.

그런데 갑자기 신분과 관련된 질문이 나왔다.

"그런데 뉴욕은 어떻게 오시게 되었죠?"

"아 네, 미국에서 어학연수를 받은 후 영어 실력을 더욱 향상시켰고 뉴욕에서 취업하기 위해 왔습니다."

"그럼, 비자 상태가⋯⋯?"

"현재는 관광비자 상태이며 취업비자를 신청해야 합법적으로 일을 할 수 있습니다."

갑자기, 시간이 멈춘 듯 면접실 분위기가 정지된 상태 같았다. 그 1, 2초의 공백이 참으로 어색하고 길게 느껴졌다. 하지만, 호주에서 그 질문도 받아본지라 처음처럼 당황하거나 절박할 필요도 없다는 것을 알았다. 어차피 결정은 회사가 하는 것이다. 내가 걱정해봐야 소용없다. 그리고 어색한 시간도 어느덧 지나갔다.

면접관의 말씀이 이어졌다.

"아시겠지만 저희 회사 채용 기준은 영주권자 혹은 시민권자 신분인 지원자를 채용하는 것입니다. 미국 다른 도시에서 살아보시고 공부도 하시고 액세서리 사업도 해보셔서 관광비자일 것이라고는 생각을 못 했습니다."

회사의 채용 기준 중에 하나가 영주권자 이상이라는 것을 알고도 나는 일단 지원을 해보았다. '내가 누구인지, 내가 무엇을 할 수 있는지를 보여주면 만에 하나 기회를 얻을 수도 있지 않을까?'란 생각으로 지원을 했고 인터뷰까지 보게 된 것이었다.

"제가 이제까지 했던 경력들을 말로만 설명드리는 것으로는 충분히 저를 보여드리기 어렵다고 생각합니다. 일을 하며 성과를 창출해서 직접 증명해 보여드리고 싶습니다. 저를 뽑아주신다면 기대하시는 것 이상으로 만족하시게 될 것이라고 자신 있게 말씀드립니다."

마지막으로 여유와 당당함을 가지고 자신감 있게 하고 싶은 말을 다했다. 절박해할 필요도 없었다. 나를 뽑으면 회사 또한 이익이라는 마음이 있었기 때문이다. 내가 왜 뽑혀야 하는지 내가 왜 이 회사에 필요한 인재인지 내가 무엇을 잘하고 어떤 장점이 있는지 한 번 더 강조하는 것도 잊지 않았다. 어쨌든 좋았던 면접장 분위기는 갑자기 어색해졌고 면접관의 말씀이 이어졌다.

"네 알겠습니다. 비자와 신분이 관계된 것은 쉽지 않은 사안이라서 내부적으로 의논을 거쳐야 할 것 같습니다. 우선, 오늘은 돌아가시고 다시 연락을 드려도 되겠습니까?"

내가 해외에서 봤던 많은 인터뷰 중 첫 한인 회사 인터뷰였고, 20분 정도의 가장 짧았던 인터뷰였다. 그렇게 회사를 나와 지하철을 타기 위해서 천천히 걸어가고 있는데 전화벨이 울렸다. 혹시 물건을 놓고 왔나 싶은 마음도 들고, 놀라운 마음에 전화를 받아보았다.

"혹시, 벌써 멀리 가셨나요? 지금 다시 회사로 와서 면접을 더 볼 수 있으신가요?"

면접관님 목소리였다.

'이건 무슨 일이지?'

나는 침착히 대답했다.

"그럼요. 물론이죠. 회사에서 멀지 않은 곳에 있습니다. 그런데 어떤 일이신가요?"

"아, 네. 레이첼 씨가 너무 마음에 들고 경력도 좋고 인상도 좋아서 꼭 채용을 하고 싶은데 회사 내규가 있어서 혹시 예외적인 상황으로 취업 비자를 스폰해줄 수 있는지 검토를 해보았습니다. 회사에서 비자 스폰을 해줄 수 있을 것 같습니다. 다시 오셔서 면접을 더욱 자세히 보고 싶습니다."

잘되다가 안 되는 줄 알았는데, 이렇게 없었던 기회도 생기는구나 싶었다. 만에 하나 좋은 기회를 잡을 수도 있지 않을까 했던 바람이 현실이 되어가는 순간이었다.

그렇게 나는 다시 면접장으로 향했다. 하루에 한 회사에서 두 번 면접을 보는 것도 처음으로 해보는 경험이었다. 예상대로, 두 번째 면접에는 업무와 관련된 더욱 자세한 질문들이 이어졌고 면접 후에는 함께 일해보고 싶다고 말씀하셨다. 그리고 회사 내부와 창고까지 건물 전체를 모두 구경시켜주며 마주치는 직원들에게 인사까지 시켜주었다. 마음이 벌써 이 회사 직원이 된 듯했다.

작은 무역회사 사무실이라고 생각했던 곳이 알고 보니 그 건물 전체가 회사 사옥이었다. 그리고 뉴욕에서 일하며 나중에 알게 된 사실은 뉴욕에는 성공한 큰 한인 업체들이 생각 이상으로 많다는 것이었다. 특히, 패션과 식품과 관련된 비즈니스들이 그랬다.

한인 기업에 취업하다

◆

　　　　　　　　면접을 보고 나오는 길에 두 번째 한인 기업에서 인터뷰를 보고 싶다는 전화가 왔다. 그리고 나는 다른 곳에 합격했음을 알리고 정중히 전화를 끊었다. 마음속으로는 '그냥, 말 안 하고 면접이라도 봐볼까?' 생각이 들었는데 회사 구경까지 시켜주시고 직원들에게 인사까지 하고 나온 것 때문에 마음이 내키지 않았다.

　유명한 호텔로 입사한 지인의 이야기가 떠오른다. 호텔 면접을 보러 가면서 그 으리으리함에 마음을 이미 빼앗기고 들어갔다는 이야기, 그리고 면접을 다 본 후 호텔 직원만이 볼 수 있는 내부를 보여주는데 그 스탠더드를 보고는 진짜 그곳에서 일하고 싶다는 마음이 더욱 절실하게 들었다는 이야기였다.

　우리가 면접에 붙으려고 애를 쓰는 만큼 회사에서도 좋은 인재를 찾아서 데리고 오기 위해 애를 쓴다. 그래서 그렇게 회사 투어를 시켜주어 마음을 사로잡아놓는 것이다. 어쨌든, 나는 그날 이렇게 생각했다. '살다 보니 나에게 이렇게 복 받은 날도 오고, 한 곳에서는 합격하고 다른 곳에서도 인터뷰 제의가 들어오고! 영어만 쓰는 현지 회사가 아닌 한국말을 꼭 잘해야 하는 미국에 있는 한인 회사로 방향을 돌리니 이렇게 바로 좋은 소식들을 연이어 듣게 되네. 잘됐다. 잘해보자. 재밌겠다. 이제 진짜 뉴욕 직딩, 뉴요커가 되는 거야.'

　회사 첫 출근까지는 공백 기간이 있었는데, 면접 합격 몇 주 후 면접관이 연락을 주셨다. 만나서 비싼 고기도 사주시고, 회사 이야기도 해주시고, 함께 일하게 되어 기쁘다고 하시고, 할 일이 참 많을 것이라는 것도 귀뜸해주셨다. 그리고 비자 진행 상황도 알려주셨다.

출근 전에 이렇게 따로 오리엔테이션을 해주시다니. 베풀어주신 호의와 시간에 감사함을 느끼고 회사가 좋아지기 시작했다. 그런데 나중에 알고 보니, 면접을 본 후에 내가 혹시 그 사이 다른 곳에 면접을 보고 마음이 변심할까봐 중간에 점검도 하고 좋은 회사라는 것을 어필해서 꼭 데려오려고 사전 작업을 하신 거라고 하셨다. 역시, 나를 알아봐주는 곳이 어딘가에는 있었던 거다.

살면서 내가 그리 운이 좋은 편이라고 생각해본 적이 없었다. 그런데 열심히 계속 도전하는 사람에게는 좋은 운도 따라오는 것 같다. 나에게는 취업비자 지원이 그러했다.

내가 취업비자를 신청할 당시 회사의 스폰서십을 가지고 신청을 해도 3명 중 2명이 탈락하는 시기였다. 지원 자격 때문이 아닌 로또와 같은 추첨 방식으로 사람을 가려내는 것이었기 때문이다. 그만큼 미국에서 취업을 하려는 사람들이 많았고, 어렵게 취업 스폰서를 구했는데도 불구하고 많은 사람이 비자에서 떨어져서 본국으로 돌아가는 경우들을 직접 보아서 알고 있었다.

그런데, 내가 취업비자를 신청했던 2008년도에 미국에 큰 사건이 일어난다. 바로 서브프라임 모기지 문제를 시작으로 가계 부채로 인해 개인 가계들의 삶이 어려워지고, 소비가 급격히 줄고, 기업이 문을 닫고, 환율이 오르는 등 경제 위기가 온 것이다.

그러다 보니 공부하고 있던 학생들도 고국으로 다시 돌아가게 되고,

기업이 어려워지니 새로운 직원 채용은 줄고 일시적 해고layoff는 늘어나게 됐다. 당연히, 실업률도 높아지고 해외 인력을 채용하는 업체들도 급격히 줄게 되었다. 그러니 10년 이상 치열한 경쟁률을 보이던 미국 취업비자 지원H1 visa에 미달 사태가 발생했다. 다시 말해, 회사가 스폰서가 되어 취업비자를 신청하면 탈락되는 경우 없이 취업비자를 받을 수 있게 된 것이다.

그렇게 나는 관광비자로 들어와서 정식으로 해외 취업에 성공하게 되었다. 그것이 나의 첫 번째 해외 취업이었다.

한국인이고 한국어를 할 줄 알기 때문에 한인 기업 문을 두드리기가 유리했고, 그것으로 인해 면접의 기회를 잡을 수 있었고, 영주권이 없었지만 일단 면접 시간 동안 최선을 다하여 두 번째 면접 기회를 잡았고, 그래서 취업비자도 지원받게 된 것이다. 혹시 비자 신청에서 떨어지더라도, 회사에서 위험부담이 있더라도 함께 시도해보자는 마음이 있었기에 비자 신청이 가능했고, 비자 신청자 미달 사태로 인해 안정적으로 비자를 받을 수 있었다. 역시, 되든 안 되든 해보는 게 우선이다.

나는 그 회사에서 식품 무역 일을 시작으로 해외 구매, 미국 제품 구매, 그리고 제품 개발과 마케팅 순으로 나의 커리어 영역을 넓혀나갈 수 있었다. 회사 사람들은 한국 사람들이 많은 편이었지만 내가 직접 상대하는 해외 벤더 그리고 미국 벤더들과는 거의 대부분 영어로 의사소통해야 했기 때문에 자연스럽게 영어 실력도 향상될 수 있었다. 그 시기를 이렇게 말하고 싶다. 나로서는 돈 받으며 비즈니스도 배우고 영어 실력도 늘릴 수 있었던 기회의 시간.

자기소개 부탁합니다

♦

"해외 취업을 위해 언제쯤 떠나고 싶으세요?"

"영어를 완벽하게 할 때쯤 떠나고 싶습니다."

내 질문에 어느 학생이 이렇게 대답을 했다. 그 대답에 나는 빙그레 웃으며 이렇게 답했다.

"완벽하게 될 때까지 기다리면 평생 못 나가게 될지도 몰라요. 괜찮으세요?"

나는 한국에서 태어나고 자라고 공부하고 일한 한국 토종이다. 나는 완벽하게 영어를 구사한다는 것은 일찌감치 포기했다. 남들보다 못하기에 늘 배워야 한다고 생각했고, 영어를 잘 못하기에 원어민보다 더 잘할 줄 아는 다른 것이 있어야 한다고 생각했다. 그리고 당당하게 말하건대 그게 맞았다. 영어는 일을 잘할 수 있을 만큼만 하면 된다. 완벽하지는 않아도 일을 하는 데 문제가 없을 만큼 말이다. 그럼 얼마만큼이 일을 하는 데 문제가 없을 만큼일까? 많은 사람들이 생각하기를 영어를 매우 잘해야만 영어권에서 해외 취업을 할 수 있을 거라 생각한다. 그런데 나의 생각은 다르다. 회사만큼 좋은 영어 학교는 없다. 시험을 위해 공부하는 영어가 아니라 살아남기 위해 실전에서 익히는 영어는 빠르게 향상될 수밖에 없다. 발등에 불이 떨어졌는데 다른 것이 눈에 들어오겠는가? 일단 불부터 꺼야 한다. 그게 내가 자주 사용하는 방법이다. 나 스스로를 그 상황에 일단 밀어넣는 것이다.

그래도 영어 기본은 있어야 하니, 군이 그 정도를 이야기하자면 영어 회화 레벨이 중, 상에서 상급 이상이면 괜찮다(물론, 직종, 분야, 직급에 따라 차이가 많이 날 수 있다). 그 정도 된다면 취업해서 일하면서 영어를 더 익혀나가도 큰 문제가 되지 않는다. 누구도 학교에서처럼 앉혀놓고 가르쳐주지는 않는다. 하지만 누구를 만나든 어떤 편지를 받든, 어떤 서류를 보든 그 모든 것들이 영어 공부가 된다.

물론, 직장에서는 티를 내면 안 된다. 부족한 영어 실력이 티가 날 수는 있겠지만 최대한 티가 나지 않도록 본인 스스로 노력해야 한다. 나의 경우, 작문 실력을 늘리기 위해서 이메일 받은 것 중 좋은 문장들은 늘 따로 메모해서 외우고 활용해 내 문장으로 만들려고 노력했고, 모르는 단어들은 모두 찾아 집 안 곳곳에 메모지를 붙여놓고 외웠다. 어려운 서류나 두꺼운 계약서 같은 것은 늘 집에까지 가지고 와서 공부하곤 했다. 이메일을 읽는 속도가 뒤처진다는 생각이 들면 퇴근 후 집에서 다음 날 답장을 주어야 하는 몇십 개의 이메일을 모두 미리 읽고, 그다음 날 출근해서 답장을 바로 써나가기 시작했다. 내용을 읽고 충분히 이해하는 시간이 필요했고 전략을 짤 시간도 필요했기 때문이다. 퇴근 후에 그 과정을 미리 해두니 다음 날 답변을 논리적으로 전하는 시간도 줄어들었다. 그렇게 회사에서 속도를 붙여서 답장들을 보내고 나면 다른 업무들도 자연적으로 처리 속도가 빨라졌다.

회사에서 실전으로 영어 실력을 쌓아나가는 것의 가장 큰 장점은 그 분야에서 쓰는 용어와 자주 사용하는 문장들을 쉽게 접할 수 있게 된다는 것이다. 그 샘플 문장들을 외워서 활용하게 될 때 바로 내 것이 되고 그렇게 실력이 는다. 나에게 맞는 최고의 영어책을 스스로 만들게 되는 것이다.

뉴욕 직장에서 일할 때 이런 일이 있었다. 미국 내 대기업 음료회사 직원들과 미팅을 할 때였다. 우리 회사에서는 나를 포함해 두 명이 참석했고, 그 회사에서는 네 명이 참석했는데, 그중 한 명이 프레젠테이션을 하는 상황이었다. 프로젝터 때문에 미팅룸은 약간 어두웠다. 발표자가 열심히 설명을 하고 있는데 그 장면이 갑자기 영화 속 한 장면처럼 느껴지는 것이었다. 그날따라 참석한 사람들도 모두 백인들이었고 모두들 말끔한 정장을 차려입어 전형적인 엘리트의 모습이었다. 우리가 영화나 브로셔 같은 곳에서 보는 그런 장면이 현실에서 연출되고 있었다. 그리고 그 자리에 내가 앉아 있었다. 영화 속 장면 안에 내가 있으니 그것이 참 멋지게 느껴졌다. 그런데 영화 같은 멋진 장면도 잠시, 내 머릿속을 스쳐가는 또 다른 생각. 그것은 현실이었다.

'그런데, 내가 이거 다 못 알아들으면 어쩌지? 아까 그 말은 확실히 이해가 안 됐는데 물어볼 타이밍을 놓친 것 같은데…… 난 원어민처럼 영어를 구사하지 못하는데 이들은 나를 어떻게 생각할까?'

그런 생각이 들자 등에 땀줄기가 흘렀다.

'큰일 났네. 이렇게 딴 생각하다가 또 못 알아들었네. 아이고……'

내가 뉴욕 회사에 입사할 때 나의 영어 수준은 미팅을 혼자서 주도하거나, 몇십 페이지의 구매 계약서를 혼자서 검토하고 협상할 수 있는 실력이 전혀 아니었다. 어렵게 미팅을 따라갔고 못 알아듣는 말들도 분명 있었다. 그런데 다행히도 리캡Re-cap이라는 것이 있어 재요청할 기회가 있다는 것을 입사 후에 알았다. 리캡이란, 회의 동안 거론된 주제, 내용을 요약한 글로서 보고서 같은 정도는 아니고 말 그대로 짧지만 핵심이 들어가고 미팅 때 결정된 사항이나 앞으로 해야 될 사항이 포함된 내용이다. 보통 이메일로 받게 된다.

미팅이 끝날 무렵 마무리하는 말 끝에 요청한다.

"오늘 시간 내주어 매우 감사드립니다. 미팅 때 논의되었던 사항과 계획들이 매우 좋았습니다. 가능하시다면 미팅 리캡 보내줄 수 있으신가요?"

"그럼요. 사무실에 도착하면 오늘 참석한 모든 분들에게 리캡을 보내드릴게요. 수고하셨습니다."

그 리캡을 받아 보면 미팅 시간에 살짝 못 따라갔던 것이 있었더라도 모두 캐치할 수 있어서 참으로 유익했다. 특히, 나처럼 원어민이 아닌 데다 해외에서 근무한 경험이 거의 없고 영어로 업무를 보는 환경에서 한국어처럼 영어가 편하지 않은 사람에게는 한 줄기 빛과 같다. 그렇게 따라가고 익히다 보니 어느새 내 영어 실력도 늘어갔다. 리캡을 요구할 수 있다는 것은 바이어, 물건을 구매하는 사람의 특혜일 수도 있으나 미팅에 참가한 모두가 한 페이지(on the same page)에 있게 하고 차후에 팔로업할 수 있는 좋은 절차이다. (단, 리캡이란 것도 회사와 사람에 따라 달라질 수 있다. 캐나다 회사에 다닐 때는 회의 진행과 동시에 리캡을 바로 작성했고 작성한 사람만이 그것을 가지고 있었다. 대신 회의에서 논의된 내용을 팔로업하기 위해서 Action Plan을 만들었고 모두와 공유하기도 했다.)

중요한 것은 영어는 일을 되도록 만드는 핵심 도구 중 하나지만 절대로 핵심 스킬은 아니라는 것이다. 난 비록 원어민보다 영어는 못했으나 구매를 하고 그것을 잘 팔기 위한 비즈니스 마인드 그리고 무엇보다 열 정과 성실함이라는 무기를 가지고 있었다.

뉴욕에서 일한 지 2년이 되었을 때 나는 마케팅 인원을 충원하는 면 접관으로서 미국인 면접을 보았다. 그때 면접관이 알아야 할 것, 예상 질문 등을 공부하면서 뭐라고 설명하기 어려운 감정이 들었다. 이제는 상황이 반대가 되어 한국에서 온 내가 면접관이 되어 미국인들을 면접 하고 있으니 말이다. 면접장에서 지원자로서 많이 들어왔던 질문을 이 제는 내가 지원자에게 하고 있는 것이다.

"자기소개를 간단히 부탁드립니다."

나의 얼굴에서는 이제 여유가 묻어나고 있음을 자연스럽게 느낄 수 있었다. 그동안 나도 모르게 많이 성장해 있었던 것이다.

미국에서 자라고 교육받은 사람들을 면접해볼 수 있었던 것이 내 가 영어를 잘하기 때문이었을까? 다시 한 번 강조한다. 영어는 도구 에 불과하다. 일을 할 수 있을 정도면 된다. 그것도 일을 하면서 더 늘릴 수 있다.

그럼 다시 질문을 던져보자.

'완벽한 영어를 구사할 때까지 기다렸다 떠날 것인가 아니면 떠나서 완벽한 영어를 구사하기 위해 끊임없이 노력할 것인가?'

♦

　　　　　　3시간 동안 나의 해외 취업 강연을 듣고 난 사람들 중 종종 이런 이야기를 하는 사람이 있다.

"레이첼 님이 살아오신 스토리를 듣고 보니 그동안 어려운 일들을 모두 이겨내고 지금의 자리에 오신 거라고 생각해요. 많이 힘드셨죠?" 하지만 내 대답은 이랬다.

"아니요. 그렇게 힘든 것 없었어요."

그 후 혼자서 곰곰이 생각해보았다. '정말 힘든 게 없었나? 힘든 게 있었을 것 같은데…….' 결론은, 역시 그렇게 힘든 것이 없었다. 그런데 힘든 것이 없어서 힘들지 않았던 것은 아니고 힘들게 생각하지 않아서 힘들지 않았다는 뜻이다.

그런 예로서 한 가지 뉴욕에 처음으로 갔을 때 이야기를 들려줄 수 있다. 집 광고에 upper west side라는 표현이 있어 친구에게 들었던 안전한 곳 중 하나인 줄 알고 갔다. 그런데 그곳은 할렘가였다. 표현은 맞았다. 할렘가가 맨해튼 위쪽 서쪽 방향 바로 upper west side에 있는 것은 맞았지만 보통은 125번가 아래를 그렇게 칭한다. 관광객들은 125번가를 할렘이라고 알고 있지만 거기는 시작일 뿐이다. 나는 그보다 20블록 위에 있는 145번가에 살았다. 집주인이 집 광고 낼 때 할렘이라는 단어를 쓰는 대신 나와 같은 사람을 겨냥해서 upper west side 표현을 쓴 것 같다.

작은 동네 슈퍼나 리쿼 스토어에 가면 개방형 계산대라는 것이 없다.

주말에는 맨해튼을 여행하며

방탄유리 같은 방탄 플라스틱 같은 것으로 계산대 앞이 빈틈없이 막혀 있고 돈을 주고받는 곳도 팔을 꺾어야만 돈을 줄 수 있게 되어 있다. 145번가 역 안에는 경찰서가 있고 늘 경찰들을 쉽게 볼 수 있었다. 그리고 건물 내에 있는 공동 빨래하는 공간에 가면 세탁기 앞에 이런 문구가 적혀 있었다.

혹시 놓쳤다면 내가 다시 알려주겠다. 예로 들었던 마지막 단어가 총알이다.

그 동네 대형 슈퍼에 가면 80퍼센트 정도가 흑인이었다. 남미에서 온 사람들이 15퍼센트 정도, 나머지 5퍼센트가 다른 인종들이었다. 동양인은 1,000명 중 한 명 볼까 말까 했다. 전 세계 어디에나 많이 산다는 중국인들조차 찾아보기 힘든 곳이었다.

계산대 앞에 서서 내 차례를 기다리며 주위를 둘러보았다. 내가 유일한 동양인이었다. 그때 나는 이렇게 생각했다.

'이 동네 흑인들 참 많이 사네.'

내가 할렘에 사는 신기한 동양인이 아니고 내가 사는 곳에 흑인들이 엄청나게 많이 사는 것이 신기했다. 지금 생각해보니 100명 넘게 줄을 선 사람들 틈에서 동양인은 나 혼자라는 것을 인식하기까지 아마 3주

정도 걸렸던 것 같다.

어느 것에 가치를
두고 있는가?

♦

할렘에 살았다고 해서 내가 겁 없는 여자라고 잘못 이해하지 않기를 바란다. 나는 겁이 무척 많은 사람이다. 위험한 곳은 절대로 가지 않는다. 혼자 배낭여행을 할 때는 아침에 일찍 일어나서 밝을 때 여행을 시작하고 어두워지기 전 오후 5시쯤 일찍 숙소로 들어왔다. 여자 혼자이고 아는 사람도 없는 곳에서 나를 담보로 한 모험은 절대로 하지 않는다. 나는 귀신도 무서워하고 공포영화도 못 보는 사람이다. 그런 내가 어떻게 그런 할렘에서 살 수 있었던 것일까?

건물은 낡고, 집은 작고, 여러 명과 함께 살아야 하고, 내 방은 어둡고 추웠는데도 나는 왜 괜찮았던 것일까? 누군가에게는 불편하고 무섭고 냄새나고 어두운 곳이었을지도 모르는 곳인데 왜 그 당시 나는 괜찮았던 것일까?

지금 생각해보니 그것은 바로 내가 바라던 곳에 와서 내가 하고 싶은 것을 하고 있었기 때문에 그런 불편한 것들을 불편하게 느끼지 못한 것이었다. 내가 사는 곳과 환경이 내 주머니 형편에 맞게 선택된 곳이기에 불만이 없었다. 약간의 불편은 그다지 중요하게 여겨지지 않았다. 반대로 그곳에 사는 장점들이 아주 쉽게 그리고 자주 발견됐다.

뉴욕 할렘 맛집

　같이 사는 룸메이트 친구들에게 물어보니 역에서 몇 블록 더 떨어진 곳이나 반대편 역 출구 쪽은 잘 모르겠지만 역 출구에서 매우 가까운 우리 아파트는 안전하다고 했다. 백인 친구는 말했다.

　"우리 아파트에서 한 블록 가면 큰 대형 슈퍼가 있지? 그것 맞은편 쪽에 스타벅스가 있어. 그게 무슨 의미인 줄 알아? 이곳은 아주 안전한 곳이라는 거야. 왜냐하면 스타벅스는 우범지역에 절대로 오픈 허가를 내주지 않는다고 들었거든."

　그렇게 다른 안경을 쓰고 보니, 많은 장점들이 보였다. 우선 렌트비가 현저히 쌌다. 그리고 모든 편의시설이 한 블록 안에 있어 편리했다. 아파트가 역에서 가깝고 역 주변은 항상 사람들이 많기 때문에 안전하

174

게 느껴졌다. 역 안에 경찰서가 있으니 이곳보다 더 안전한 곳이 있을까? 10년 전만 해도 그 동네에서 밤마다 총소리가 나고 골목마다 마약을 파는 사람들이 많았는데 이제는 다 정리가 됐다는 이야기를 동네 흑인 할아버지에게 전해 들을 수도 있었다. '이것 봐. 여기 살기 괜찮은 동네 맞네.' 나는 이렇게 생각했다.

캐나다에서는 오전에 어학연수를 받고 저녁에는 아르바이트를 하며, 아침과 점심은 한 솥 끓여놓은 국에 김치만 있는 밥을 며칠씩 먹었다. 맛있다고 할 수는 없지만 먹을 만은 했다. 그러다 아르바이트하는 식당에서 밥을 먹으면 그 맛이 그렇게 꿀맛일 수 없었다. 그때는 방 하나에 거실 하나 있는 아파트에서 거실에 침대를 놓고 살았다. 그래도 장롱을 세워놓아 거실은 온전히 나만의 공간이었다. 혼자 벌어서 혼자 살 수 있고 나만의 공간이 있다는 것이 뿌듯하고 스스로가 대견스러웠다.

장롱 하나를 세워 협소한 방으로 만든 나의 거실에 부모님을 초대해서 셋이서 바닥에 이불을 깔고 자면서도 나는 행복했다. 아마도 부모님은 불편하셨을지도 모르지만 나는 호텔 방값도 줄이고 가이드 없이 내가 모시고 다니면 된다고 생각했다. 특히, 돈이 부족해서 여행을 못 시켜드리는 것보다 이렇게라도 해외 구경을 시켜드릴 수 있다는 것에 더 많은 가치를 둔 것이다.

그래서 힘들거나 불편한 대신 행복한 시간들이었다. 다행히 부모님도 행복한 기억이셨던 거 같다. 그렇게 밴쿠버로 오시게 해서 여행을 했던 것이 15년도 넘었는데 그때 사진을 꺼내 보시며 '그때 참 좋았었는데 나도 참 젊었었는데' 하신다.

하와이에서 살 때 이야기로 넘어가보자. 인터넷으로 집을 알아보고 갔는데, 집은 좋았지만 마을버스를 타고 가야 하는 곳이라서 접근성이 현저히 떨어졌다. 그래서 현지에 가서 학원 근처에 있는 곳으로 집을 옮 겼다. 방 세 개짜리 아파트를 방 4개로 개조한 곳이고 나는 그 개조된 네 번째 방에 살았다.

싱글 침대 하나 달랑 들어가면 방이 꽉 차서 책상을 놓을 수도 없는 협소한 곳이었다. TV 하나를 놓고 여행용 러기지를 옷장으로 사용하는 것이 전부였다.

그런데 그 방에 누워 있으면 참으로 행복했다. 내가 가치를 둔 것은 방의 사이즈가 아니었다. 내가 공부하고 싶었던 곳에서 공부를 하고, 학원에서 가까운 거리의 집에서 편리하게 학원을 다니는 것, 게다가 해 변도 가까워 나로서는 최고의 공간이었다. 물론 저렴한 월세 가격도 한 몫했다. 아주 작은 중고 TV이긴 했지만, 방에 개인용 TV가 있어서 좋았 고, 걸어서 5분이면 갈 수 있는 집 근처 해변가에 나만의 아지트를 만들 어놓고 수시로 가서 책도 읽고, 공부도 하고, 음악도 들으며 하와이 와 이키키가 바라다보이는 나만의 한적한 해변에서 하와이를 온몸으로 만 끽할 수 있었다. 이렇듯, 가치를 어디에 두느냐에 따라 자신이 속한 환 경이 불평과 고됨으로 가득 찰 수도, 행복과 감사로 가득 찰 수도 있는 것이다.

해외 인턴십의 좋은 점

해외 인턴십의 장점은 꼭 일을 배운다는 것에 국한되지 않는다. 그곳에 사람들, 일하는 스타일, 사내 분위기, 문화 등 새롭게 배우고 느끼는 것이 많다. 내가 나중에 어떤 곳에서 일하고 싶은지 미리 알아보는 단계라고 보면 된다. 돈을 떠나 값진 경험을 쌓을 기회라서 나는 해외로 어학연수, 유학 계획 혹은 해외 취업을 목표로 하고 있는 사람들에게 무조건 추천한다.

한국에서는 열정페이라는 단어로 인턴십을 말할 때도 있지만 나는 조금 다르게 생각한다. 학생들이 사회생활을 시작하기 전에 경험하는 단계라고 보면 된다. 딱히 어떤 성과를 낼 수 없는 학생들에게 페이를 지급한다는 것도 말이 안 된다. 학생은 경험을 할 수 있어 좋고 회사는 학생의 가능성을 보며 약간의 업무 보조를 얻을 수 있어서 좋은 것이다.

그리고 업무 담당자나 회사는 처음부터 인턴십 학생에게 많은 일이나 중요한 업무를 부여하지는 않는다. 작은 것을 주었을 때 성실히 열심히 일을 수행한다면 그다음 단계 그리고 그다음 단계의 일을 부여하는 것이 보통이다. 생각해보면 이것은 너무도 당연한 상황이다. 그렇기 때문에 인턴십을 목표로 하는 학생이라면 어떠한 업무라도 최선을 다할 것을 당부하고 싶다. 다음은 인턴십을 할 때 가져야 할 중요한 세 가지 마음가짐이다.

1) 감사: 불만보다는 감사하는 마음을 가져라.
2) 도움과 분담: 복사를 하든 파일 정리를 하든 아무리 단순한 일이라고 생각해도 본인은 지금 현지인 누군가가 해야 할 업무를 대신 해주며 그들을 도와주고 있는 것이다.
3) 새로운 기회: 단순한 업무가 아닌 업무 분담이라고 생각하면 모든 일에 감사하고 성실하게 된다. 그 과정과 결과는 자신의 태도와 의지를 보여줄 수 있는 절호의 찬스이기도 하다.

인턴십으로 들어간 회사에서 해외 취업 기회를 얻는 경우도 있다. 정직원이 되는 것이다. 여러 가지 여건상 정직원으로 채용이 되지 않더라도 본인이 업무에 임하는 자세가 바르고 신뢰를 얻었다면 차후 해외 취업 준비할 때 그들은 최고의 추천인이 될 수 있다. 한국에서는 거의 없는 추천인 문화가 미국, 캐나다, 호주에서는 가장 중요한 취업을 위한 과정이다.

짧게 보지 말고 길게 보라고 말하고 싶다. 해외든 한국에 있는 외국계 기업이든 추천인이 있고 그 추천인이 나에 대해서 진심으로 추천을 한다고 구체적으로 상상해보라.

"그 학생 정말 괜찮습니다. 우리 회사에서 채용하고 싶었는데 현재 가능한 포지션이 없어서 기회를 주지 못하게 되어 무척 아쉽게 되었죠. 그 학생은 무슨 일이든 잘할 겁니다. 적극적으로 추천합니다.”

그런 추천을 받기 위해서는 자신이 인턴십에 어떻게 임해야 할지 방법이 나오지 않을까? 나는 호주에서 인턴십할 때 받아놓은 추천서를 캐나다 첫 회사 취업할 때까지 사용했다.

해외 인턴십은 어떻게 구하는 게 좋을까?

한국에 있거나 해외에 있는 인턴십 알선 업체를 통해서 보다 쉽고 빠르게 인턴십 자리를 얻을 수 있다. 아는 사람이 전혀 없는 해외로 혼자 나간다면 현지에서 문제가 생겼을 때 도움을 요청하거나 혼자 나가는 것에 대한 두려움을 줄일 수도 있다. 비자가 쉽게 나오는 나라라면 유급 인턴십 혹은 정직원으로의 채용도 노려볼 수 있다.

하지만 가장 큰 단점은 바로 몇백만 원 하는 알선 수수료다. 금전적인 여유가 많다면 인턴십 알선 업체를 통하여 인지도 있는 회사에 보다 빠르게 들어가는 것도 나쁘지 않다. 경제 사정에 따라 그 금액이 부담스럽지 않다면 인턴십 알선 업체를 통하는 것도 찬성한다.

내가 준비할 때는 그런 업체가 있는 줄도 몰랐고 알았다고 하더라도 금액이 부담스러워서 못했을 것 같다. 그리고 해외에 나가서 보니 기업 홈페이지를 통해 인턴십 채용공고를 올리거나 혹은 상시 채용하는 경우가 많다는 것을 알게 되었다. 그러하기에 캐나다나 호주 워킹홀리데이 비자만 받을 수만 있다면 한국에서 준비하거나 혹은 현지에서 어학연수를 받는 동안 스스로 준비해서 유급 혹은 무급 인턴십에 도전해보길 권한다. 미국에서 학생비자 혹은 관광비자로 경험 삼아 잠시 해보는 것도 가능하다.

하지만 자신이 스스로 준비하며 구한 인턴십은 비용 대비 훨씬 더 효과가 있다고 생각한다. 자신이 스스로 준비할 경우 꼭 이루겠다는 목표가 명확하고 그것을 준비하는 과정이 쉽지 않기에 어렵게 찾아온 기회에 더욱 감사하고 일을 대하는 태도도 자연스럽게 신중하게 된다.

좋은 유학원, 이주 컨설팅 고르기

몇 년에 한 번씩 사기 사건이 발생하는 사업이 바로 유학원과 이주 컨설팅 사업이다. 왜 그럴까? 내가 유학원을 직접 운영해보니 그 비즈니스 분야가 나쁜 마음만 먹으면 '사기 치기 정말 쉬운 사업'이었다.

우선 판매 제품이 무형 자산이다. 다시 말해, 재고의 부담이 없다. 브로셔와 웹사이트, 그리고 상담을 통해서만 교육 혹은 이민 상품을 판매하는 것이다. 고객이 학비를 입금하면 그걸 받은 유학원은 그때 유학원의 수입인 커미션을 공제하고 수업료를 학원으로 송금 보내준다. (단, 공립학교는 예외일수 있다.)

보통 어학원 풀타임 과정 학원비가 한 달에 100만 원이라고 가정해보자. 6개월 과정에 3개월 인턴십을 등록한다면, 수업료(600만 원) + 인턴십 알선비(200만 원) + 항공료, 학원 서류비, 기타 비용(200만 원) = 합 1,000만 원.

유학원에 1,000만 원이란 큰돈을 입금하는 것이 별것 아니게 된다. 이런 학생이 10명만 모이면 금방 1억이 된다. 바로 이 부분을 노린 사기꾼들이 중간에서 몇십억씩 챙겨서 도망가는 일도 생기는 것이다. 내가 아는 지인의 지인은 캐나다까지 와서 학원에 다니고 있었는데 다니고 있던 과정이 끝나고 다음 3개월 과정이 접수되지 않은 걸 유학원이 없어진 후에 알게 되었다고 한다. 학원 측에 전화를 해서 문의해 보니 자신이 미리 입금시킨 등록금이 학원으로 전달된 적도 없고 등록조차 된 적이 없었다.

이민의 경우는 금액이 더욱 커진다. 취업비자 대행이나 영주권 대행의 경우 케이스에 따라 몇백만 원에서 1,000만 원이 넘어가는 경우도 있다. 기업체까지 소개시켜주고 알선비를 받는 것에서 더 나아가 취업비자 신청을 진행해주거나 영주권 진행을 대행해주는 경우도 있다. 비용은 2,000만 원에서 3,000만 원, 또는 그 이상도 된다고 들었다. 큰 비용이다. 하지만 그 비용을 지급하기만 하면 취업비자나 영주권이 보장된다는 이야기를 들으면 솔깃해지고 오히려 그 비용이 저렴하게 느껴진다. 예를 들어, 아이 셋을 데리고 조기 유학 가는 부모는 아이들 학비만 보더라도 1년이면 최소 3,000만 원에서 4,000만 원의 학비가 든다. 하지만 부모가 취업비자를 가지고 있거나, 영주권이 있으면 자녀 학비는 무료다. (물론 부모가 유학을 갈 경우에도 아이 학비는 무료지만 그 경우에는 최소 한 명의 부모가 공부를 하고 학비를 내야 한다.)

이런 상황을 이용해서 취업과 영주권을 미끼로 한 사람에게 몇천만 원씩 받아서 사라지는 사기행각도 벌어지고 있는 것이다. 그런데 이러한 사기행각을 사람들이 쉽사리 눈치채지 못하는 이유는 뭘까? 바로 외관 때문이다. 겉보기에는 절대 망할 것 같아 보이지 않고, 심지어 일하는 직원들 또한 회사 상황을 전혀 모르고 일을 한다. 그런 곳은 일정 기간 동안 비즈니스도 잘 꾸린다. 인터넷에 올려진 후기도 좋다. 마음먹고 사기 치려는 사람에게 안 넘어가기란 쉬운 일이 아니다.

그렇다면, 어학원이나 이민 컨설팅 회사를 어떻게 선택해야 할까? 내가 지금부터 하는 이야기는 꼭 그렇게 해야 한다는 방법이 아니다. 단지, 만약의 경우를 대비한 리스크를 줄이는 방법이다. 우선, 어학원 선택 시, 할인이나 프로모션이 크다고 6개월 이상 장기로 등록하지 않기를 바란다. 한국에서 3개월에서 6개월 미만으로 등록하기를 개인적으로 추천한다. 현지에 가서 비교해보고 선택해도 늦지 않기 때문이다. 현지에 가보면 가격과 프로그램에서 학원 선택의 폭이 훨씬 더 넓어진다는 것을 알게 된다. 조금 귀찮기는 하지만 비자도 현지에서 연장하면 된다.

이주 공사 혹은 이주 컨설팅으로 불리는 곳을 통하여 비자를 신청하거나 영주권을 신청하게 될 경우, 무조건 오래된 곳을 찾아야 한다. 현지에서 오래 산 교민들이 다 알 만한 그런 이주 공사로, 불법적인 것을 요구하지 않는 곳을 가야 한다. 예를 들어, 실제로 일을 하지 않는데 서류상으로 일하는 것처럼 만들어서 취업비자를 받게 해주고 그 후 바로 영주권까지 받게 해준다고 말하면 당연히 의심해보아야 한다. 불법이기에 나중에 문제가 생겨도 신고조차 할 수 없게 되는 상황이 생길 수도 있다. 또한 비용을 지급할 때도 분납이 가능한지 확인해보아야 한다. 무조건 일시불로 다 내기를 권하는 곳이라면 그것도 다시 한 번 의심해보아야 한다.

처음 해외에 나갈 때는 나도 그런 부분을 고려했다. 얼마를 가져가야 생활을 할 수 있을까?

그런데 일단 나가고 나서 보니 액수도 중요하지만 어떻게 지출하는지에 따라 지출 비용 차이가 많이 난다는 것도 알게 되었다. 그래서 그 이후로는 가지고 있는 범위에 맞추어 생활을 한다.

돈을 많이 가지고 있으면 좀 더 여유 있게, 그렇지 않으면 바짝 긴축해서 소비한다. 주거공간도 마찬가지다. 하우스 셰어를 했을 경우, 방 하나를 사용하는 데 한 달에 몇 백 달러짜리 방부터 1,000달러가 넘는 방까지 그 가격차가 다양하다.

홈스테이를 했던 때도 있는데 그때는 800달러였다. 홈스테이여서 세끼 식사를 모두 제공받아 꽤 좋은 가격이었다. 이렇듯 돈을 얼마나 가지고 있느냐에 따라서 주거 형태를 선택하는 것이다.

학원도 파트타임, 풀타임, 학원에 따라 가격이 차이가 나고 나라와 환율에 따라서도 차이가 난다. 알바를 하느냐 안 하느냐도 큰 차이가 있다. 또한 혼자인지 가족과 함께인지 자녀가 있는지 등에 따라서도 달라진다.

그래서 자신의 상황에 맞게 초기자본을 계산해보아야 한다. 다음과 같이 체크리스트를 작성해보는 것이다.

1) 예상 기간 2) 동반 가족 3) 학교 4) 생활비 5) 주거비 6) 보험 7) 기타 지출(개인 용돈 및 예상치 못한 지출 등)

그 비용을 기준으로 해서 최소한 줄일 수 있는 것들을 줄일 경우 그리고 예상치 못한 상황이 발생하여 추가 비용이 더 들 경우까지 고려하고 예산을 짜놓으면 된다. 혼자 떠나는 경우라면 리스크가 조금 있더라도 최소한의 비용으로 도전해볼 수도 있다. 워킹 홀리데이 신청 자격이 된다면 무조건 받고 나가길 권한다. 가족이 함께 떠나는 것이라면 아무래도 여유 있게 준비를 해서 가는 것이 안전하다.

특히 해외에서는 병원비가 한국에서는 상상도 할 수 없을 만큼 비싸다. 의사 한 번 만나면 기본 100달러가 깨진다. 임신해서 아이라도 낳게 되면 몇천만 원의 돈이 든다. 그래서 한국에서 보험은 좋은 것으로 꼭 들고 가기를 권한다.

외국에서 집을 구하는 방법

해외에서 살기 위해 준비해야 하는 것 중에서도 꼭 필요하고도 중요한 것이 바로 살 집을 구하는 일이다. 어떻게 하면 집을 잘 구할 수 있을까?

우선 집을 구하는 방법부터 설명해보겠다.

- 집 구매 : 집을 직접 사는 것이다.
- 집 렌트 : 월세 개념으로 돈을 내고 집을 사용하는 것이다.
- 전세 : 해외에서는 전세 개념이 전혀 없다. 구매 아니면 렌트만 있다.
- 홈스테이 : 현지인 홈스테이 가정에서 숙식이 제공되며 문화체험을 같이 할 수 있다는 것이 특징이다. 보통 월세처럼 기간마다

돈을 지불한다.

- 민박 : 한인들이 운영하는 곳인데, 홈스테이처럼 숙식이 제공된다. 여행이나, 이민 정착 단계에서 단기로 머무는 것이 보통이다. 큰 도시들은 거의 다 민박집들이 있다. 한식이 제공되는 곳도 있고, 식사가 제공되지 않는 곳도 있다.

다양한 방법 중 가장 빈번하게 이용하는 집 렌트하는 방법이다.

- 집을 렌트한다 : 집주인에게 연락을 해서 집을 보러 가고, 모든 조건이 맞으면 계약해서 일정 기간 동안 살게 된다. 집을 구하기 위해 오는 사람이 많기 때문에 집이 마음에 든다면 무조건 신뢰를 많이 주는 것이 중요하다. 가장 중요한 것은 돈 꼬박꼬박 잘 낼 수 있다는 것을 보여주는 것, 신분이 확실하다는 것, 깨끗하다는 것을 장점으로 살려서 자신을 소개해야 한다.

- 집을 렌트해서 룸메이트(하우스 셰어)를 구한다 : 렌트비가 비싸기 때문에 이렇게 다른 사람과 집을 셰어해서 사용하는 경우가 많다. 방은 따로 쓰되 거실과 부엌 등은 같이 쓰는 것이다. 직접 룸메이트를 구한다면 인터뷰를 신중히 해야 한다. 믿을 만한 사람인지가 가장 중요하다. 학교에 간 사이 새로 들어온 룸메이트가 집에 있는 귀중품들을(노트북, 카메라) 싹 가지고 달아난 이야기도 들은 적이 있다. 물론, 보증금도 받아놓기는 하지만 커버가 안 되는 범위일 수도 있고 마음이 상하는 일이기도 하기 때문이다.

- 룸메이트(하우스 셰어)로 들어간다 : 자신의 집이거나 혹은 렌트를 해서 살고 있는 사람 집에 룸메이트로 들어가는 것. 그런데 이것도 조심해야 한다. 내가 아는 지인의 친구는 집을 보고 마음에 들어 보증금을 미리 지불했는데, 이사 가는 날짜에 연락했더니 없는 전화번호라고 나왔다고 한다. 이사하기로 한 집에 가보니 정작 주인은 따로 있었고 그 사람은 주인 행세를 해 보증금을 받아 들고 도망쳤던 것이다. 그러니 보증금을 줄 때는 되도록 적은 금액을 주거나 안 주어야 한다(한국에서 내가 해외에 있는 집을 구할 때는 늘 보증금 없이 구두로 계약하고 이사하는 날 보증금을 주었다. 꼭 그날 이사할 것이라는 신뢰를 주면 이렇듯 가능도 하다). 집을 직접 방문해 집 상태뿐만 아니라 주인의 인상도 보고, 다른 룸메이트가 있는지 확인해보는 것이 좋다. 학교나 직장을 다니는 사람이라면 연락처를 받아놓는 것도 좋다. 하우스 셰어는 집을 같이 쓰는 사람과 잘 맞으면 좋은 친구를 사귀게 될 수도 있고 영어도 는다는 장점이 있다. 그래서 나는 새로운 도시에 가면 집을 셰어하는 친구들과 친해지며 현지 적응을 빨리 해나가는 편이다. 그래서 학생의 경우 홈스테이에 오래 머물기보다는 현지 룸메이트를 잘 사귀는 것을 추천한다.

- 집을 렌트 준다 : 보통 그곳에서 살고 있거나 다른 나라에 살고 있으나 부동산을 가지고 있어서 부동산 매니지먼트 업체를 통해서 렌트를 주는 경우이다. 그러니 영주권이나 시민권을 가지고 있는 집주인들이 보통이다. 이 경우에는 어떤 사람이 들어올 것

이냐가 중요해진다. 어떤 경우, 세놓은 집을 너무 지저분하게 사용해서 집이 잘 안 팔리는 경우도 있다.

이 경우에는 집을 구할 때와는 반대로 이사 전에 받는 보증금 금액은 많으면 많을수록 좋다. 이사 오기 불과 며칠 전에 연락이 와서 이사를 취소하는 경우도 종종 있는데, 그러면 집주인은 다른 사람을 찾을 때까지 손해를 보게 되는 것이다. 학교나 직장을 다니는 사람이라든가, 안정된 수익, 신분, 이전 집주인 추천서 같은 것을 모두 확인해보고 선택해야 한다. 커플이나, 유학 온 지 얼마 안 된 학생, 혹은 연봉이 높거나 안정된 직장에 다니는 싱글이 가장 선호되는 편이다.

Part 4

그곳이
어디든

학벌, 돈, 인맥, 스펙이 없던 나

내가 선택할 수 없었기에 나를 선택한 곳에서 시작했지만

내 인생의 날개는 그곳에서 돋아나기 시작했다.

그리고 이제 시작하는 날갯짓.

내가 선택한 곳에서 시작된 내가 꿈꾸던 삶을 향해.

Fly again.

캐나다 이민의
꿈을 이루다

4년 그리고
2개월이란 기다림

♦

　　　　　　캐나다 이민을 처음으로 생각해봤던
건 대학교 3학년 때였다. 그리고 미국에서 취업이 되기 전 마침내 캐나
다 영주권 신청 자격이 되었다. 꿈은 이루어진다더니, 늘 머릿속에 넣
고 살았더니 기회를 얻었고 그렇게 이루어졌다. 캐나다 독립이민을 마
치 공부하듯 꼼꼼히 그리고 열심히 준비한 만큼 영문 서류든 한글 서류
든 이민과 관련된 서류는 이제 낯설지가 않다.

　영주권 신청 마지막 관문이라고 할 수 있는 랜딩을 위해 즐거운 마음
으로 이것저것 준비했다. 가장 많이 고려했던 것은 랜딩 장소였고 뉴욕
에서 직장생활을 하다 보니 캐나다 동부로 랜딩 장소를 정했다. 물론 캐
나다에서 정착하기 전에 돈을 조금 더 모아야 하는 욕심으로 완전 랜딩

은 잠시 미루었고 대신 임시 랜딩을 하며 휴가를 캐나다에서 보내는 것이 계획이었다.

그런데 이런저런 한국 사이트를 확인해보니 거의 대부분의 사람들이 캐나다 밴쿠버 혹은 토론토로 랜딩을 한 내용만 있었고 육로로 한 경우는 미국 국경과 가까운 곳으로 랜딩한 경험담만 조금 있었다.

하지만 내가 하고 싶은 일정은 크루즈를 타고 뉴욕 출발, 캐나다 핼리팩스에서 랜딩 그리고 기타 도시들을 차례로 둘러본 후 마지막 여행지인 퀘백시티에서 크루즈 7박 8일의 모든 일정을 마치고 퀘백시티에서 하루를 더 묵은 후 비행기를 타고 뉴욕으로 컴백하는 것이었다. 그런데 핼리팩스로 임시 랜딩을 한 사례도 없을뿐더러 비행기도, 육로도 아닌 크루즈를 타고 바다를 건너 랜딩을 한 사례는 검색조차 안 되었다. 하지만 걱정 끝에 일단 시도해보기로 마음먹었다.

랜딩 마감일은 10월 5일, 그리고 캐나다 첫 관광지인 핼리팩스 도착은 10월 4일. 일단 해보고 안 되면 하루의 여유가 있으니 그때 모든 걸 다시 시작하자는 마음이었다. 하지만 이 계획의 바탕에는 한 가지 확고한 믿음이 있었다. 그것은 대사관에서 보내온 랜딩에 대해 설명된 편지였다. 그 편지에는 이렇게 명시되어 있었다.

You should present your passport with your immigrant visa and the Confirmation of Permanent Residence form at the Port of entry at the time of landing.

다시 말해, 어떠한 경로로 캐나다 땅을 밟아야 한다든지, 어느 도시로 도착해야 한다는 명시가 없었던 것이다. 대사관 사이트를 뒤져봐도 그런 명시가 되어 있는 곳은 하나도 없었다. 막바지 서류 준비를 하고(비자, 여권, 가족관계증명서, 잔고증명서, 이력서 등) 총 8박 9일의 나름 아주 긴 여행 준비를 마쳤다.

드디어 10월 4일 럭셔리 최강 크루즈를 타고 들뜨고, 흥분되던 캐나다 해상에서의 아침. 모든 것이 다 아름다워 보이는 아침이었다. 들뜬 마음으로 크루즈에서 내려서 embarkation office(크루즈에 설치된 출입국 장소)를 지나 이민국 인터뷰를 기대하며 걸어나갔다. 비행기에서 내리면 이민국 심사대를 거치듯이 크루즈에서 내리는 동시에 이민국 심사대가 나올 것이라고 생각했는데 그대로 밖으로 나오는 것이었다. 이민국 심사대가 있어야 인터뷰를 받고, 그때 Confirmation of Permanent Residence form(영주권 승인서)을 제출하는 것인데 나는 이미 크루즈를 나와 캐나다 땅을 밟고 있었다.

오 마이 갓!

♦

대체 이게 무슨 일인가? 심사도 없이 캐나다를 들어가다니……. 알고 보니 입국 심사와 절차가 달랐던 것이다. 미국에서 크루즈를 탈 때 이미 캐나다 입국 이민국 심사가 있었던 것이었고, 나는 가방을 체크하며 몇 가지 질문하는 간단한 절차여서 이민국 심사인 줄도 모르고 지나갔던 것이었다. 비자 상태에 문제가 없는 사람들은 캐나다에 도착해서 재심사를 받을 필요가 없기에 그대로 크루즈 출입증만 스캔하고는 크루즈 밖으로 나올 수 있었던 것이다. 하지만 나 같은 경우는 심사를 꼭 받아야 하는 상황이지 않은가!

우여곡절 끝에 크루즈 안에 있는 캐나다 이민국 심사관을 찾아갔다. 그런데 문제는 작은 시골 도시 핼리팩스에 있는 그 심사관은 나와 같이 영주권을 받기 위한 마지막 단계인 랜딩 케이스를 처음 본 듯했다. 얼굴에 당황한 기색이 역력했다.

처음에는 나에게 마지막 장소인 퀘백시티로 가야 한다고 했다. 문제는 크루즈 마지막 도착지인 퀘백시티에 도착하면 영주권을 위한 랜딩 만료 기간이 지나버린다는 것이었다. 그때부터 등줄기에서 땀이 흐르기 시작했다. 나는 절박했지만 침착하고 절도 있게 말을 하려 노력했다. 답답한 심사관 때문에 머리에서는 불이 났지만 열심히 참아가며 설명했다. 준비한 모든 서류와 영어 문장도 보여주면서 난 핼리팩스에서 꼭 랜딩을 해야 한다고 말했다.

"자, 이 문장을 보세요. 캐나다로 랜딩할 때 영주권 승인서를 제출하라고 되어 있습니다. 캐나다 국경에서 하라고 되어 있고 어느 도시 혹은 어떤 교통수단으로 입국해야 한다는 내용은 전혀 없습니다."

이민국 심사관은 그때서야 내가 가져간 서류와 이민국에서 받은 편지 내용을 자세히 읽어보기 시작했다. 나는 말을 이어나갔다.

"랜딩 만기가 내일입니다. 만약 오늘 여기서 랜딩을 못하면 4년 동안 기다린 제 캐나다 영주권은 무효가 됩니다. 핼리팩스에서 랜딩이 안 되

어 제 모든 크루즈 일정을 취소하고(돈을 날린다는 뜻) 미국으로 다시 건너 갔다가 랜딩을 많이 하는 밴쿠버나 토론토 국경으로 다시 와야 한다는 겁니까?"

그쯤 되니 마음을 다스리며 말하던 나도 언성이 높아졌다. 내 절박함을 이해했는지 그제서야 심사관은 안 된다는 말 대신 자기가 알아보고 다시 말을 해주겠다고 말을 바꾸었다. 정확히 알아보기 위해서는 크루즈 내가 아닌 핼리팩스 이민국 사무실로 다시 가야 한다고, 1시간 정도 기다려달라고 했다. "Yes, of course"라고 대답하고는 속으로 이렇

밴쿠버 다운타운 풍경

게 말했다.

'지금 내 인생에 영주권을 받느냐 못 받느냐가 달려 있는데, 10년 넘게 꿈을 꾸고, 4년 동안 영주권을 기다렸는데, 고작 1시간이 문제겠어? 빨리 가서 정확히 알아보시라고요!!!'

드디어 랜딩

♦

　　　　　　다른 사람들이 블로그에 올린 임시 랜딩 후기들을 보면 인터뷰 받은 내용, 제출한 서류 내용, 이것저것 많았는데 나의 경우는 준비해간 서류는 전혀 보지도 않았다. 심사관도 이런 케이스를 진행해본 것이 처음인 티가 많이 났다. 전화 내용은 들을 수 없었지만 어딘가 전화를 하더니 어떤 캐비닛을 찾아가 서류를 찾아오고 전화 통화를 하며 무언가 쪽지에 메모를 했다. 안내 내용 및 서류 작성과 절차에 대해서 다른 사람에게 전화로 물어본 후 메모한 내용을 보며 진행했다. 재미있기도 하고 어이가 없기도 했다. 명색이 캐나다 이민국 심사관인데 이리 허술해도 되는 건가? 하지만 뭐가 되었든 난 아무런 문제 없이 영주권을 위한 랜딩만 하면 됐다. 그것만 되면 그 심사관이 경험이 있든 없든 상관없었다.

그 심사관은 꼭 물어봐야 하는 것만 질문했다. 캐나다 주소지(영주권 카드 받을 곳), 연락처, 이삿짐 종류…….

"정착 비용을 얼마 가지고 오셨어요?"

"지금은 임시 랜딩이고 여행 중이라서 사용할 돈만 가지고 왔습니다. 잔고증명서를 가지고 왔는데 보여드릴까요?"

"아니요. 괜찮습니다."

혹시 몰라서 잔고 증명까지 해갔지만 보지도 않았다. 사실, 완전히 랜딩하는 것도 아닌데 1만 달러 이상 가져가야 한다는 것이 부담도 됐고, 상식적으로도 임시 랜딩을 위해서 그렇게 해야 한다는 것이 이해가 안 됐다. 대사관에서 받은 서류에도 Fund(정착 비용)에 대해서는 구체적으로 어떻게 해야 한다는 명시가 없었다. 만약 돈이 없더라도 정부에서 정착 비용을 제공해주지는 않는다는 표현만 명백히 나와 있었다.

핼리팩스 랜딩 직후 신나서 기념으로

그게 전부였다. 그래도 1시간이 넘는 시간이 걸렸다. 마지막 사인까지 마치고 영수증까지 받으니 이제 완전히 끝이구나 하는 생각에 가슴이 쿵쾅쿵쾅 뛰었다. 너무 좋았다. 1시간을 전후로 지옥과 천당을 오간 느낌이었다. 그리고 그 면접관에게 진심으로 감사를 전했다. 나 때문에 additional work 한 것 아니냐는 농담도 건넬 만큼 다시 마음의 여유도 찾았다.

앞의 사진은 이민국 사무실를 나와서 첫 번째로 찍은 사진이다. 펄럭이는 캐나다 국기를 보니 만감이 교차했다. 나에게 역사적인 날. 스스로 무엇인가 크게 해낸 느낌이 들던 날. 내가 선택한 삶으로 가고 있다는 증거의 날. 스스로에게 마냥 칭찬해주고 싶었던 날. 바로 그런 날이었다.

나의 경우처럼 독립이민을 혼자 준비하는 사람들, 임시 랜딩하며 여행을 함께 하고 싶은 사람들, 입국 장소를 어디로 해야 할지 고민하는 사람들, 정착 비용을 환전해 가야 하나 캐나다 계좌로 보내놓아야 하나 걱정하는 사람들이 이 글을 읽으며 도움을 받기를 바란다. 캐나다 대사관에서 받은 레터에 충실하면 아무 문제 없다는 것을 내가 몸으로 확인하지 않았는가? 모든 답은 대사관 이민국 사이트에 이민 메뉴에 가면 다 나와 있다. 다 읽고 숙지하기 위해서는 많은 공부와 시간이 필요하기는 하다. 이민 컨설팅에 대행을 의뢰하면 보통 300만 원 정도 지불해야 하고, 스스로 하면 대사관에 보내는 수수료만 내면 된다. (그 당시 수수료는 60만 원 정도 했다.) 난 이런 과정도 영어 공부라고 생각한다. 돈도 절약하고 영어 공부도 하고!

세상에

만만한 것은 없다

♦

　　　　　　　랜딩 후 3개월 동안 수많은 곳에 지원
했다. 무역회사, 유통회사, 물류회사 그리고 내가 한국어를 구사할 수
있는 것이 장점이 되는 은행 상담직, 어학원 코디네이터 그리고 마케팅
경력을 살릴 수 있는 마케팅 직종 등등. 미국에 이어 다시 시작하는 마
음이었지만 돈을 벌기 위해 급하게 선택하고 싶지는 않았다. 이제는 백
퍼센트 영어만 쓸 수 있는 환경에서 일을 해보고 싶었다.

　이제 와서 돌아보면 구직활동 3개월의 시간이 그다지 길게 느껴지지
않지만 그 당시에는 그 시간이 3년처럼 길게 느껴졌다. 구직 기간이 길
어지니 아르바이트라도 하면서 구직활동을 계속 해야겠다는 생각이 들
었다. 이제는 영주권도 있으니 눈높이를 낮춘다면 어디든 마음만 먹으
면 일을 할 수 있을 것 같았다.

　동시에 쇼핑몰에 있는 상점들을 돌아다니며 아르바이트 자리를 물
색했다. 작은 상점이나 키오스크 상점들(키오스크 상점은 간이용 상점처
럼 쇼핑몰 복도에 작게 생긴 상점이다)의 경우 아르바이트용 이력서를 직
접 방문해서 제출했고 조금 큰 상점들의 경우는 인터넷으로 이력서를
접수시켰다. 그러나 인터넷으로 접수한 곳에서는 단 한 곳도 연락이 오
지 않았다. 아마도 서류심사 과정에 있는 질문과 대답 부분에서 이미 탈
락한 것 같다. 캐나다에서 판매 경력이 있는가? No. 캐나다에서 ○○분
야에서 일을 한 경험이 있는가? No. 내 대답을 보니 No가 너무 많았다.

거우 아르바이트 자리를 구하는 일인데도 불구하고 그것 또한 만만치 않았다. 우선, 캐나다에서 일을 한 경험이 전혀 없다는 것이 역시나 넘기 힘든 높은 산이었다. 20대 초 캐나다에서 아르바이트를 했던 경험은 벌써 10년 전 얘기가 되어버렸으니 강조하기에는 무리가 있었다. 그렇다고 캐나다에서 학교를 다닌 것도 아니고 캐나다에서 현지인 인맥이 있는 것도 아니었고 봉사활동 경험조차 없었으니 옷가게, 액세서리 가게 등등 수많은 인터뷰에서 떨어진 것이라 생각했다. 한 키오스크에서 어려 보이는 20대 초반의 판매 직원은 이력서를 제출하는 나에게 그 자리에서 바로 상점의 물건을 하나 골라서 자신에게 판매를 해보라고 말했다. 쉽지 않았다. 그리고 또 떨어졌다.

내가 아르바이트 일자리를 구하는 것을 너무 만만하게 보았던 것을 깨닫고 이제는 어떤 일이든 어떤 곳이든 붙고 싶다는 간절함이 생겼다. 거창한 해외 취업도 아니요 글로벌 기업으로의 취업도 아닌 동네 쇼핑몰 아르바이트조차 구하지 못하고 있는 나의 현실을 받아들였다. 그리고 받아들여야만 하는 것이 현실이었다.

쉽게 생각하고 뛰어들었던 아르바이트 구직에 시간과 노력을 점점 더 쏟게 되었다. 한국이었으면 내가 판매직 아르바이트도 못 구했을까? 나의 영어가 원어민만큼 되지 않아서일까? 그러고는 오기가 생겼다. 아르바이트도 직업이다. 영어 공부와 면접 공부 한다고 생각하고 조금 더 철저히 준비해보자는 마음으로 면접 준비에 시간을 더 쏟았다. 그렇게 '취업을 준비하는 동안 아르바이트라도 해야겠다'는 생각이 '아르바이트라도 꼭 붙고 싶다'는 생각으로 변한 후 취업을 준비하는 것처럼 아르바이트 면접을 준비하게 된 것이다.

그런 과정을 거치니 그 후에는 눈 감고도 면접을 볼 수 있을 정도로 면접 실력이 쌓였다. 면접 질문에 자연스럽고 명확하게 답변을 하게 되었고 인터뷰 도중 분위기를 좋게 만드는 가벼운 농담도 건넬 수 있는 여유로움까지 생겼다. 세일즈에는 자신이 있다고 생각했었는데 나는 단순 판매직보다는 이야기를 많이 해야 하는 상담식 세일즈에 더 맞는다는 것도 그때 깨달았다.

캐나다, 어느 회사로
취업해야 하나?

♦

3개월이란 기간 동안 면접과 이력서에 쏟은 정성은 다양했다. 첫 번째는 구직활동을 도와주는 학원에 다녔다. 두 번째는 가상 면접mock interview을 봐주는 곳에서 면접을 보며 스스로 점검도 하고 조언도 얻었다. 이력서와 커버레터가 준비되고 면접 준비도 어느 정도 되었을 때부터 일반 회사에 면접을 보며 실전 면접이 시작되었고 그 후 아르바이트 면접도 함께 보면서 다양한 종류의 면접을 자연스럽게 익혀나갔다.

한인 업체에도 이력서를 몇 곳 제출했다. 캐나다에서는 백 퍼센트 영어만 활용하는 회사로 가고 싶었지만 한인 업체는 무조건 안 된다는 생각 또한 없었다. 하지만 내가 기대하는 최저 급여 수준이 맞지 않는다는 것을 알게 되었다. 합격한 업체도 있었다. 그런데 내가 제시하는 연봉을 줄 수 있는 곳은 없었다. 더욱이 내가 합격했던 두 곳에서는 모두 한국어를 많이 써야 했다. 그렇다면 영어를 활용할 수 있는 아르바이트를 구해서 면접 준비를 계속하면서 현지 기업에 입사할 수 있도록 더 도전하는 것이 낫겠다는 결론을 내렸다.

그때쯤 알게 된 새로운 정보도 있었다. 급여 수준도 괜찮고 나의 이력과 정확히 일치하는 한인 업체에 지원하기도 했었다. 하지만 이상하게도 면접 요청 연락이 오지 않았다. 알고 보니 인터넷상에서 연봉을 정확히 제시하고 한국어를 구사할 수 있는 인력을 구한다는 대부분의 구직 광고의 경우 이미 합격할 사람이 정해져 있는 상황에서 광고를 올리는 경우가 많다고 했다. 회사에서 취업비자 스폰서가 되기 위해서는 일정 기간 구인 광고를 해야 하기 때문이다. 몇 달 동안 구인 광고를 냈는데도 불구하고 회사에서 원하는 인재를 찾지 못하여 외국에서 인재를 데려와야 하는 상황을 증명하기 위해서다.

생각해보면 미국에서 변호사를 통해서 취업비자를 신청할 때도 변호사 회사에서 구인 광고를 3개월쯤 올린 것으로 알고 있다. 나는 이미 합격한 상태였고 비자를 신청하기 위해서 그런 과정들이 있었던 것이다. 더욱 황당했던 것은 나는 그런 것이 있다는 것을 알면서도 캐나다에 와서 그 구직 광고가 그런 종류의 구직 광고라고 생각하지 못했다는 것이다.

호주에서도 미국에서도 영주권이 없었기에 영주권만 있으면 취업이 수월할 거라고 생각했는데 막상 밴쿠버에 와서 부딪혀보니 영주권이 있어도 현지 기업에 취업하려면 현지인들과 같은 레벨에서 경쟁해서 이겨야 하는 것은 다를 바가 없었다. 다시 말해 어렵기는 마찬가지였다. 내게 있는 영주권은 그들에게도 있지 않은가? 그런데 그들은 이곳에서 교육을 받았고 영어도 나보다 유창하다. 그렇다면 내가 가지고 있는 영주권도, 업무하는 데 지장이 없을 정도의 나의 영어 구사 능력도 특별한 자격이나 능력이 될 수는 없다는 것이다.

처음부터 다시 시작하는 느낌이 들었다.

'다시 시작이구나!'

그래도 최소한 내가 입사하고 싶은 회사와 나의 비자 상황을 가지고 이야기할 일은 없지 않은가. 나의 비자 상황이 나와 동등한 조건을 가지고 있는 다른 경쟁자와 비교가 되었을 때 불이익으로 작용될 가능성도 없지 않은가. 분명 호주에서 워킹 홀리데이 비자로 일을 했을 때보다 미국에서 취업비자 없이 구직활동을 했을 때보다 더 좋은 조건이 된 것은 사실이다. 다시 맨땅에 헤딩하는 느낌이 들고 다시 시작해야 하는 마음이 들더라도 과거를 생각하고 더 나아진 상황을 생각하며 용기를 냈다. 현지 기업 취업에 다시 한 번 도전해보자는 마음을 가지고 스스로에게 격려를 보냈다.

캐나다에서 첫 합격
그리고 내가 잘하는 것

♦

그렇게 3개월쯤 되었을 때 드디어 합격 소식을 처음으로 전해 받게 되었다. 아르바이트 자리였지만 그래도 내가 캐나다에서 할 수 있는 일이 있다는 것이 기뻤다. 한 번의 면접과 몇 시간 동안 상점에서 실제로 고객을 응대하는 것을 보여주는 면접도 통과하여 합격한 것이기에 기뻤고 그리고 첫 합격이기에 더욱 기뻤다. 그렇게 첫 출근 날짜도 받았다. 이제 일주일 후면 나는 몇백 달러짜리 주방 칼들을 판매하는 판매 점원이 되어 있을 것이라고 생각했다. 제품 공부를 해서 손님들에게 영어로 설명을 해줘야 하는 흥미로운 일이었다. 단순 아르바이트보다는 공부를 더 해야 하고 세일즈 능력을 활용하고 키울 수 있는 아르바이트라고 생각하니 기분이 좋아졌다.

세일즈에는 자신이 있다고 생각했었는데 이제까지 나는 판매직원 포지션에 왜 그렇게 떨어졌던 것일까? 단순 판매직에서는 떨어지고 고급 칼과 주방용품을 고객에게 설명하고 어필해야 하는 포지션에는 합격했다. 나는 순발력을 요하는 단기 세일즈에는 맞지 않고 시간을 가지고 이야기를 많이 해야 하는 상담식 세일즈에는 소질이 있었던 것이다. 내가 능력이 모자라서 계속 떨어졌던 것이 아니었고, 내가 잘하는 것이 아니었기 때문에 계속 떨어졌던 것이다. 이유는 나와 맞지 않았기 때문이었다.

그 후 과거 나의 경험을 떠올려보았다. 나는 한국에서 학교에 다니면서 화장품 판매 점원으로 일할 때도 고객 맞춤형 상담식 세일즈를 했었고, 한국에서 유학원을 운영할 때도 나의 경험을 바탕으로 노하우를 설명해주는 과외식 상담을 했었다. 물론 두 곳 모두 좋은 세일즈 성과를 냈다.

한국과 미국에서 구매 일을 할 때도 구매와 세일즈가 같은 원리를 가지고 있다는 것을 배웠고 나와 잘 맞는다는 것을 알게 되었다. 누군가를 설득해서 판매를 이루는 것처럼 좋은 제품을 좋은 가격으로 오랫동안 공급받기 위해 누군가를 설득하고 설명해야 하는 과정이 바이어로서 갖추어야 할 매우 중요한 사항이기 때문이다.

모든 사람이 모든 것을 다 잘할 수 없듯이 내가 모든 것을 다 잘하지 못한다는 것에 기죽지 말아야겠다는 생각이 들었다. 면접에 떨어질 때는 떨어지는 이유가 있는 것이다. 〈언더커버 보스〉라는 미국, 캐나다 리얼리티 쇼가 있다. 대기업 혹은 글로벌 기업의 CEO가 일반 직원으로 위장해서 실전에서 일을 배우는 모습과 그곳에서 일하는 사람들의 이야기가 나온다. 그 언더커버 보스에게 일을 가르쳐주는 사람들은 자신의 자리에서 프로 근성을 가지고 자신의 일처럼 오랫동안 일해온 평범한 직원들이다. 그리고 그들이 재조명되어 나중에 그 언더커버 보스에게 상과 선물을 받게 되는 감동 스토리이다.

모든 것을 알고 다 잘할 것 같은 완벽한 비즈니스 CEO들이 나와서 어이없는 실수들을 연발하고, 새로운 것을 습득하고 수행하는 과정 속에 긴장한 기색이 역력한 CEO들의 모습을 볼 수 있다. 게다가 업무 속도가 느려 답답해 보이기도 한다. 그들이 그 포지션에 입사 지원한다면 합격할 수 있을까? 그들도 모든 것을 잘할 수는 없는 것이다. 그들도 잘하는 것이 따로 있는 것이다.

엄마에게 전화를 걸어 김치 담그는 법을 물어본 적이 있다.

"엄마, 김치 담글 때 고춧가루 얼마나 넣어야 하지?"

"색깔 보고 적당히 넣으면 되지."

"그래도 처음에 넣어야 하는 양이 있을 거 아냐?"

"넌 대학원 나온 애가 그것도 모르니?"

"……."

엄마 기준에서는 대학원을 졸업하면 모르는 것이 없어야 한다. 만능 박사 정도로 생각하시는 것 같다. 〈언더커버 보스〉에서 회사 CEO는 모든 것을 다 알고 다 잘할 것 같지만, 그가 잘하는 일이 따로 있듯이, 대학원을 나왔다고 다 똑똑하고 다 아는 것이 아니다. 자신이 배운 전공 분야에 대해 더 잘 알게 되는 것이다.

그러니 어떤 회사의 입사 지원에서 떨어졌다고 해서 자신이 무능력하다고 생각할 필요가 없다. 단지 때가 아니거나, 나와 맞지 않거나, 내가 잘하는 것이 아니거나, 운이 없거나, 실력을 더 쌓으라는 뜻이거나, 다른 분야를 알아보라는 뜻이 될 수도 있는 거다. 그렇게 나는, 내가 잘하는 것을 찾아가는 과정도 중요하다는 것을 배웠다.

느리더라도
가야 할 곳으로 가자

♦

　　　　　　　　　그렇게 나는 내가 가지고 있는 소질에

대해서 다시 한 번 깨달으며 아르바이트지만 캐나다에서 첫 합격 소식을 전해 받게 되었다. 신기하기도 하고 무척 기쁘기도 했다. 너무 많이 떨어져봤기에 무엇보다 반가운 소식이었다. 먹고살기 위해 선택하고 싶지는 않았지만 더 나은 직장을 찾기 위한 과정이라고 생각하니 돈을 벌게 해줄 그곳에 감사한 마음이 들었다.

또 내 경력을 살리고 백 퍼센트 영어만 쓸 수 있는 현지 회사 입사 목표를 달성하기 위해서 거쳐가는 과정이라고 생각했다. '내가 평생 이곳에서 일할 것은 아니다. 하지만 이곳에서 배울 것을 모두 배워두면 언젠가는 분명 도움이 되는 일이 생길 거야'라고 생각했고 이 아르바이트에서 영어로만 일을 하게 되면 나중에 하루 종일 영어만 쓰며 일하는 사무직 일을 할 때도 도움이 될 것이라고 생각했다. 불과 일주일 전까지만 해도 끝이 보이지 않았던 구직 기간이었는데, 첫 합격 소식을 받으니 이제는 무엇이든 다 잘할 수 있을 것 같은 마음으로 가득 찼다.

그런데 아르바이트 합격 소식을 전해 받은 바로 그날 나는 또 다른 곳에서 합격 소식을 받았다. 이전에 1차, 2차 면접을 봤던 물류회사로부터 온 합격 통보였다. 3개월의 구직활동 끝에 나는 주방용품 판매사원 아르바이트 일과 현지 캐나다 회사 사무직 일에 동시 합격하게 되었다. 드디어 캐나다 취업에 성공을 이루게 된 것이다. 3개월 구직 기간이 3년처럼 느껴졌었는데 두 군데서 같은 날 동시에 합격 통보를 받게 되다니!

합격한 회사는 컨테이너 물류회사로서 고객 서비스 평이 좋은 다국적 문화를 가지고 있는 무척 캐나다스러운 회사였다. 그리고 나는 그 회사를 캐나다 첫 출근지로 선택했다.

캐나다 회사 **연말파티**

합격 소식을 들은 후, 12년 전 내 모습이 떠올랐다. 영어를 한마디도 못했던 시절 무식하게 공부하던 내가, 파란 눈을 가진 마음씨 좋게 생긴 상사를 모시며 하루 종일 영어로만 업무를 수행하는 날이 오게 되기까지의 과정이 머릿속에 스쳐 지나갔다. 캐나다에 살고 싶다고 마음을 먹고 캐나다에 다시 와서 취직이 되기까지 무려 12년이 걸린 것이다.

영어도 못하고, 학벌도 없고, 인맥도 없고, 돈도 없고, 머리도 안 좋으니 직진 코스나 지름길이 아닌 돌고 돌고 돌아서 꿈을 현실로 만든 셈이다. 그러면 뭐 어떤가. 내가 목표했던 그곳에 도달하면 된 것 아닌가? 꿈과 열정과 긍정적인 마인드가 항상 가득했고 그 원동력으로 이룬 나의 꿈. 지나고 보니 12년도 별것 아니었다.

오산여자종합고등학교 정보처리학과(현 오산여자정보고등학교) 졸업

오산전문대학 실무러시아어과 입학(현재는 없어진 학과다)

협성대학교 영어영문학과로 편입

캐나다 어학연수&아르바이트&여행

한국 직장생활

중앙대 국제대학원 석사

호주 인턴십

한국에서 유학원과 여행사 운영

미국에서 영어 공부&여행

뉴욕 취업 성공

캐나다 취업 성공

그렇게 한국, 호주, 미국에 이어 캐나다에서 나의 글로벌 커리어의 새로운 장을 열게 되었다. 꿈을 꾸면 현실이 되는 나의 인생, 비록 느리게 걷더라도 내가 가야 할 곳으로 걸으며 내가 원하는 것을 이루게 된 것이 정말 꿈만 같았다. 짧은 프로필에서는 모두 보여줄 수 없는 나의 인생 행보를 나열해보면 한 단계씩 성장하고 업그레이드되어 가는 나의 모습이 보인다. 물론 힘든 날도 있었지만 이제 그것들은 취업에 성공하기 위한 과정과 경험이 되었다. 중도에 포기했다면 아마도 지금의 꿈을 잡을 수 없었을 것이다. 포기하지 않았기에 성공할 수 있었던 것이다.

내가 원한 해외 취업을 미국에 이어 또 한 번 이루게 된 것도 바로 중간에 포기하지 않았기 때문이다. 능력과 실력은 쌓으면 되고, 모르는 것은 배워나가면 된다. 중요한 것은 바로 끊임없이 도전하고 노력하고 부딪히고 배우며 성장해가는 것이다.

야근할 수 있어요?

◆

　　　　　　　　입사 후 얼마 지나지 않았을 때였다. 하루는 교육팀장님이 오시더니 이렇게 말씀하셨다.

"다음 주에 이틀간 새로운 시스템 사용 방법에 대한 교육이 있어요. 입사 후 처음 듣는 교육이고 퇴근 후 시간이 될 텐데, 그때 야근할 수 있어요?"

"네, 그럼요. 교육이라면 꼭 들어야죠."

대답을 해놓고 속으로 생각했다.

'아, 외국도 야근이라는 게 있구나.'

미국에서도 일을 하긴 했지만 한국인이 한 명도 없는 현지 기업은 처음인지라 모든 것들이 새롭게 느껴졌다.

한국에서 그리고 미국에서 일할 때 야근이라는 말이 필요 없을 정도로 나는 일을 오래 그리고 많이 했다. 한국에서는 거의 2년 동안 아침 9시에 출근해서 밤 9시에 퇴근하는 생활을 했다. 미국에서도 첫 1년 동안은 평균적으로 그렇게 일했고, 그다음 해부터는 보통 하루에 10시간씩 일을 했다. 야근이 아닌 보통 근무 시간이 그러했다. 어느 부분은 내가 일을 배우고자 하는 욕심과 그리고 일을 잘하고 싶은 마음 때문이었고 또 어느 부분은 일이 시스템을 갖추기 위한 단계에 있었기 때문에 시간이 더 많이 필요했던 것도 있었다.

교육 날이 되고, 교육 시작에 앞서 시간외 근무 수당에 대해서 설명을 들었다. 회사의 요청으로 퇴근 이후 실시되는 교육이기 때문에 야근수당을 신청해야 한다는 거였다.

'와! 돈 받으면서 교육을 받는 거네!'

캐나다에서는 야근을 할 경우 법적으로 급여의 1.5배를 주도록 되어 있다. 그렇게 그날 이후 나는 생애 처음으로 야근수당이라는 것을 함께 받아볼 수 있었다. 1.5배라는 것이 크게 느낌이 와 닿지 않았는데 돈으로 계산되어 받아보니 꽤 차이가 나는 금액이었다. 공돈이 생긴 느낌도 들었다.

그렇다면 캐나다 두 번째 회사는 어땠을까? 그곳도 마찬가지로 야근을 할 경우 매니저의 서명과 함께 야근수당을 신청할 수 있도록 되어 있었다. 업무가 조금 지연된다거나 자발적으로 일을 마무리 지은 후에 퇴근하고 싶어 늦어질 경우는 굳이 야근수당을 청구하지 않지만 어떤 큰 프로젝트나 중요한 미팅 준비 같은 경우에는 편하게 야근수당을 신청했다. 세 번째 회사 또한 같은 분위기였다. 그러한 분위기다 보니 특별한 경우 이외에는 회사에서는 근무 시간 내에 일을 마치는 것을 선호했다. 그래서일까? 캐나다 사람들은 반복적으로 시간외 근무를 오래 하는 것을 이상하게 생각하기도 한다. 시간 내에 일을 끝낼 수 있게 하는 것도 능력이라고 생각한다. 야근수당을 신청하지 않고 자발적인 야근을 해도 어서 집으로 가서 가족과 시간 보내라고 등을 떠민다.

'참 일 더 하겠다고 하는데도 못하게 하네.'

그런데 어느 나라 어느 직장을 가든 야근수당을 정산해주든 그렇지 않든 변하지 않는 것이 하나 있다. 그것은 바로, 본인 자신의 목표치다. 많이 일하면 많이 배운다. (물론 예외의 경우도 있긴 하다.) 야근수당에 구애받지 않고 나 스스로 정해놓은 목표를 위해서 혹은 막중한 책임감으로 일을 더 하는 것은 나중에 모두 자신의 실력과 능력이라는 선물로 돌아온다. 그 목표가 높은 사람도 있고 낮은 사람도 있다. 혹은 여러 가지 목표를 세워놓고 경험해보며 자신이 진정 원하는 것을 찾아가는 사람도 있다.

내가 한국에서 그렇게 일하며 배웠기에 그 경력을 인정받아 미국 회사에 입사하고 성과를 내고 인정받을 수 있었고, 미국에서 그렇게 일을 했기에 캐나다 대기업에 입사할 기회를 얻은 것이다. 그때는 새로운 것을 배운다는 것, 성취감을 얻는다는 것, 인정받는 것이 좋았다. 그냥 좋아서 했고 잘하고 싶었다. '잘할 수 있을까?'라는 확신도 없었고, 잘하고 있다라는 자신감이 들 틈도 없었지만 무엇이든 잘하고 싶다는 마음에 목표치가 높았던 것 같다. 그것을 이루고 싶었고 그래서 이루었다.

그리고 캐나다로 온 지금은 그때와 비교하면 매우 안정권에 들어간 시기이다. 이제는 어디를 가도 나의 커리어를 가지고 직업을 가질 수 있다는 빵빵한 자신감도 있고, 행복하게 살아가기 위한 가치관과 신념도 생겼다. 내가 선택하지 않는 이상 8시간 이상 근무는 하지 않아도 되는 환경이고 지금은 그렇게 하지 않아도 그전보다 더 많은 일을 할 수 있는 요령도 생겼다.

또한, 누군가에게 라이프나 아이템 컨설팅을 해줄 수 있을 정도의 지식과 노하우도 쌓아서 앞으로 무엇을 하든 먹고사는 것에 대한 걱정도 없다. 밝고 건강하게 자라는 아들을 보며 내가 나이를 먹고 있다는 생각도 들지만 이런 모든 것들이 어우러져 나이 먹는 것도 재미있게 느껴진다. 나이 든다는 것, 실제로 40대가 되어보니, 별것 없다. 사실 20대나 30대보다 나는 40대가 더 좋다. 만약 누군가가 "10년 전으로 돌아가겠습니까 아니면 10년 후의 삶으로 가겠습니까?"라고 묻는다면 나는 당연히 10년 후를 선택할 것이다. 10년 전은 이미 경험을 해보았고 10년 후는 경험해보지 못한 삶이기 때문이기도 하지만 40대인 지금보다 50대가 되었을 때 삶이 더 안정적이고, 여유롭고, 더 많은 연륜이 쌓일 거라고 생각하기 때문이다.

이제는
대기업이다

불공평한 인생에서
새로운 꿈을 찾다

◆

　　　　　　　캐나다 첫 직장에서 반년 정도 근무를
했다. 수입된 제품을 항만에서 시간 내에 출고시키고, 통관, 운송 스케
줄 관리와 조정은 매 시간, 매일 데드라인을 맞춰야 하는 일이었다. 그
래서 쉴 틈 없는 긴장이 연속되는 일이었다. 그렇게 하루하루 바쁘게 지
내던 어느 날 나는 아주 개인적인 사정으로 퇴사를 결정하게 되었다. 바
로 유산의 경험과 임신 때문이었다.

　나는 내가 꿈꾸던 삶을 살기 위해 그리고 커리어 우먼이 되기 위해 그
누구보다 열심히 살아왔다고 자부한다. 결혼도 하고 그렇게 꿈에 그리
던 캐나다 밴쿠버에서 정착하게 되고, 취업도 하고, 생애 처음으로 집도
장만했다. 그런데 벌써 두 번째 유산을 하게 된 것이다. 처음에는 '그런

일이 한 번은 생길 수도 있지'라고 생각했다. 하지만 두 번째 유산을 하니 겁이 났다.

'유산을 세 번 하게 되면 습관성 유산이 될 확률이 매우 높아진다고 하는데 나는 벌써 두 번이나 하다니…….'

기초체력이 약한 편이지만 크게 아파본 적도 없고 활발한 편이기 때문에 임신을 하면 만삭이 될 때까지 회사를 열심히 다닐 거라 생각했었다. 하지만 그건 그저 내 생각이었던 것이다.

그렇게 두 번의 아픔을 겪으며 인생에서 내가 소홀하게 생각한, 아주 중요한 것이 있다는 것을 알게 되었다. 내가 꿈꾸던 수십 개 꿈 중에 화목한 가정을 이루는 것은 있었지만 구체적으로 아이와 관련된 꿈은 단 하나도 없었다는 것을. 임신을 하고 아이를 출산한다는 것은 나에게 너무도 평범한 행사라고 생각했던 거다. 나의 엄마도, 나의 언니들도 그리고 친구와 동료들도 때가 되었을 때 임신을 하고 출산을 했으니까. 대부분의 여자가 임신을 해서 아이를 낳고 기르기 때문에 그것이 나의 꿈이기보다는 언젠가는 하게 될 인생의 당연한 한 과정으로 여겼던 것이다.

'아이를 갖는 것은 너무 평범한 꿈이기에 나의 꿈이 아니었을까, 아니면 내가 그만큼 간절하지 않았던 것일까? 혹은 내가 엄마가 될 자격이 되지 않아서일까, 내가 무엇을 잘못한 것일까, 나에게 문제가 있는 것인가?'

질문은 꼬리에 꼬리를 물고 따라왔다. 그래도 답은 없었다.

'그렇다면 나는 앞으로 어떻게 해야 하는 것인가?'

답답한 마음에 김수영 작가님에게 이메일을 보내고 나의 상황을 이야기했다. 그리고 감사하게도 답장을 받았다. 그리고 그 답장 속에 있는 한 문장이 나에게 충격과 깨달음을 주었다. 답장을 열면 '용기 내세요'와 같은 힘을 주는 내용이 있을 거라고 생각했는데 그게 아니었다. 열어 본 답장에는 이렇게 쓰여 있었다.

"인생, 참 불공평하죠?"

그렇게 '불공평하죠?'라는 문장 하나가 나에게 많은 생각을 하게 해주었다. 생각해보니 그게 맞았다. '맞다. 인생은 지극히 불공평하다. 인정하든 그렇지 않든 그것은 사실이고 현실이다. 그냥 그것 자체를 받아들여야 하는 것이다.' 불공평 그 자체를 인정하고 그 상황에서 내가 할 수 있는 최선의 길을 선택하도록 힘을 주어야 하는 것이다.

그렇게 불공평함을 그대로 인정하고 나니 마음이 아주 편해졌다. 그전에는 '왜 다른 여자들에게는 쉬워 보이는 임신과 출산을 나는 어렵게 하는 것일까?'라고 우울한 생각들이 떠올랐지만, 이제는 '그래 나의 체력이 따라주지 않으니 운동을 꾸준히 해서 건강한 체력을 만들라는 것일 수도 있고, 나의 미래 아기가 엄마에게 이제는 집에서 쉬며 태교에 몰두해 달라고 말하고 있는 것일 수도 있을 거야'라고 생각이 바뀌었다.

그리고 2012년 봄, 나는 나의 '꿈 리스트'에 하나의 꿈을 더 채워 넣었다. '몸과 마음이 건강한 아이 출산하기 & 잘 키우기'. 너무도 평범하고 당연하다고 생각했던 임신과 출산 그리고 육아 등 아이와 관련된 꿈은 여전히 나의 꿈 리스트에서 가장 중요한 꿈, 1순위로 있다.

2012년 나는 다시 임신하게 되었고 그것을 확인한 후 바로 퇴사를 결정했다. 그 후 정말 푹 쉬고, 푹 자고, 잘 먹고, 건강하게 지냈다. 그리고 드디어, 2013년 세상에서 가장 아름다운 나의 아이를 출산하게 되었다.

임신하게 될 초보 엄마님들은 꼭 임신 전에 임신, 출산 책을 미리 읽고 준비하기를 당부한다. 잘 몰랐던 부분들과 자칫 소홀할 수 있는 부분들에 미리 대비하고 아이가 태어난 후 육아에 대한 팁들도 많이 얻을 수 있다. 이런 책을 언제 다 읽지 싶을 정도로 두꺼운 책들도 막상 그 상황이 되면 재미있게 읽게 된다. 내가 그랬다. 역시 엄마는 엄마인가 보다.

아이를 내 품에 안는 그 순간, 말로 표현할 수 없는 벅차오르는 감동, 평온함, 따스함, 그리고 사랑. 내가 세상에 태어나서 가장 잘한 일을 꼽으라면 바로 아이를 낳은 일이고, 가장 행복했던 기간을 뽑으라면 아이가 배 속에 있을 때이고, 가장 행복했던 순간을 꼽으라면 나의 아이를 처음으로 품에 안았을 때다.

아이와 함께했던
감사한 시간들

♦

임신으로 배가 불러오고 태동이 느껴지고 내 몸 안에 다른 생명이 자라나고 있다는 것을 온몸과 정신으로 느끼는 모든 순간이 기쁘고 경이로운 시간이었다.

직접 따는 베리 농장에서 베리 와플을 먹으며. 아들은 사진보다 먹을 것에 집중

임신 5개월 이후부터 몸 상태가 좋아지면서 나는 매일같이 공원에 나갔다. 집에서 5분만 걸어나가면 숲속 같은 동네 공원이 나왔다. 내가 살던 곳이 특별히 좋은 동네이거나 뉴욕의 센트럴파크 옆 5번가 길 옆에 있는 호화 아파트 같은 곳에 살아서가 아니고 캐나다에는 작고 큰 공원들이 셀 수 없게 많았다. 신기하게도 집 근처에 있던 공원 이름이 센트럴파크였는데 좋은 곳에 가기 위해 밀리는 도로에서 시간 낭비할 필요가 없다는 것이 시드니와 밴쿠버에 살면서 느꼈던 장점이다.

공원으로 들어서자마자 나는 심호흡을 크게 하며 넉넉한 피톤치드 향을 가슴속 깊이 들이마셨다. 특히, 비가 살짝 내린 날이면 갓 볶아낸

원두커피를 간 듯한 행복하게 코를 자극하는 진한 숲속 향을 그대로 마실 수 있었다.

아이에게 좋고, 출산 시 도움이 된다고 하여 복식호흡을 배워두고 공원에 갈 때마다 연습했다.

'하나, 둘, 셋, 넷, 다섯…… 열.'

천천히 숨을 내쉬고 다시 천천히 숨을 들이마셨다. 눈을 감고 앉아 이렇게 숫자를 천천히 세며 복식호흡에 집중하다 보면 아무 생각이 들지 않는 단계가 오면서 자연스럽게 명상의 시간도 갖게 되었다.

그런 이유에서였을까. 몸은 임신 전보다 훨씬 더 가벼워지고 건강해진 느낌이었다. 원래 쉽게 피로해지는 체질이었는데 하루에 몇 시간씩 걸어도 전혀 피곤함을 느끼지 못하는 체력으로 바뀌었다. 막달에 친정 어머니와 아버지께서 한국에서 오셨는데 나지막한 언덕을 걸어 올라가는 나의 뒷모습을 보시더니 어머니께서 말씀하셨다.

"뒷모습만 보면 누가 출산을 앞둔 만삭 임산부라고 보겠니? 그렇게 쉽고 빠르게 언덕길을 올라가는데……."

그렇게 행복하고, 여유롭고, 건강하게 시간을 보내고 너무도 건강하고 우량한 아기를 출산했다. 무려 3.9kg.

"He is very tall, he is big, he is a chubby boy……."

아이가 세상에 나오자마자 이런 말들이 쏟아졌다. 우량아라는 표현은 그때 다 들은 것 같다.

출산 후 온전히 전업주부로 살아보는 느낌도 참 좋았다. 아이와 놀고, 기저귀를 갈아주고, 우유를 먹이고. 이런 단조로우면서도 한편으로는 전쟁만큼이나 번잡한 육아도 할 만했다. 아이를 낳기 전에 너무 걱정을 많이 해서였는지 아이 키우는 것이 그다지 어렵지 않았다. 5개월쯤 지나서는 바다로, 공원으로, 놀이터로 늘 아이와 많이 돌아다녔다. 아이를 유모차에 태우고 다니다 보면 어느새 든든한 친구처럼 느껴지기도 했다. 무엇을 해도 즐거운 시간이었다.

출산 수당이 1년 가까이 지급되기 때문에 그렇게 여유를 부릴 수 있었던 것 같다. 휴식도 취하고 아이와도 많은 시간을 보내고, 전업주부로 육아에 전념해볼 수 있던 그 시간들이 참 고마웠다.

재취업에 도전

♦

　　　　　　　　아이가 만 한 살이 되어갈 즈음 재취업
을 준비하기 시작했다. 일단, 한 번 현지 회사에 입사했던 경험이 있으
니 조금 자신도 붙었지만 여전히 새로운 도전 같았다. 캐나다에서 첫 번
째 구직활동과 두 번째 구직활동의 차이를 꼽자면 그것은 바로 전략이
었다.

처음 캐나다에 왔을 때는 도대체 내가 어떤 쪽으로 구직을 해야 할지
몰랐다. 경력이 있었던 무역, 구매, 마케팅 그리고 한국어를 구사할 줄
아는 사람을 뽑는 은행 상담직, 영어학원 상담직, 고객센터 그리고 아르
바이트를 구하기 위한 판매직 등 내가 할 수 있을 거라고 생각되는 직종
에 모두 도전해보았다. 그러다 보니 시간 대비 합격률은 매우 낮았다.

그래서 두 번째는 전략을 바꾸어, 지원하는 회사 한 곳 한 곳마다
올인하기로 마음먹었다. 직종은 무조건 식품 바이어. 내가 가장 잘
아는 분야에 올인하기로 한 것이다. 그렇게 하니 세 곳에 지원하고
두 곳에서 인터뷰를 본 후 최종 한 곳에서 합격 통보를 받게 되었다.
재취업 준비 한 달 만의 성과였다. 한 달이라는 기간은 정말 짧은 기
간이다. 지원서를 보내고, 전화 인터뷰, 1차, 2차 면접을 거치면 금방
한 달이 지나간다.

재취업에 성공하기까지 이전과 가장 크게 달라진 것이 있다면 그것
은 내가 무엇을 잘할 수 있고, 무엇에 재미를 느끼는지 파악하려 했다
는 것이다. 그것이 구매라는 것을 알았을 때 관련된 회사와 직종만 찾았

PAN PACIFIC

다. 그리고 식품 분야가 아닌 곳은 무역과 구매 경력이 있어도 서류 전형조차 통과하지 못한다는 것을 경험을 통해서 배웠기에, 완전히 식품 구매로 더욱 포커스를 맞추었다.

그때 내 나이가 벌써 30대 중반이었다. 그리고 여전히 내가 잘할 수 있는 것과 재미를 느끼는 것을 찾아가고 있었다. 그러니 20대 혹은 30대 초 사회 경력 몇 년을 가지고 있는 사람들은 "저는 무엇을 좋아하는지 모르겠어요"라고 묻지 않길 바란다. 모르는 게 당연하다. 해봐야 안다. 잘할 수 있는 일이라고 확신을 가지고 시작해도 막상 직접 해보면 흥미를 잃게 되는 일도 있다. 어떤 때는 해보고도 확신이 안 선다. 그럼 더 해보거나 다른 것도 해봐야 한다. 그러니 시간도 많이 걸린다. 자신이 좋아하고 재능이 있는 분야를 빨리 찾는 사람들이 신기한 것이고 운이 좋은 사람들이다.

면접 준비 전략도 올인 전략으로 했다. 그 회사 웹사이트, 면접관 링크인, 회사 리뷰, 회사 만족도, 예상 면접 질문까지 모두 찾아보았다. 회사 이름과 interview란 단어를 검색하면 이전에 면접 봤던 사람들이 올린 후기와 질문 내용까지 볼 수 있다. 또한 질문 난이도, 회사에 대한 만족도 등도 볼 수 있다. 그러니 면접에 앞서 철저히 조사하고 가면 한 번은 꼭 써먹을 때가 생긴다.

내가 한 식품 제조회사에서 면접 볼 때의 일이다. 면접 마지막 부분에 면접관이 물었다.

"질문하실 것 있으면 해주세요."

"네, ABC 회사는 100년 넘는 역사를 가지고 있고 그동안 꾸준한 성장을 보이며 부동의 1위 자리를 지키고 있는데 회사의 그 성공 비결이 무엇이라고 생각하십니까?"

일단, 이 질문은 내가 이 회사에 대해 많은 관심이 있고, 회사에 대해서 많이 알고 있으며, 회사에 대해서 더 많은 것을 알고 싶다는 것을 동시에 보여주는 좋은 질문의 예다. 그리고 답을 듣고 나면 내가 몰랐던 그 회사에 대해 더 알 수 있게 되어 좋다.

내가 바라보는 곳이
나의 미래다

♦

내가 입사한 곳은 캐나다에서 가장 큰 유통업체였다. 그중 나는 아시아권 식품을 담당했다. 구매를 담당하며 무역, 세일즈, 마케팅 팀과 함께 협력하는 일이었다. 미국 식품회사에서 일했던 것과 거의 비슷한 일들을 하는 식품 바이어 포지션이었다.

여기서 잠시, 뉴욕에서 일했던 이야기를 조금 더 해보고 싶다. 이 내용들은 내가 면접을 보며 대답했던 내용들이 포함되기도 한다.

처음 입사를 할 당시는 무역 업무와 해외international 구매를 맡았고 그 후 협상 스킬이 있다고 회사에서 판단하고 미국 국내domestic 구매 부서에서 주로 가격 협상과 프로모션 협상을 맡았다. 그 후 바이어로 일하며 제품에 대한 지식이 쌓이니 제품 개발 업무와 마케팅과 홍보 업무까지 총괄하며 영역을 넓혀나갔다. 그곳에서 일하며 북미 상품 트렌드와 그들의 유통 구조, 그리고 비즈니스 매너 등도 함께 배울 수 있었다.

사실 면접 때는 말하지 않았지만, 나는 미국에 있을 때 미련하게 일만 한다는 소리도 들었고, 영어 문서들을 빠르게 읽지 못하여 서류 뭉치를 집에 가지고 와서 사전 찾으며 공부한 적도 많았고, 안정화되지 않은 시스템으로 스트레스도 많았고, 체력도 고갈되었다. 하지만 그만큼 나를 성숙하게 해주었고, 보는 시야를 넓혀주었고, 미래의 또 다른 도전에 가능성을 열어주었다. 그 기회를 통해 미국 주류 사회의 먹거리를 리드하는 전문가들을 만나고 자극을 받았으며, 영어의 끈을 항상 잡고 있을 수 있었고, 인내심을 길렀으며, 기다림을 배웠던 3년이기도 했다.

그 3년이 헛되지 않았다고 생각한 것은 퇴사를 하고 나서이다. 첫 번째는 뉴욕 회사 사장님으로부터 감사 편지를 받았을 때이고, 두 번째는 뉴욕에서의 경력을 바탕으로 캐나다에서 식품 바이어로 일을 할 수 있게 된 때였다. 뉴욕 사장님에게 받은 편지 내용은 이러했다.

I always appreciate everything what you have done for me and (ABC company). I look forward to having an opportunity to work with you again, in any suitable area for you and me and which would be mutually beneficial. For me and the entire (ABC company), this year has been so fruitful and historically successful, and I have to admit that this is based on all your years of hard work.

(우리 회사에서 레이첼이 했던 모든 일들에 대해서 나는 항상 고마움을 느끼고 있어요. 레이첼과 함께할 수 있는 일로 서로에게 도움과 이익이 될 수 있는 일이라면 앞으로 어떤 일이 되든 함께할 수 있기를 고대합니다. 올해는 나와 회사 모두에게 정말 좋은 일이 많았던 해였고 회사 역사상 많은 성장과 성공을 거두었던 해이기도 해요. 그리고 나는 그 모든 것들이 회사를 위해서 레이첼이 몇 년간 열심히 일해준 덕분이라는 것도 알아요. 그리고 그것에 대해 진심으로 감사를 표합니다.)

평소에 칭찬에 인색하신 분이라서 그 감동은 더 컸다. 그리고 나는 이 이메일 내용을 캡처해두었다. 이것은 어떤 추천서보다 더욱 강력한 추천서라는 생각이 들었다.

최종 디렉터와 면접을 볼 때 요청하지도 않은 포트폴리오를 만들어가서 보여주고, 내가 했던 업무들에 대해서 더욱 쉽게 보여줄 수 있는 자료를 만들었다고 하며 지원한 회사의 로고가 들어간 파워포인트를 열어서 프레젠테이션도 했다. 핵심은 지원한 회사의 로고가 큼지막하게 들어가주어야 하는 거다. 그건 '나는 이미 이 회사 소속입니다'라고 말하는 거나 다름없다.

그리고 마지막으로 캡처해두었던 이메일 내용을 살짝 공개하며 이렇게 말했다.

"짧은 면접 시간이지만 저에 대해서 그리고 제가 회사에 기여할 수 있는 일들을 보여드리기 위해 노력했습니다. 하지만 짧은 시간에 모든 것을 보여준다는 것은 무리가 있다고 생각했고 그래서 마지막으로 준비한 것이 바로 저를 신뢰하셨던 이전 회사의 사장님께서 보내주신 감사 편지 내용입니다. 퇴사 1년 후 받은 개인 이메일입니다. 오늘 모두 보여 드리지 못한 저에 대한 모습들, 앞으로 바이어로 일을 하며 더 많이 보여드릴 수 있기를 고대합니다.”

그리고 면접관들의 눈빛을 빠르게 살폈다. 그리고 느꼈다.

‘붙겠구나!’

나는 그렇게 식품과 관련된 세 회사에서 경력을 쌓았다. 한국에 있는 중소기업, 미국에 있는 한인 중소기업, 그리고 캐나다에 있는 대기업 순이다. 현재 중소기업에서 일한다고 해서, 그리고 글로벌 회사가 아니라고 해서 본인도 작은 사람이 되어서는 안 된다고 생각한다. 지금 그 자리는 더 큰 세상으로 가기 위한 과정이고 현재의 상황에서 최선을 다하면서 원하는 방향으로 한 발짝 더 내디뎌가고 있는 것이다. 내가 서 있는 곳이 나의 미래가 아니라 내가 바라보고 있는 곳이 나의 미래가 되는 것이다.

레이첼 씨를 위한
한국어 통역원입니다

♦

입사한 지 두 달 정도가 지났을 때였다. 그때까지 한국어를 한다는 것이 크게 장점이 되지는 않았다. 한국 기업 몇 곳이 나의 어카운트로 있기는 했으나 이메일도 영어로 주고받고 통화를 할 일들은 거의 없었으므로 그렇게 느껴졌다. 그러던 어느 날 한국으로 출장을 갈 기회를 얻게 되었다. 한국이라면 내 홈그라운드가 아닌가!

'내가 뭔가를 보여주겠어!'

출장을 가는 길에 가족도 보고, 친구도 보고, 맛있는 한국 맛집들도 찾아갈 생각을 하니 사실 출장이 아닌 휴가를 앞둔 것처럼 기뻤다.

한국과 미국에 이어 캐나다 유통업계에서 일하며 많은 것을 배워나가는 것이 참 흥미로웠다. 그리고 내가 자란 한국으로 첫 출장을 떠난다는 것이 신기하기도 하고 설레기도 했다. 온타리오에서 근무하는 팀 리더와 동행하며 나는 많은 것들을 배울 수 있었다. 탄탄한 실력이 바탕이 되는 비즈니스 카리스마를 가진 분이었다. 나는 정리하고 조사하고 미팅하고 사후 관리하는 능력들을 최대한 빨리 흡수하며 배워나가려고 노력했다.

출장 첫날, 우리 회사만을 위한 행사가 진행됐다. 약 70명의 업체가 참가해서 그 회사들의 제품을 소개했다. 함께 온 다른 바이어 3명과 팀 리더에게는 우리가 접하는 많은 제품 중에 하나로 보여졌을 것이다. 그러나 나에게는 그렇지 않았다. 한국 제품이어서 더욱 애정이 갔고 한국 기업을 도와주고 싶은 생각이 많이 들어서 한 제품 한 제품 소홀하게 넘어갈 수가 없었다. 하지만 나의 열정과 다르게 대다수 제품들은 아직 준비가 되어 있지 않았다. 수입해서 바로 판매를 할 수 있는 단계가 아니었다. 현지화될 수 있는 단계까지 많은 작업과 보완이 필요했고, 그 말은 시간과 노력이 더 필요하다는 뜻이다.

하지만 거래는 성사될 수 없어도 차후 수출에 도움이 될 수 있는 아이디어라도 주고 싶었다. 우리 회사와 5분 미팅을 하자고 하루를 모두 내어 방문한 그분들의 노력과 희망을 존중해드리고 싶었고 한국 제품이 좋다는 것을 세계에 알릴 수 있도록 도움이 되고 싶었다. 나의 조언이 모두 맞을 수는 없고 그 업체들이 나의 의견을 모두 채택할 것이라고 믿지는 않았지만 그래도 그렇게 하고 싶었고 그것이 맞는 거라고 생각했다. 한국에 있을 때 중소기업에서 일을 한 경험이 있기 때문인지 더욱 중소기업에서 일하고 계신 직원이나 오너 분들이 가깝게 느껴지기도 했다. 나는 해외에서 구매를 담당하며 수천 개의 제품을 보며 자연스럽게 길러진 감각으로 조금이나마 도움이 되고자 하는 마음으로 열심히 의견을 건넸다.

"글씨체가 작아서 캐나다 레이블 규정에 맞지 않을 것 같습니다."

"제품의 특징이 보이는 문구가 있으면 더욱 좋을 것 같아요."

"레이블에 있는 이미지가 전달력이 약한 편입니다."

"이것과 아주 유사한 제품이 시중에서 많이 판매되고 있어서 가격 경쟁력과 차별화를 줄 수 있는 전략이 가장 우선적으로 필요한 것 같습니다."

출장 둘째 날, 전 세계 바이어들이 참석하는 식품박람회에 참석하기 위해 호텔을 나오자 검은색 승용차가 우리를 기다리고 있었다. 양복 입은 기사님께서 문을 열어주시는데, 속으로 '아, 좋다' 하는 혼잣말이 나왔다. 차에 타면서 기쁜 마음으로 "감사합니다"라고 밝게 인사를 드리니 기사님께서 놀라시며 대답하셨다.

“한국 분이시네요. 반갑습니다.”

박람회장에 도착하니 각각의 바이어들이 미팅을 할 수 있도록 장소가 잘 마련되어 있었다. 그리고 20대 중반으로 보이는 여자가 테이블 한쪽에 앉아 있는 것을 발견했다. 내가 먼저 질문을 건넸다.

“어느 업체에서 오신 분이신가요? 아직 시간이 이른데…….”

“저는 오늘 미팅 통역원으로 왔습니다. 해외에서 오시는 바이어 분을 기다리고 있습니다.”

“제가 그 바이어인데요.”

둘 모두 서로 무슨 이야기를 하고 있는가 생각하며 몇 초 동안 어리둥절하게 얼굴만 바라봤던 것 같다. 그다음 들려오는 말.

“한국말 참 잘하시네요.”

“하하. 저 30년 정도 한국에서 산 사람입니다.”

내용은 이랬다. 그 행사를 주관, 진행했던 어느 곳에서도 내가 한국인인 것을 몰랐던 것이다. 첫날 행사에서는 내가 주최측과 통화를 한 적이 있어서 그 기관에서 알고 있었지만 둘째 날 일정은 다른 기관을 통해서 준비되었기 때문에 내 이름만 보았던 관계자들이 캐나다 회사에서 온 내가 당연히 영어만 사용할 것이라고 생각한 것이다. 나는 그렇게 한국말을 아주 잘하는 외국 바이어가 되었다.

하루 종일 빡빡하게 잡힌 미팅 일정으로 박람회장을 여유롭게 돌아볼 수도 없어 중간중간 쉬는 시간 틈틈이 돌아보았다. 한국에서 무역회사에 다녔을 때 감각을 기르라고 회사 사장님을 따라왔었던 그런 식품박람회장이었다. 이제는 내가 바이어로 한국을 다시 찾다니……. 감회가 새로웠다. 나는 그렇게 한국으로 출장 오는 여자가 되었다.

♦

　　　　　　　　출장의 하이라이트는 '돌발 상황'이 발생한 것이었다. 나의 팀 리더가 직접 추진하는 아이템이 있었는데 한국 업체와 커뮤니케이션 문제가 오랫동안 있었다고 했다. 빠른 회신과 업데이트가 필요한데 그 업체에서는 적절하게 응대하고 있지 못해서 이번 한국 출장 중에 미팅을 하려고 했으나 그것 또한 회신이 없어 답답하다고 했다.

"제가 한번 직접 통화를 해보겠습니다."

우선, 내가 담당하는 아이템이나 담당자가 아니었기에 왜 이런 문제가 발생하고 있는지부터 알아야 했다.

통화가 연결되자 한국어로 인사를 하고 한국 사람이라고 말하니 담당자는 너무도 반가워했다. 그런 후 나는 용건을 이야기했다.

"지금 저의 팀 리더가 많이 실망을 하고 있습니다. 회신이 늦거나 없는 경우도 많고…… 요구한 자료들도 아직 제출되지 않은 것이 많고…… 무슨 이유가 있는 건가요?"

"아 네, 그게…… 참…… 사실 회사에 이런 일들이 있었습니다."

이야기를 들어보니, 회사 내부적으로 문제가 많았고 그것을 처리하는 과정에서 업무 과다로 회신이 늦어졌는데 우리 회사에서 요청한 자

한국 출장 중 박람회장에서 상사와 함께

료들은 타 부서에 요청해야 하는 것들이어서 더욱 늦어질 수밖에 없었던 것이다. 거기에다 담당을 하고 있는 그의 상사가 마침 해외출장 중이라고 했다.

"네, 이렇게 솔직히 말씀해주셔서 감사합니다. 그런데 지금 말씀해주신 부분들을 서면은 아니더라도 꼭 표현과 설명을 해주셔야 합니다. 그 부분이 명확하지 않았기에 연간 계약 파기를 신중히 고려하고 있는 상황입니다."

담당자는 화들짝 놀라며 걱정이 가득한 목소리로 다급히 물었다.

"어떻게 해야 하나요?"

그렇게 해서 계획에 없던 미팅을 갑작스럽게 추진하게 되었다. 하루 종일 짜여 있는 일정 때문에 가능한 시간은 점심시간 1시간 중에 40분 정도뿐이었다. 도착한 담당 직원 두 명은 영어는 할 수 있지만 이메일이나 문서가 아닌 구두로 할 경우 혹시라도 잘못 알아듣거나 말실수를 하게 될까봐 걱정된다고 솔직히 말했다. 특히, 지금 같은 예민한 시점에서는 더욱 그럴 만도 하다는 생각이 들었다.

"걱정 마세요. 통역원이 옆에서 서기를 작성하며 도와줄 겁니다."

그런데 그 금방 올 수 있을 것으로 생각했던 통역원이 점심시간이라 조금 멀리 떨어진 곳에 가 있는 데다 다시 돌아오려면 시간이 조금 걸린다고 했다. 팀 리더는 나에게 물었다.

"레이첼, 레이첼의 도움이 필요할 것 같아요. 이 사람들이 많이 긴장하고 있는 것도 같고, 이 상황을 가장 잘 이해하고 적절히 전달하는 것도 통역원보다 레이첼이 더 나을 거라고 생각해요. 다음 일정을 조금 미루고 나를 도와줄 수 있겠어요?"

"그럼요. 알겠습니다."

미팅 자리에 모두 앉자마자, 본론부터 바로 들어갔다. 나 또한 처음으로 해보는 통역이라서 약간 긴장이 됐다. 영어를 할 줄 아는 것과 그것을 동시통역한다는 것은 다르지 않은가! 그런데 신기하게도 급박한 상황이 되니 언제 긴장을 했냐는 듯이 말이 술술 나왔다. 영어로 말했다가 한국어로 말했다가 왔다 갔다 하는 것이 생각보다 어렵지 않았다. 미팅 후 혼자 있는 시간에 그때를 생각하며 티 나지 않게 씨익 웃었다.

'내 영어가 언제 이렇게 늘었지? 오늘 영어도 한국말도 쯤 되는 날

이네.'

결과는 양쪽 모두 오해 없이 전달하려고 했던 이야기들이 짧은 시간 안에 효과적으로 전달되었다. 한국 업체 측은 문제가 발생하기 전에 처리될 수 있게 해주어서 감사하다고 했고, 팀 리더는 답답한 부분이 해소되고 앞으로의 진행에 무리가 없을 것을 약속받게 된 것만으로도 큰 성과라며 만족해했다.

그 이후로 비행기로 다섯 시간 걸리는 거리에서 일하고 있는 팀 리더는 종종 한국어와 관련된 문제가 있으면 나에게 연락을 했다.

"레이첼, 한국에서 증거자료로 신문기사를 하나 받았는데 한국 담당자가 아래와 같이 요약을 해서 보내왔어요. 내용이 동일한 것인지 시간되면 읽어봐줄 수 있어요? 그리고 약간 모호한 것도 있는데 두 줄 정도로 기사를 요약해줄 수 있다면 더 좋고요."

"당연하죠. 뭐 다른 것도 제가 도와드릴 일이 있으면 언제든지 말씀하세요. 제 한국어 실력이 도움이 될 수 있다니 저도 너무 기쁩니다. 아참, 그때 명동에서 사갔던 여자친구 마사지 팩은 여자친구가 좋아하던가요?"

팀 리더가 여자친구 선물을 고른다기에 명동에 같이 갔는데 여자친구가 한국 마사지팩을 그리도 좋아한다는 이야기를 듣고, 내가 마사지 팩 가격을 흥정해주었다. 명색이 네고가 전문인 바이어 아닌가! 내가 깎고 또 깎고 덤까지 받고 샘플까지 얻어주니 입이 귀에 걸렸다.

"당연하죠. 이것저것 샘플까지 받아온 것 보고는 엄청 놀라고 좋아하던데요. 한국 출장은 몇 번 갔었는데 늘 일 끝나면 호텔에 들어와 운동하고 자기만 했거든요. 그런데 이번에는 동료들과 한국 전통 술집에도 가보고, 안 먹어본 음식도 먹어보고 좋은 경험과 추억을 처음 만들고 왔어요. 고마워요.”

내가 한국 사람이고, 한국 문화를 알고, 한국말을 할 줄 안다는 것이 참으로 좋았다.

육아와 사회활동

♦

아시아 제품 해외구매팀에는 나를 포함해서 바이어가 10명쯤 되었는데 사람들이 모두들 성실하고 착했다. 모두들 질문이 있거나 어려운 점이 있으면 언제든지 말하라고 했고, 정말 편안하게 나를 대해주어 적응도 빨랐고, 일도 금방 익숙해졌다. 나는 해외출장도 가고, 조금씩 성과도 내기 시작했다. 그렇게 1년 정도 일했을 때 나는 개인적인 일로 퇴사를 결정했다.

여자들이 가장 고민한다는 육아와 사회활동 사이의 갈등 때문이었다. 특히, 캐나다에서는 놀이방 비용이 많이 비싸다. 한 달에 약 100만 원 정도라 부담스러웠다. 그보다 더 어려운 것은 아이가 아플 때였다. 형제자매와 부모님이 모두 한국에 살기 때문에 아이가 아플 때는 아이를 맡길 곳을 찾기가 어려웠다. 캐나다에서 사귄 친구들도 모두 아이가 있다 보니 감기에 걸려 열이 나는 아들을 감기가 옮을 수도 있는 어린아이가 있는 친구 집에 보낼 수도 없었다. 고민 끝에 1년 정도 쉬면서 아이가 좀 더 클 때까지 집에서 아이를 돌보기로 결정했다. 캐나다에서 두 번이나 취업에 성공했으니 마음만 먹으면 다른 곳에 재취업할 수 있을 거라는 자신이 있었다.

그렇게 퇴직 후 아이가 낮잠 자는 시간을 활용해서 조금씩 새로운 일을 했는데 그것이 강연과 강의였다. 세계한인무역협회 밴쿠버 지회에서 매년 개최하는 무역스쿨에서 나는 몇 해째 무역실무 강의를 맡고 있다. 이론을 배우고 실무를 익히고 한국, 미국, 캐나다 유통회사에서 일을 했던 경험을 바탕으로 강의자료를 만들고, 학생들이 직접 참여할 수 있도록 무역 시뮬레이션 시간을 가졌는데 반응이 늘 뜨거웠다. 그리고 내 블로그에 그런 밴쿠버 소식들을 올리니 한국에서도 강의해달라는 요청들이 이어졌다.

그래서 한국을 방문했을 때 대관실을 알아보고 블로그로 강의 공지를 올려서 무역실무 강의를 열었다. 그리고 그곳에 참가한 대부분의 참가자들이 해외 취업에 대한 정보에 너무도 목말라 있다는 것을 알게 되었다. 그들은 생생한 이야기, 실제 경험담 등을 듣고 싶어 했다. 나는 그것에 자극을 받아 그다음은 해외 취업 강의를 열었다. 해외 취업 강의를 들은 사람들로부터 영문 이력서와 면접에 대한 문의를 많이 받으면서 영문 이력서와 면접 강의까지 하게 되었다. 그리고 나는 내가 이 일을 너무도 좋아한다는 것을 알게 되었다. 일반 회사에서 일하는 것과는 비교할 수 없는 즐거움과 보람을 느꼈다. 남을 도우며 누군가의 인생에 좋은 영향력을 미치고, 그들 삶에 터닝 포인트를 만들어주는 일은 말로 표현할 수 없는 정말 매력적인 일이다.

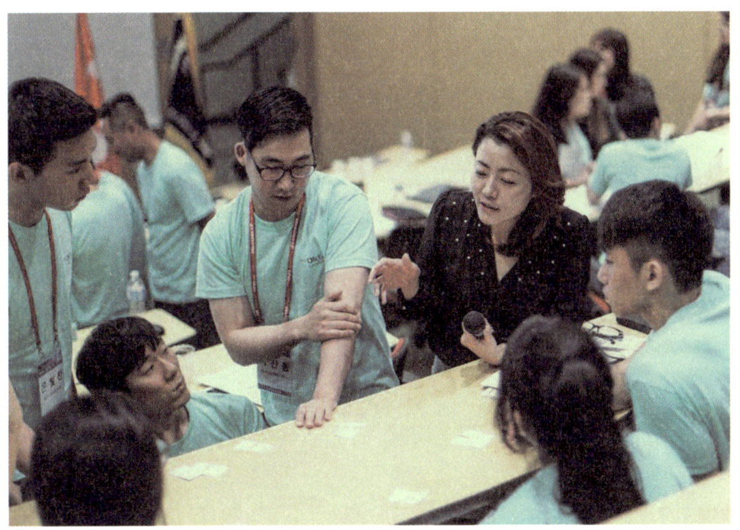

강의하는 모습 열중하는 학생들

　아이 때문에 쉬게 되었는데 아이 때문에 새로운 일을 시작할 수 있게 되었고 그로 인해 내가 강연하는 것을 좋아하고 가르치는 것을 좋아한다는 것을 알게 되었다. 회사를 계속 다녔다면 그런 생각을 할 여유가 없었을 것이고 한국을 자주 갈 수도 없었을 테니 그 새로운 일도 만들지 못했을 거다.

캐나다 세 번째
취업 성공

♦

나는 현재 캐나다 밴쿠버 브리티시 컬럼비아 주정부 기관 공기업에서 바이어로 재직 중이며(캐나다에서 세 번째 취업) 연간 300억 규모의 구매를 담당하고 있다. 한국으로 치면 조달청 구매 담당자인 셈이다.

이 회사는 내가 처음 캐나다에 왔을 때부터 입사하고 싶었던 곳이었다. 캐나다에서 일하기 좋은 100대 기업에 선정된 곳이었고 무엇보다 공기업으로 여러 가지 복지와 혜택이 좋았다. 그런데 내 경력은 식품 구매 쪽이었고, 이곳은 의료제품 구매직이었다. 몇 번을 시도했지만 면접의 기회를 잡지 못했다.

그런데 신기한 일이 생겼다. 몇 년 전에 헤드헌터에 보내놓았던 내 이력서를 보고 헤드헌터에게서 연락이 왔다. 급하게 인원 충원을 해야 하는 상황이라며. 그런데 그 포지션은 바이어가 아닌 일반 구매 보조 사원 포지션이었다. 모두가 구매부에 속해서 일을 하지만 구매 보조 사원은 발주서를 보내고 벤더와 연락하고 고객과 연락하는 등 반복적인 일, 그리고 바이어를 서포트하는 일을 한다. 반면 바이어의 경우, 벤더와 미팅을 한다거나, 공개 입찰을 진행한다거나, 계약을 맺는 등의 조금 더 다이내믹한 일을 하는데, 헤드헌터의 질문에 무조건 나는 'yes, yes, yes'였다.

큰 프로젝트를 마친 후 회사 팀원들과 기뻐하며

"내일 바로 우리 사무실에서 면접 볼 수 있어요? 내일까지 레퍼런스 리스트 보낼 수 있어요? 만약 합격하게 되면 2주 후부터 바로 교육받을 수 있나요?"

그동안 나는 많은 커리어를 쌓았다. 무역, 바이어, 구매 총괄, 제품 개발, 마케팅까지. 그런데 다시 일반사원, 그것도 정규직도 아닌 비정규직이었다. 그래도 나에게는 그것이 큰 기회라고 여겨졌다. 몇 년 전 입사원서를 넣고도 번번이 떨어졌던 곳인데 이렇게 헤드헌터로부터 연락을 받은 것은 운명이 아닐까 하는 생각도 들었다. 다시, 나의 근성 발동!

'하자, 해보자, 재밌겠다. 포지션이 거꾸로 가면 어때? 다시 올라가면 되는데, 다시 처음부터 시작한다고 생각하면 되지 뭐. 그래도 이곳은 공기업이잖아. 그것도 일하기 좋은 100대 기업 안에 드는……'

결과적으로 나는 그 회사에 입사했다. 그 후 내가 맡은 일에 최선을 다하며 직원들과 융화하고 현직 바이어들에게 정보를 얻고 배우며 공부했다. 서류 양식, 규정, 계약, 온라인 교육, 사내 교육 등 모든 것을 6개월 동안 준비하고 한 번의 필기시험과 두 번의 면접을 통과해 바이어로 승진했다. 비정규직 일반 구매 보조 직원으로 입사한 것은 잘한 선택이었다. 역시 방법은 하나만 있는 게 아니다. 나는 그렇게 입사 동기 6명 중 단기간에 유일하게 정규직으로 승진한 케이스가 되었다.

출근 전, 가장 큰 걱정이
무엇이었나요?

♦

　　　　　최종 면접에 합격하기까지는 '합격'이
라는 하나의 목적을 향해 달려온다. 그 후 최종 합격 통지를 받게 되면
그날은 뛸 듯이 기쁘다. 그리고 그 후부터 '내가 정말 할 수 있을까?' 하
는 생각이 든다. 이제까지 노력해온 것에 대한 결과가 나오고 이제 입사
일도 정해졌지만 마냥 기쁠 수만은 없는 이유이다.

　물론 정말 기쁘다. 입사일을 생각하면 설레기도 한다. 잘해온 내가
대견하기도 하다. 하지만 그보다 큰 것이 바로 '걱정'이다.

　걱정의 종류는 이렇다.

　'이래저래 면접까지는 합격을 했는데 정말 내가 입사해서 잘할 수 있
을까? 내가 충분한 능력이 될까? 회의 시간에 못 알아들으면 어쩌지? 내
영어를 이해 못 하면 어쩌지?'

　면접까지 합격해놓고 무슨 겁 많은 소리인가 할 것이다. 그래서 그런
마음을 다른 사람에게 말하지 못한다. 하지만 진짜 걱정이 많이 된다.
이 걱정은 서양식 코스 메뉴처럼 합격한 후에 꼭 찾아오는 후식이었다.
에피타이저는 준비, 합격은 메인, 걱정은 후식!

　한번은 이런 적이 있다. 2차 인터뷰에서 면접관이 엑셀 능력에 대해
서 질문을 했다.

　"방대한 양의 데이터를 분석하기 위해서 엑셀을 많이 활용해야 하는
데 엑셀에 능숙하신가요?"

“네, 그럼요. 자신 있습니다. 엑셀 테스트에서도 상위권 점수를 받았는걸요.”

이전에 헤드헌터를 통해 온라인으로 시험 본 적이 있었는데 인터넷으로 하는 것이다 보니 이것저것 준비해서 좋은 점수를 받아놓았던 것이 있었다. 그래서 속으로 흐뭇해하고 있을 무렵 다음 질문이 바로 이어졌다.

“그렇군요. 그럼 피벗테이블, 노멀라이제이션, 이프 컨디션…… 같은 것들 모두 다루어보셨나요?”

그리고 나는 조용히 대답했다.

“네, 모두 다루어 보았습니다. 오래전에 다루어보기는 했지만 그 기능과 활용 방법을 알고 있기에 전혀 문제없습니다.”

면접에서는 무조건 답의 시작은 ‘yes’가 되어야 한다. 일단, 질문한다는 것은 필요한 것이기에 묻는 것이다. 그런데 그것에 대한 대답이 ‘No’가 나온다는 것은 일단 체크 마크를 하나 덜 받게 된다는 점, 바로 감점이 된다는 이야기다.

그래서 그날도 나는 Yes를 던졌고, 며칠 후 합격 통지를 받았다. 그리고 기쁨과 동시에 걱정이 밀려들기 시작했다. ‘이제 이 일을 어쩌나?’ 전혀 문제가 없다고 말했으니 전혀 문제없을 만큼 잘하도록 나의 실력을 늘려놓아야 한다. 왜냐하면 면접관이 말했던 프로그램들은 무엇인지는 알았으나 전혀 능숙하지도 않고 심지어 한 번도 안 써본 기능도 있었기 때문이다. 그리고 입사일까지는 불과 10일밖에 남지 않았다. 내 특기인 일단 저지르고 수습하기 중 수습 모드에 돌입했다. 이제 벼락치기

뿐이었다.

책도, 인터넷도, 학원도 모두 시간이 많이 걸릴 것 같았다. 그래서 온라인을 통해 엑셀 과외를 찾았다. 다행히 과외를 하는 사람이 있었다. 시간당 4만 원 정도의 금액을 주고 두 시간 동안 배웠다. 무엇보다 내 실력에 맞게 내가 필요한 것만 의뢰하고 교육을 받으니 이제까지 혼자 하려고 했던 것보다 훨씬 더 효율적이었다. 과외를 받고 나니 연습도 하고, 더 필요한 것은 유튜브 온라인 강의를 통해 빠르게 충족시킬 수 있었다. 과외를 받기 전까지는 밤에 잠이 안 왔는데 실력을 향상시켜놓은 후에는 두 다리 뻗고 잘 수 있었다.

하지만, 그것은 하나의 걱정 '예'인 것이고, 막상 합격 통보를 받은 후에는 자잘한 걱정들도 많이 생긴다. 그것은 앞서 말한 '내가 잘할 수 있을까?'라는 질문을 스스로에게 다시 던지기 때문이다. 그리고는 내 스타일답게 '일단 해보자. 만약 안 되면 그때 생각하지 뭐' 이렇게 단순하게 생각하고 '붙여놓았는데, 설마, 일 못한다고 자르기야 하겠어'라고 생각하며 배짱도 부린다. 그렇게 첫 출근을 한다. '준비-합격-걱정' 코스요리는 이제 끝나고 새로운 레스토랑으로 간다. 그것이 첫 출근이다. 그것이 실전에서의 새로운 시작이다.

그런데 캐나다 세 번째 회사 입사 첫날 오리엔테이션 날 이후 마음이 더욱 가벼워질 수 있는 계기가 생겼다. 오리엔테이션 첫 시간에 앞서 총 여덟 명의 입사자들이 작은 회의실에 모였다. 그리고 교육을 담당한 발표자가 질문을 던졌다.

"우선, 모든 분들 입사를 축하드립니다. 그리고 모두 무척 기쁘실 거로 생각해요. 오리엔테이션 시작에 앞서 간략하게 자기소개를 하는 시간을 가져볼까 합니다.”

자기소개야 뭐 뻔한 것이고 길지도 않으니 그런가 보다 싶었다. 발표자가 말을 이었다.

“자기소개는 이름, 부서명으로 간단히 말씀해주시면 됩니다. 그리고 질문 하나 드리겠습니다. 질문 내용은 ‘입사가 확정된 후 출근 첫날인 오늘까지 무엇이 가장 걱정이 되었나요?’입니다. 그 걱정했던 것을 하나씩 말씀해주세요.”

속으로 생각했다. ‘이건 뭐지? 첫 출근 날 가장 걱정됐던 것, 합격한 후 가장 걱정했던 것 이런 걸 말하라고? 어떤 종류를 말해야 하지? 내가 걱정했던 것을 다 말해야 하나?’ 여러 가지 생각이 머릿속에 맴돌고 있는데 주위를 살피니 다른 사람들도 나와 같은 생각을 하는 것이 보였다.

한 명씩 소개와 함께 자신이 걱정했던 것을 말하기 시작했다. 그런데 한 명, 한 명을 지나 내 차례가 다가올 때가 되었는데 할 말이 없었다. 이미 앞에서 내가 하려고 했던 말을 다 해버린 것이다. 종합해보면 이러했다.

말을 이해 못 할까봐 (원어민들도, 이런 고민을 하다니, 들으면서 반가웠다.)

수업 내용이 어려울까봐 (공부를 잘해본 적이 없는 나이기에 듣기 좋은 고민이었다.)

아침에 늦잠 자서 지각할까봐 (쉬는 동안 늦잠은 일상이었으므로 이것 또한 고민이었다.)

회사를 못 찾을까봐 (나는 심각한 모태 길치다. 앞에 건물을 두고도 못 찾는 정도)

사람들을 모두 처음 보니 낯설어서 적응 잘 못할까봐. (이것은 그나마 나은 편)

내 차례가 되었다. 그래서 나는 이렇게 말했다.

"앞서 다른 분들이 말했던 이런저런 부분들이 저에게도 모두 해당됩니다. 앞서 말씀해주셔서 모두에게 감사드립니다."

그리고 웃으며 마무리했다.

미래에 다른 회사로 취직을 하게 된다면 코스 메뉴였던 '걱정'을 뺄 수 있을 것 같았다. 사람은 다 비슷하구나. 영어를 잘하는 원어민도, 영어가 모국어가 아닌 나와 같은 사람도 고민하고 걱정하는 것이 다들 비슷하니까.

기아 돕기 모금 행사

♦

어느 나라에서든 어떤 일을 하든 일은 일이다. 월요일부터 금요일까지 쉴 새 없이 바쁘다. 종종 여유를 잃어갈 때도 있고 지칠 때도 분명 있다. 이곳에서도 그러했다. 복지혜택 좋고 대우 좋은 공기업이라 하더라도 일은 일이다. 승진도 하고, 큰 프로젝트의 팀 리더로 활동도 하고 성과를 내고, 사람들과도 친해지고, 늘 그렇듯 또 다른 새로운 것들도 배워가고 모든 일이 익숙해져갈 때쯤의 일이다. 어느 날 일과 관련이 전혀 없는 프로젝트를 하나 맡게 되었다.

그것은 기아 돕기 모금 행사였다. 전체 직원은 몇만 명 되지만 내가 근무하는 건물에는 약 1,000명 정도 근무를 하는데, 그 직원들을 대상으로 하는 모금 행사였다.

선진국인 캐나다에 기아가 있다는 것은 놀라운 일이었다. 나도 그 행사를 기획, 진행하기 전까지는 그것을 몰랐다. 하지만 한편으로는 외국에서 이주를 온 사람, 특히 난민 신청으로 캐나다에 와서 터전을 잡은 사람들, 혹은 불우한 가정에서 태어난 사람들은 그럴 수도 있겠다는 생각이 들었다.

시작은 이러했다. 하루는 매니저가 세 명의 바이어를 불렀다. 모두 입사한 지 1년이 지나지 않은 바이어들이었고 나도 그중에 한 명이었다. 캐나다 기아 돕기 행사가 1년에 한 번 2주 동안 진행이 되는데 우리 회사에서 사내 직원들을 대상으로 모금 행사를 해보는 것이 어떠한지에 대한 의견을 물었다. 첫 번째 취지는 기아 돕기, 그리고 두 번째로는 자연스럽게 서로 알고 지낼 수 있는 계기가 될 수도 있다는 것이었다.

한 번도 모금 행사 같은 것을 진행해본 경험이 없는 나로서는 조금 걱정도 됐다. 하지만 흥미롭기도 하고 캐나다에 와서 여러 가지 복지혜택을 받으며 안정적인 직장도 얻고 안정되게 살고 있는 나로서는 누군가를 돕는 일, 특히 캐나다 사람들을 돕는 일이라고 생각하니 동기 부여가 되었다. 5년 전 캐나다에 처음 왔을 때 나라에서 제공해주거나 봉사단체에서 제공해주는 교육과 서비스들을 무료로 받으며 생각했었다.

'언젠가 나도 이들처럼 도움이 필요한 누군가를 위해서 봉사해야겠다.'

하지만, 안정적인 삶을 찾고 나서는 이런 핑계 저런 핑계로 한 번도

2주 동안 회사 휴게실에서 기아 돕기 모금 행사 홍보를 하며

봉사를 실천한 적이 없었다. 그래서 그 모금 행사에 대한 의견을 들었을 때 '아, 때가 왔나 보다'라고 생각했다.

'이제 나도 내가 도움을 받았듯이 누군가를 도와주리라!'

세 명의 바이어가 모여 아이디어를 내고, 각자가 알아보고 준비해야 할 것들을 나누었다. 업무 중간중간 모여 회의를 하며 두 달 동안 준비할 진행 상황을 나누고 조금씩 구도가 잡힐 무렵 예상치 못한 일이 발생했다. 첫 번째는 한 명의 바이어가 퇴사를 결정하게 되었다는 것, 그리고 또 다른 바이어가 결혼을 하게 되면서 2주의 휴가를 가게 되어 공백이 생기게 되었다는 것이었다.

그렇다면 남아서 일을 진행해야 하는 사람은 나 혼자였다.

'내가 혼자 할 수 있을까?'

일단 해야 할 일들을 적어 내려갔다. 그리고 나온 답은 '나 혼자서는 할 수 없다'였다. 할 일을 정리한 것을 보니 대략 열 명의 팀원들이 필요했다. 그래서 나는 매일 점심시간과 쉬는 시간마다 나와 친분이 있는 동료직원들을 1 대 1로 만나며 기아 돕기 행사에 대해 설명을 하고 그 개개인의 성향과 장점을 살려서 행사에 참여할 수 있도록 권유했다.

내가 구성한 팀과 구성원들은, 마케팅 담당, 홍보물 제작 담당, 행사 오거나이저, 사진작가 등등 10개로 일을 조금씩 분담했다. 함께 하는 일도 있고, 각자 할 일도 있게 조절했다.

내가 외국 직장에서 배운 것 중 하나가 '혼자서 미련하게 다 하려고 하지 말자'는 것이다. 이전 직장에서도 혼자서 끙끙대는 나의 모습을 상사가 발견하고는 조언을 했다.

"레이첼이 열심히 하려는 것 알아요. 그리고 다른 사람들에게 피해를 주지 않기 위해 배려하는 것도 알고요. 그런데 레이첼이 혼자서 3시간 동안 할 것을 만약 물어보거나 도움을 요청해서 일을 분담한다면 그것이 한 시간으로 줄어들 수도 있는 거예요. 부담 갖지 말고 많이 의견을 나누어야 합니다. 그것이 본인뿐 아니라 회사에 그리고 모두에게 장기적으로는 도움이 되는 일이에요. 제 역할은 그런 것들을 발견하고 도움을 주는 것이기도 하고요."

표현해야 팀이 알고, 함께 방법을 찾아 그 성과가 개인뿐만 아니라 팀으로 돌아가야 능률이 생기고 궁극적으로 나와 회사 모두에 도움이 된다는 것을 그때 배웠다.

열 명의 팀 구성원들을 한 명씩 만나서 이야기를 나눌 때 감동을 받았다. 자신들의 개인 시간을 내어 해야 하는 일임에도 불구하고 사람들의 반응은 적극적이고 호의적이었다. 예상치 않은 반응에 놀라기도 했고 나 또한 그들의 자세를 보며 또 하나를 배우는 계기가 되었다.

열 명의 멤버가 모여 각각 주어진 일에 대해 토론하고 협조가 필요하거나 아이디어가 필요한 것들에 대해서 자유롭게 나누었다. 내가 한 일은 그 일들이 무리 없게 진행되도록 협조하고 커뮤니케이션하고 그것들을 모두 하나의 행사가 될 수 있도록 조율하는 것이었다. 더불어 회사 내에서 이루어지는 일이기에 법률팀에 자문을 구하고 필요한 서류들도 만들었다.

모금함을 만들고 2주 동안 구내 휴게실에서 점심시간마다 두세 명씩 한 팀이 되어 모금 활동을 펼치는 것이 행사 중 하나의 이벤트였다. 그런데 그것이 그리 간단하지 않았다. 일단 사내에서 이런 행사가 이루어질 때는 현금이 오갈 수 없다는 규정이 있었고 회사에서 하는 행사가 아니기에 어떠한 광고에도 회사의 로고를 노출시킬 수 없다는 제약이 있었다. 그리고 행사를 알리기 위해 회사 근처에서 걷기 대회를 열 계획이었는데 그 대회는 회사와 관련이 없는 행사이므로 참가자들은 만약에 상해가 생기더라도 보상을 받을 수 없고 그것이 회사 책임이 아니라는 것에 서명을 해야 했다.

'모금 행사라는 것도 쉬운 것이 아니구나. 일과 똑같구나.'

그렇게 진행하고 있을 때쯤 허니문에서 돌아온 또 다른 바이어는 내가 혼자서 팀을 꾸려 진행을 하고 있는 것을 보고는 놀라워했다. 어려운 법률과 관련된 것은 그 동료에게 맡기고 나는 마케팅, 홍보와 전체 진행을 다시 맡았다. 그 동료는 얼마나 머리가 좋고 빠른지 나보다 몇 배는 더 잘했다. 역시 내가 그 업무에 제격인 사람을 찾은 것 같았다.

나는 그런 사람이었다. 똑똑하지도 못하고 빠르지도 못하지만 누가 어떤 일에 소질이 있고 잘할 수 있겠다는 것을 파악하여 그들이 잘해나갈 수 있도록 도움을 주는 것을 잘한다. 사람은 이렇듯 자신이 잘하는 것이 따로 있는 거다.

모금 행사를 진행할 즈음 나는 세계한인무역협회OKTA에서 개최하는 밴쿠버 무역학교에서 무역실무 강의를 하게 되었고, 강의 마지막 부분과 폐회식에서 이 모금 행사를 홍보하기도 했다. 그리고 모금된 것을 OKTA의 이름으로 기부하며 한국 커뮤니티를 알리기도 했다.

좋은 취지를 가지고 가볍고 즐겁게 시작한 이벤트였는데 그것과는 다르게 우여곡절이 참 많았던 일이라 기억에 남는다. 하지만 그로 인해 많이 배울 수 있었고, 동료들과도 더욱 친해질 수 있었던 잊지 못할 경험이다.

Where are you from?
How old are you?
♦

캐나다를 모자이크 나라라고 부른다.

각각의 문화와 환경이 다른 사람들이 자기의 색을 가지고 모여 사는 곳이 바로 캐나다다. 우리는 캐나다 사람이라고 하면 머리 노란 백인만을 떠올릴 것이다. 하지만 실제로 와서 보면 그렇지 않다. 특히, 큰 도시로 갈수록 백인 비율이 현저히 낮다.

그렇다면 일반 캐나다 현지 회사에서 일하는 사람들은 어떤 배경의 사람들일까? 내가 일했고 일하고 있는 회사 동료들을 한번 떠올려보겠다. 우선, N씨. 그의 가족은 인도계 출신으로 조부모님이 피지 아일랜드로 이주를 했고, 그곳에서 그의 부모가 태어났으며, 그 부모는 캐나다로 이주하여, 그를 캐나다에서 낳았다. 다시 말해서, 그는 인도 문화, 피지 문화, 캐나다 문화의 바탕에서 자란 매우 다국적 문화를 가지고 있는 사람이다.

그리고 D씨. 그는 30대 후반이며 아일랜드에서 태어나고 자랐다. 홀로 캐나다로 온 지 2년 정도밖에 안 되었다. 아일랜드 출신답게 흑맥주를 좋아하며 강한 아일랜드 악센트를 가지고 있다.

그리고 N양. 그녀는 프랑스에서 태어나고 자랐으며 가족이 캐나다로 이주를 한 케이스다. 남편은 이탈리아 출신이어서 자녀들은 영어, 불어, 이탈리어를 모두 구사한다고 한다.

그 외에도 주위에 많은 사람들이 중국, 홍콩, 인도, 필리핀, 러시아, 루마니아, 우크라이나, 브루나이 등 너무도 다양한 나라에서 왔거나 혹은 다양한 문화적 배경을 갖고 있다.

그런 다양한 곳에서 온 다양한 사람들이 모여서 일을 해서 그럴까? 캐나다 직장에서는 나이나 성별 혹은 피부색이 아닌 능력이 더 중요하다. 대신, 무조건 경력과 실력으로 평가되니 더 살벌하기도 하다. 특히, 높은 직급으로 갈수록 성과가 낮으면 가차 없이 잘린다. 출산 휴직이 1년 정도이고 휴직 후 다시 복직하는 것이 보통이기 때문에 나이가 많고, 아이가 있는 여성이라는 것이 핸디캡이 될 이유가 없다. 그러니 복직을 하거나 이직을 하는 것도 그 사람의 능력과 하고자 하는 마음에 달린 것이다.

그 예를 가장 잘 보여준 사람이 한 사람 있다. 사람은 외모로만 판단하지 말아야 한다는 생각을 또 한 번 하게 해준 사람이다. 20대 후반으로 보이는 매니저 이야기다. 지금 회사의 매니저는 한국에 있는 공기업 부장급 정도의 높은 직급이다. 그래서 나는 그 매니저가 어떤 명문 MBA 같은 곳을 졸업해서 운 좋게 바로 매니저 포지션에 앉아 있는 거라고 생각했다. 그런데 나중에 알게 된 사실은, 그는 일반 사원으로 입사해 3년 만에 그 자리에 올랐다는 것이다. 알고 보니 최연소 매니저, 최연소 ○○○ 수상, 최연소 ○○○ 수행 등 이 회사에서 몇 개의 기록을 이미 깬 인물이었다.

어느 날 회의 시간에 앉아 있는데 약 30명 정도가 모인 자리였다. 주위를 둘러보니 모두들 피부색도 다양하고 연령대도 20대부터 60대까지 다양했다. 도저히 나이도 직급도 가늠할 수가 없었다. 그 가운데 가장 어려 보이는 20대 그 매니저가 회의를 시작했다. 이게 바로 나이, 성별, 피부색이 전혀 중요하지 않은 캐나다 회사 모습을 잘 보여주는 장면이 아닐까 싶다.

다른 사람을 예로 들 것 없이, 나를 보더라도 이곳은 나이, 성별, 피부

↑ 동료들과 크루즈 파티 중
↓ 점심 시간 활용 세인트 패트릭스 데이(St. Patrick's Day)
　바비큐 파티

색을 전혀 중요하게 생각하지 않는다는 것을 알 수 있다. 40대 동양인, 어린 자녀를 둔 아이 엄마인 나도 출산 후 재취업에 성공했고 그 후 이직도 한 번 했다. 한국이라면 이게 가능했을까?

그렇다면 타이틀에 대한 이야기도 빠질 수 없다. 한국은 계약직과 정규직의 차이가 크게 나지만, 이곳에서의 계약직은 정해진 기간 동안 일한다는 의미이기 때문에 혜택이나 급여에 있어서 불이익이 없다. 어떤 경우에는 계약직이 더욱 돈을 많이 받는다거나, 계약직이라서 한 회사에 오랫동안 묶여 있지 않아도 되기 때문에 계약직을 선호하는 사람들도 있다.

직급도 마찬가지다. 어떤 사람은 빨리 승진하고 싶어 하고, 어떤 사람은 승진보다는 익숙한 업무를 계속하면서 스트레스 덜 받고, 가족들과 시간을 더 많이 보내는 것을 선호한다. 그래서 승진하지 않고 한 포지션에 머무는 사람들도 있다. 예를 들어, 만년 대리로 혹은 일반 사원으로 퇴직까지 가는 거다.

한국에서는 보통 도전하지 않거나, 같은 직급으로 오래 있으면 무능력한 사람이라고 여겨지는 경우가 있는데, 이곳은 다양한 문화만큼이나 다양한 피부색만큼이나 다양한 사람들 각자가 지향하는 삶이 존재하고 그것을 존중해준다.

영문 이력서 어떻게 쓸까?

우연한 기회에 블로그 이웃 분들에게 해외 취업 강연을 하게 되었다. 해외 취업 강연에서는 내가 경험한 나라와 회사, 그리고 문화에 대한 정보와 함께 원한다면 누구나 이룰 수 있는 것이 해외 취업이라는 것을 알려주고 용기와 자신감을 주고 있다. 함께 고민해보고 계획하는 시간도 포함되어 있다. 꽉 차게 3시간 강연을 해도 늘 시간이 모자라서 30분씩 더 하게 된다. 그러다 보니 영문 이력서나 영어 면접에 관해서는 다룰 시간이 전혀 없었다. 그래서 만든 것이 영문 이력서와 영어 면접 강의였다. 그런데 그것도 꽉 찬 3시간 강의가 되었다. 마찬가지로 질의 응답을 하다 보면 늘 30분 이상씩 더 초과하게 되었다.

몇 달에 걸쳐서 배우고 몇 년에 걸쳐서 활용해보고 체득한 것을 3시간으로 압축해서 강의를 한다는 것도 쉽지 않았는데, 그걸 한두 페이지의 팁으로 전달하려고 생각하니 고민이 많다. 그래서 구체적으로 어떻게 쓰라는 내용보다 영문 이력서 쓰는 요령을 어떻게 익힐지에 대해 팁을 주려고 한다.

우선, 검색엔진과 AI의 친구가 되라고 말하고 싶다. 영어로 Combination resume이나 Cover letter라는 키워드 혹은 그 키워드와 함께 관심 직종 혹은 포지션 명을 넣어 검색하면 영문 이력서의 기본 샘플들을 많이 볼 수 있다. 그리고 AI를 통해 그것들이 무엇인지 개념을 정확히 이해해야 한다. AI도 설명을 못해주는 부분은 바로, 우리나라 자기소개서와는 개념이 완전히 다르다는 것이다. 자신의 이력서에 관심을 갖도록 만드는 비즈니스 편지라고 생각하는 것이 더 가깝다.

해외에서 살고 있는 사람들은 인터넷 검색에서 더 나아가 도서관에 가는 걸 권한다. 한국에 있는 서점이나 도서관에 가면 한국어로 구직에 관련된 책들이 정말 많이 나와 있다. 그곳도 마찬가지다. 하지만 이것은 어디까지나 해외에서 살고 있는 사람들에게 해당되는 팁이다. 내가 국내 대형 서점에 직접 방문하여 확인해보았지만 구직자들에게 추천할 만한 영문 원서는 찾을 수가 없었다. 오래된 이력서 양식들을 그대로 쓰고 있는 책이 대부분이었다. 한국 책으로 된 영문 이력서나 커버레터 쓰는 방법이 나와 있는 책들도 있지만 참고할 만한 샘플 수가 적기 때문에 구글을 적극 활용하기를 추천한다.

영어 면접의 경우도 마찬가지다. 키워드를 behaviour interview 그리고 situational interview로 검색하면 영어 면접에 관련된 설명과 예상 질문들을 많이 볼 수 있다.

마지막으로 AI나 검색엔진을 적극적으로 추천하고 싶다. 예를 들어 어떤 회사 면접 질문이 궁금하다라고 하면 키워드만 넣는 것이다. 'ABC company interview questions' 이렇게 말이다. 그럼, 그런 것들을 보여주는 여러 가지 사이트가 검색된다. 연봉이 궁금하면 'ABC company salary'라고 키워드를 넣는다. 상황에 따라서는 국가 이름도 넣어야 할 때가 있다. 구글의 경우, 자신이 위치한 지역까지 포함해서 검색해준다. 예를 들어, 이름이 같은 회사가 캐나다에도 있고 미국에도 있다면, 미국

에서 검색할 때는 미국 회사 정보가 먼저 나오고 캐나다에서 검색할 때
는 캐나다 회사가 먼저 나올 수 있다.

이렇게 좋은 영문 이력서 샘플을 찾고, 많이 접하고 따라 써보는 것이
영문 이력서 작성에 큰 도움이 된다. 하지만 잘못된 검색으로 좋지 않은
샘플을 찾게 되거나, 올바른 지시어(프롬프트)를 넣지 못해서 좋은 결과물
을 얻지 못하게 될 수 있으니 기본적인 지식을 꼭 숙지하고 나서 시작하
기를 바란다.

내 홈페이지(www.rachelbaek.com)를 통해 영문 이력서 기본 템플릿을 무
료로 다운로드 받을 수 있는 정보를 얻을 수 있고, 또한 영문이력서 작성
법을 배울 수 있도록 무료 온라인 웨비나 강의도 공개해 놓았다. 최소한
이 정도는 알고서 시작해야 한다고 말해주고 싶어서 제공하는 무료 정보
들이다.

면접 잘 보는 방법

솔직히, 나도 면접을 잘 보는 편은 아니다. 그래도 합격해서 회사에 잘
다니고 있다. 그럼 그 비결이 무엇일까? 그것은 노력과 경력이다. 누구
나 할 수 있는 노력에 대해 이야기해보겠다.

인터넷 검색을 하다가 한 영어 면접 강사가 한 이야기를 보았다.

"영어 면접 볼 때 절대로 외워서 하지 마세요. 티가 납니다. 그럼 떨어
지는 거예요."

나는 그 글을 보며 이렇게 생각했다. '한국어 면접도 준비하고 가는 판

에 영어로 면접 보는데 외우지 말고 가라고요? 그건 영어가 모국어인 사람들 이야기겠죠.'

그렇다. 그는 영어 네이티브 강사였다. 우리는 그들처럼 영어를 잘하지 못한다. 우리는 우리가 만든 답을 달달달 외워 가도 다 써먹지 못하고 온다. 연기자가 연기 못하면 발연기한다고 하듯이 그런 연기는 하면 안 된다. 그러려면 어설프게 외워선 안 되고 프로 배우처럼 외워 가야 하는 것이다. 외운 것이 티 안 날 만큼 많이 연습하고 노력하고 가야 하는 것이다.

내가 썼던 면접 준비 방법은 이렇다.

1) 예상 질문을 뽑는다.

2) 그에 따른 답을 모두 단다.

3) 간결 명확하고 서론, 본론, 결론 형식인지 다시 재점검하고 문법 체크한다.

4) 수십 번씩 읽어보고 답변을 머릿속으로 상상하거나 익힌다.

5) 자연스럽게 또박또박 읽으며 녹음기에 질문과 대답을 녹음한다.

6) 예상 질문과 답변을 모두 외운다. (읽으며 외우고, 안 보고 외우고, 녹음기를 계속 틀어놓고 모든 답변에 익숙해지게 만든다. 이를 닦을 때도, 장소를 이동할 때도, 음식을 할 때도, 나는 하루 종일 녹음된 내 목소리를 들었다.)

7) 면접을 볼 때마다 녹음기를 켜놓고 면접장에 들어간다.

8) 면접 후 집에 돌아와서 면접 내용을 모두 다시 리뷰한다. (놀라지 마라. 처음 자기 목소리를 들을 때면 오글오글하고, 발음도 마음에 안 들고, 문법도 틀리고, 암튼, 다 이상하게 들린다. 하지만 믿어라. 하다 보면 는다.)

9) 리뷰를 하며 자신이 잘못한 것들을 다시 연습한다.

10) 면접은 무조건 많이 봐라. 면접 기회가 없다면 면접을 대신 봐주는 봉사자들이 있는 곳도 있고, 같은 구직자들끼리 스터디를 해도 좋다. 면접을 많이 보다 보면 준비하고 외웠던 문장들이 온전히 자신의 것이 되거나 그 익숙한 문장들을 활용할 수 있는 수준이 된다. 그러면서 어느 순간에는 모두 외우지 않고도 머릿속에 있는 키워드들만 가지고 답변할 수 있는 단계가 된다. 지금 나의 단계가 그렇다. 하지만 처음 시작하는 사람은 무조건 완벽하게 될 때까지 외우는 것이 좋다. 이것만으로도 영어 공부가 많이 된다.

한국에는 없는 문화, 추천인

나는 호주 인턴십 1회, 미국 취업 1회, 캐나다 취업 3회 성공을 거두며 '해외 취업의 여신'이라는 닉네임을 만들어 사용하기 시작했다. 해외 취업을 한 번 하기도 힘든데 도대체 어떻게 4번이나 이룰 수 있었는지 사람들이 궁금해하기 시작하자 떠오른 닉네임이었다.

해외 취업에 중요한 요소들은 많다. 대부분이 우리가 알고 있는 경력, 실력, 교육, 운, 영어, 인맥, 면접 실력 등이다. 그런데 한국에는 없는 문화가 있다. 바로 추천서, 추천인 문화로, 해외에서는 이것을 매우 중요하게 여긴다. 신용 사회답게 이전 회사에서 그 직원이 어떻게 일을 했는지 이전 상사 혹은 동료에게 묻는 과정이다. 정말 중요한 과정이고 미리 준비를 해놓아야 한다. 서류전형, 필기시험, 면접 다 통과했는데 마땅한 추천인이 없거나 추천인이 영어를 못하거나 추천인이 시큰둥하게 대답을 한다면 다른 시험에서 좋은 점수를 받더라도 소용없다. 한마디로 다 된

밥에 코 빠뜨리는 격이 된다.

나는 회사를 그만둘 때마다 관계를 아주 잘 마무리 짓고 나온 것이 그다음 직장으로 옮길 때마다 도움이 되었다. 현재 재직 중인 공기업에 취업할 때의 일이다. 헤드헌터와 면접을 잘 마치고 난 후 헤드헌터에서 레퍼런스 체크도 잘 마쳤다고 연락을 주었다. 헤드헌터 인사 담당자는 이렇게 말했다.

"제가 받아본 레퍼런스 중에 최고예요. 레이첼 씨에 대해서 이전 상사가 정말 좋게 얘기를 해주었어요. 두 번째 추천인이 출장 중으로 연락이 안 된다고 하는데, 첫 번째 추천인이 너무도 칭찬을 많이 해주어서 두 번째 추천인을 기다리지 않고 바로 2차 면접을 잡으려고 합니다."

일이 잘되려니 이렇게도 되는 건가? 급하게 추천인이 되어달라고 연락을 했는데 이전 상사가 흔쾌히 승낙을 했고 헤드헌터에서는 바로 연락을 한 것이었다. 도대체 어떻게 나에 대해서 말을 했기에 헤드헌터 담당자가 감동까지 받았다고 하는 것인가 궁금해졌다. 그래서 감사하다는 말도 전할 겸 그 상사에게 전화를 걸었다.

"오늘 너무 고마웠어요. 곧 2차 면접 보게 되었습니다. 그런데 담당자랑 이야기할 때 어떤 이야기를 하셨나요? 본인이 들었던 어떠한 추천보다 강력했다고 하던데……."

"조목조목 있는 그대로 이야기했지요. 맡은 일을 충실히 하고, 새로운 일을 창출해서 회사 수익을 만들고, 여러 부서와 협력을 매우 잘하며, 회사 사람들과 잘 지내고, 시간을 잘 지키고 등이요. 모두 레이첼 이야기 맞잖아요. 그리고 마지막으로 'She is super amazing!'이라고 했어요."

내가 회사 생활을 잘하긴 했나 보다 하는 생각이 들었다. 그러고 보니 캐나다에서 두 번째 회사에 입사할 때는 뉴욕 사장님을 추천인으로 넣었었는데 추천인과 연락이 안 된다고 인사과에서 연락이 왔다. 최종 면접까지 다 마치고 합격한 상태였다. 급한 마음에 내가 직접 뉴욕 사무실에 전화를 했고 이전 상사에게 상황 설명을 드렸다. 그때 그 상사는 "레이첼 일이라면 당연히 도와줘야지. 사장님이 지금 해외 출장 중이신데 내가 핸드폰으로 전화해서 그 이메일에 답장 빨리 보내시라고 전할게요. 걱정하지 마요"라며 적극적으로 도와주었다.

한국에서는 회사 떠나면 그 회사 사람들 다시 볼 필요가 없다고 생각하는 사람들이 많다. 그런데 외국은 절대 그렇지 않다. 특히 가장 최근에 근무했던 회사의 추천인이 가장 중요하다. 헤드헌터의 경우 고객사인 회사에 지원자를 보내기 전에 확인하는 경우도 있고 보통은 최종 면접이 끝나고 나면 추천인들에게 연락을 해서 그 사람이 정말 괜찮은 사람인지 확인해본다. 이메일을 보내서 서류를 작성하게 하는 곳도 있고 전화로만 묻는 경우도 있다. 어떤 방법이 되었든 꼭 지나쳐가는 취업의 마지막 관문이 바로 추천인 체크 과정이다.

사회 경력이 없을 경우, 학교 교수, 선생님, 혹은 봉사활동을 했을 때 함께 일한 팀 리더, 동료 혹은 인턴십했을 때의 상사 등 어떤 분이라도 미리 만들고 자주는 아니더라도 주기적으로 연락을 해놓아야 한다.

추천인 리스트에는 보통 3명의 추천인을 쓰는데 나의 경우 캐나다에서 취업할 때는 한국에서 무역회사 다녔을 때 알게 되었던 토론토 사무소 이사님, 대학원 교수님, 그리고 뉴욕 회사의 사장님을 썼다.

Part 5

인생을 여행처럼,
오늘이 마지막
날인 것처럼!

오늘 당신이 마지막으로 본 하늘은 언제였는지.
오늘 하루, 옆 사람의 얼굴을 바라보며 고민을 들어줄 여유가 있었는지.
최근 단 10분이라도 멍하니 머리를 쉬어본 적이 있는지.
혹시 늘 무언가를 하고 있거나 해야 하는 것이 당신의 지금 모습은 아닌지.
만약 그렇다면, 당신은 떠나야 할 이유가 충분하다.

반 발짝만 가더라도
앞으로 가자

♦

뒤돌아보면 나는 한 번도 공부를 잘해본 적이 없었다. 열심히 해도 언제나 중간 혹은 중상 정도였다. 하지만 나는 항상 나의 환경을 업그레이드시켜왔다. 그리고 그것들은 나를 계속 앞으로 갈 수 있게 만들어주는 자극제와 원동력이 되어주었다.

예를 들어, 내가 실업계 고등학교 다닐 때 나는 반에서 10등 안에 들어본 적이 한 번도 없었다. 하지만 고등학교 때 공부를 잘했지만 졸업 후 취업을 하고 자기계발을 하지 않는 친구보다 전문대학에서 열심히 꿈을 키운 내가 더 앞으로 나아가고 있는 것을 발견했다. 나는 꿈을 꾸었고 그들은 현실에 안주했다.

전문대를 다닐 때에도 나는 열심히 공부했다. 하지만 단 한 번도 장학금을 타본 적이 없었다. 하지만 장학금을 받으며 학교에 다니던 총명한 학생들도 졸업 후 자기계발을 하지 않으니 내가 4년제 졸업을 할 때쯤엔 내가 그들보다 더 많이 성장해 있었다.

편입한 학교에서도 마찬가지였다. 대학원을 졸업할 때쯤 되니 나의 시야는 이미 세계를 향해 뻗어 있었지만, 대학 졸업 후 자기계발을 하지 않은 똑똑한 친구들은 졸업한 그 자리에 머물러 있었다.

내가 이런 표현을 하는 것은 잘난 척하려는 것도 아니고 다른 사람을 무시하려고 하는 것도 아니다. 단지, 현재 상황이 꼭 미래의 상황이 되는 것은 아니라는 것을 보여주고 싶은 것이다. 마치 계단을 오르듯 더 어려워진 환경, 더 업그레이드된 환경에서 끊임없이 적응하고 노력하며 중간 이상까지 가기만 한다면 어느 순간 몇 계단을 올라와 서 있음을 깨닫게 된다.

아무리 열심히 해도 장학금을 못 탈 때, 아무리 노력해도 취업이 안 될 때, 분명 나보다 잘난 사람과 비교가 될 수 있다. 하지만 다른 사람과 비교해서 의기소침해지거나 눈앞에 놓인 더 편안한 현실에 안주하지는 말라는 것이다.

비교란 현재의 자신과 미래의 자신을, 혹은 과거의 자신과 현재의 자신을 놓고 하는 것이다. 가장 나답고, 가장 정확하고, 자신에게 동기 부여와 용기를 줄 수 있는 비교이기 때문이다. 1년 전의 나의 모습과 지금의 나, 그리고 5년 전의 모습과 나, 10년 전의 모습과 나의 비교. 긍정적으로 발전해 있는지 스스로 질문을 던져보면 답이 나올 것이다.

느리게 가더라도 늘 앞으로 걸었고 실패를 하더라도 그것은 꿈을 이루는 과정이라고 생각했다. 반 발짝만 가더라도 앞으로만 가자.

대륙을 이동하며
살고 있는 사람, 안나

♦

　　　　　　　　　호주에서 인턴십을 할 때 50대 여자 직
장 동료인 안나를 만났다. 호주에서 다른 직장을 찾기 위해 구직활동을
할 때 가장 도움을 많이 받았던 친구이다. 내 이력서도 교정해주고 면접
준비도 도와주고 특히 호주에서 구직활동에 필요한 노하우와 준비사항
들을 그 친구로부터 많이 배울 수 있었다.

　그 친구는 직장 경력이 20년이 넘다 보니 자신의 CV를 파일에 담아
서 가지고 있었다. 흥미로운 그녀의 이력서를 보면서 그녀의 인생이 너
무 궁금해졌다. 그녀는 코코 섬(이름이 확실치가 않아 코코 섬이라 칭하겠다)이
라는 호주 제도에 있는 아주 작은 섬에서 태어났다고 한다. 그 후 성인
이 되어 뉴질랜드에서 살았고, 결혼해서 영국에서 5년, 미국에서 5년,
호주에서 5년을 살고 있었다. 무려 5개국에서 살아본 그녀의 삶이 궁금
하지 않을 수 없었다. 코코 섬, 뉴질랜드, 영국, 미국, 호주라니!

　"안나, 너 여러 나라에서 살았구나! 멋지다! 그게 어떻게 가능했던 거
야? 언어야 영어라서 된다고 해도 일자리는? 너는 10대 자녀도 둘이나
있잖아? 그럼 남편은?"

　안나의 나이는 50대였지만 친구처럼 대하고 이야기하는 사이였다.

나는 궁금한 마음에 질문들을 마구 쏟아냈다.

빙그레 웃으며 안나가 이야기를 시작했다.

"나는 아주 작은 섬에서 태어나서 언제나 더 넓은 세상으로 나가는 것을 꿈꿨어. 더 넓은 곳에서 더 많은 경험을 하고, 많은 곳을 보고 싶어 했지. 그래서 몇 년에 한 번씩 대륙을 움직이며 살고 싶다는 생각을 하게 된 거야. 그냥, 멋지잖아!"

나는 입을 벌리고 듣고 있다가 "몇 년에 한 번씩 대륙 이동! 아, 멋지다"는 탄성을 터뜨렸고 더 얘기를 해보라고 재촉했다.

"내가 영어를 할 줄 아니까 영어권 국가로 폭이 좁혀졌고 가장 가까운 나라가 뉴질랜드였어. 그리고 그곳에서 지금의 남편을 만났지."

나는 다시 물었다.

"그런데 대륙을 옮겨가며 사는 게 어떻게 가능한 거야? 아이들 교육은? 남편의 반대는 없었어?"

그녀는 아주 쉽게 설명해주었다.

"아니, 어려운 거 없었어. 뭐, 그동안 어려운 적도 있었겠지. 근데, 이제는 기억이 나질 않네……. 그러니까 그렇게까지 어려웠던 경험은 없었던 거 아니겠니? 우선, 지금의 남편도 나와 생각이 같아서 꼭 한 나라에서만 평생 살 필요는 없다는 주의였어. 천생연분을 만난 거지."

"그래도 너무 자주 이사를 다니는 건 아니야?"

내가 물었다.

"맞아. 우리가 여행을 너무 좋아하지만 안정적인 삶도 필요하니까. 가정도 꾸려야 하고. 그래서 너무 자주 이사를 다니면 힘들 수 있으니 한 대륙에 5년 정도 살고 다른 대륙으로 옮겨가기로 서로 합의를 했지. 3년은 짧은 거 같고, 8년은 너무 긴 것 같았거든.”

들고 보니 5년이란 숫자가 그럴듯한 기간으로 느껴졌다. 그녀는 계속 이야기를 이어나갔다.

“그렇게 우리는 뉴질랜드, 영국, 미국에서 각각 5년씩 살게 된 거야. 아이들은 다행히 바뀌는 환경에 잘 적응했어. 역시 아이들은 어른들보다 적응이 훨씬 더 빠르더라고. 아이들 때문에 걱정도 조금 했었는데 괜한 걱정이었던 거지. 그래서 몇 나라를 옮겨다니며 살았던 우리 아이들 적응력과 친화력은 아마도 세계 최고 수준일걸!”

“들고 보니 가능도 하겠다. 그런데 직업 구하기는 어렵지 않았어?”

“5년씩 살아보고 다른 곳으로 가서 다시 직업 구해서 산다는 것이 생각처럼 어렵지는 않았어. 너도 알다시피 내가 전문직이나 기술직이 아닌 일반 사무직이잖아. 고연봉, 기술직 이런 것이 아니니까 눈높이도 그다지 높지 않았고, 안정적이고, 복지 좋고, 급여가 어느 정도 맞으면 만족했어. 그러니까 비슷한 사무직으로 계속 구할 수 있었어. 그리고 너도 알듯이 내가 성격이 좋잖니? 하하.”

맞다. 그녀는 쾌활하고 시원시원하면서도 친절한 성격의 소유자였다. 물론 매니저급은 아니었지만 맡은 일을 깔끔히 처리하는 일 잘하는 직원이었다. 그녀는 말을 이어갔다.

“첫 1년 정도는 정착하기 위해 고생도 하고 낯설기도 했지만 그것들도 재미로 느껴지더라고. 새로운 나라로 가면 일상을 살면서도 늘 여행하는 것같이 신선하고 흥미롭잖아. 너도 호주 와서 일하고 있으니 그런 마음 들지 않아?"

나는 고개를 마구 끄덕이며 대답했다.

"맞아, 맞아. 일도 배우고, 문화도 배우고, 친구도 사귀고, 낯설지만 모두 재미있어. 특히 시드니에 살고 있지만 주중에는 일하고 주말에 다운타운만 나가도 해외여행하는 기분이거든. 달링하버를 바라보며 마시는 맥주도 좋고, 오페라 하우스는 몇 달이 지난 지금도 볼 때마다 외국 같은 느낌이 들어서 좋아. 하하."

그녀는 나에게 이런 팁도 알려주었다.

"첫 번째 경험을 바탕으로 두 번째부터는 새로운 대륙에 도착하기 전에 사전 준비를 미리부터 많이 해놓고 구직 준비도 미리미리 해놓아 정착 기간을 최대한 줄일 수 있었어. 5년 중 마지막 1년은 다음 대륙에서 안전하게 정착하기 위한 준비기간으로 삼았지. 그러니 훨씬 쉽더라고. 가기 전부터 공부해놓고 출발하는 느낌이랄까?"

"그럼 호주에서 5년 정도 살았다고 했으니 이제 곧 또 다른 곳으로 갈 거야?"

"아니, 이번에는 계획이 조금 수정되었어. 몇 년 후면 첫째, 둘째 모두 고등학교를 졸업하고 성인이 되거든. 그래서 호주에서 그때까지 몇 년만 더 살려고. 학교도 그렇고, 대학 입시도 얼마 남지 않았으니까."

"그럼 그 후에는 어디로 갈 거야?"

"응. 계획을 구체화하고 있는 중이야. 우리 부부는 아이들이 모두 성인이 되면 독립시키고 우리 둘은 내가 태어난 섬으로 가서 신혼처럼 다시 살려고 해. 트로피컬 음식을 파는 작은 식당을 열 거야.

비즈니스로 하는 것보다는 이제 은퇴를 앞두고 편안하고 여유롭게 그곳에서 노후를 보내려고. 관광 손님이 찾아오는 곳이니 다양한 사람들을 만나는 재미도 있지 않겠어? 조금씩 낚시를 해서 해산물 요리해주는 관광객을 위한 작은 식당 정도가 될 거야. 열고 싶을 때 열고 닫고 싶을 때 닫는 그런 식당. 메뉴판이 따로 없는 해변 앞 비치 식당이 될 거야. 젊었을 때는 그곳이 싫어서 큰 도시로 그렇게 나오고 싶었는데…… 전 세계를 여행하며 여러 나라에서 일하며 살아보았는데 노년이 되니 이제 조용한 해변 야자수 나무 아래서 바다를 바라보며 시원한 맥주 마시는 게 가장 좋더라고. 이제까지 많이 돌아다녔잖니. 가족 전체가 말이야. 하하."

이런 게 바로 대륙 이동, 노마드 인생이구나! 나도 이렇게 대륙을 이동하며 살아보고 싶었다. 평범한 직업을 가진 사람들, 그냥 평범한 가족이 이렇게 살 수 있다는 것이 신기하고 신선했다. 안 될 것도 없는 일인데 나에게는 생각의 전환이었다.

나라를 옮겨가며
사는 사람들

♦

　　　　　　평범한 사무직 종사자가 해외에 나가서 직장을 구한다는 것은 생각처럼 쉬운 일은 아니다. 우선, 해당 국가의 언어로 업무가 가능해야 한다. (세계 공용어로 불리는 영어가 될 수도 있다.) 그리고 일을 할 수 있는 합법적인 비자가 있어야 한다. 만약 가족이 있다면 배우자의 유연성 있는 직업 혹은 내조가 필요할 수도 있다. 하지만 내가 생각했던 것 이상으로 나라를 옮겨가며 사는 사람들이 많았다.

얼마 전 한 한인 연말 파티에 참석했는데, 그곳에서 밴쿠버 영사님이 함께 자리해 짧은 인사 연설을 해주셨다.

"저는 밴쿠버로 온 지 몇 달 되지 않았습니다. 그리고 저는 여러분들이 참 부럽습니다. 이렇게 아름다운 곳에서 저는 3년밖에 살지 못하는데 여러분들은 평생을 사실 수 있으시잖아요."

그 연설을 들으며 나는 문득 두 가지 생각이 들었다. 첫 번째는 외교부 직원, 영사란 안정적인 직업을 보장받고 새로운 나라로, 새로운 도시로 부임 받아 가는 직업이기에 구직에 대한 걱정이 없이 바로 정착할 수 있고 정착에 필요한 여건이 마련된 곳에서 시작할 수 있으니 정말 좋은 직업이라는 생각이 들었다. 두 번째는 가족의 협조가 전적으로 필요한 직업이겠다는 생각이었다. 왜냐하면 배우자와 자녀도 함께 이사를 다녀야 하니 말이다.

내가 아는 지인의 아들은 몇 년에 한 번씩 나라를 옮겨가며 일을 한 지 10년 정도 되었다. 처음에는 요리사로 시작하여 셰프가 되었고, 매니지먼트를 함께 하며 승진을 계속하게 되었다고 한다. 그 후 다른 도시 혹은 다른 나라에 호텔이 지어질 때마다 런칭 총괄 매니저로 활동을 한다고 한다. 예를 들어 이런 것이다. 상하이에 호텔이 세워지면 그 호텔 스탠더드에 맞추어 직원 고용, 물건 구매, 교육, 관리를 모두 책임지는 것이다. 접시 하나 고르는 것부터 인테리어 자재 선정까지 모두 직접 한다고 했다.

다시 말해, 회사 하나를 세우는 일에 많은 역할을 한다는 이야기다. 그리고 그렇게 3년 정도 모든 일이 끝나고 그곳이 안정되면 다음 나라로 옮겨가서 다시 호텔 오픈을 준비하는 일부터 시작하는 것이다. 그 지인은 그렇게 미국, 두바이를 거쳐 지금은 중국에서 일하고 있다.

호텔의 럭셔리 퀄리티를 유지하는 일이 직업인 만큼, 삶도 참 럭셔리했다. 우선 일하는 곳이 호텔이다 보니, 지내는 곳은 최고급 호텔 스위트룸이며 먹는 것은 호텔에서 거의 해결한다. 직원 식당이 아닌 호텔 레스토랑에서 말이다. (고객에게 나가는 음식을 직접 맛봐야 하는 입장이기 때문이란다.)

그리고 고급차와 운전기사를 제공해주기 때문에 새로운 도시에 가서도 이동에 어려움 없이 일에만 집중할 수 있고, 가족이나 친지가 방문하면 그와 똑같은 대우를 해준다고 했다. 그러니 그런 엄친아들 둔 나의 지인은 아들 자랑을 안 할 수가 없다.

호주에서 만난 높은 직급, 고연봉의 엔지니어였던 한 지인도 글로벌 기업에 소속되어서 새로운 나라에서 프로그램을 셋업하고 안정화시키는 일을 했다. 5년씩 3개국에서 살았다고 했고 나를 만난 호주가 세 번째 나라였다. 그는 40대였는데 이제는 한 곳에 정착하여 결혼도 하고 아이도 갖고 싶다고 했다.

앞서 소개했던 총영사와 두 번째 럭셔리 호텔리어, 그리고 세 번째 고연봉 엔지니어의 공통점은 동일한 직장에 소속되어 나라를 옮겨가며 비슷한 업무를 정해진 기간 동안 수행한다는 것이다. 평범한 직장인인 나와는 거리가 먼 이야기처럼 들리는 것도 사실이다.

행복한 노마드 인생

♦

　　　　　　　　앞서 소개한 특별한 직업군의 사람들 말고도 우리 주변에서 흔히 볼 수 있는 직업을 가지고 대륙 이동 노마드로 살고 있는 사람들이 있다.

　호주에서 나와 같은 인턴십 프로그램에 참여했던 신혼부부가 있었다. 남편과 아내가 각각 지원했는데 둘 다 그 프로그램에 합격한 것이다. 남편이 한국에서 엔지니어로 4년 동안 일을 했던 경력이 있어서 호주 온 지 3개월 만에 영주권 신청 자격이 된다는 사실을 알고는 바로 영주권 신청을 하고 호주 정착을 준비하는 케이스였다.

　참으로 부러웠다. '나는 그런 기술도 없고 한국에서 일한 경력은 3년이 조금 안 되는데 이렇게 쉽게 해외에서 정착할 수도 있는 거구나!' 그 남자는 호주에서 가능성을 보았듯이 기회가 된다면 미국에서도 살아보고 싶다고 했다. 원한다면 충분히 가능한 이야기였다. 특히 IT 분야는 미국, 호주, 캐나다에서 많이 필요로 하는 직업군이다. (단, 나라마다 비자법이 다 다르고, 그 수요가 해마다 차이가 난다.)

　우리가 한국에서 쉽게 마주칠 수 있는 네이티브 영어학원 강사란 직업은 어떨까? 그것도 대륙 이동 노마드로 분류할 수 있다. 한 친구는 미국에서 학교를 나와 일본과 한국에서 영어를 가르친 후 미국으로 돌아가서 자신의 전공 분야의 직업을 구해서 일을 하고 있다.

그 친구도 벌써 3개 국가에서 일해본 것이다. 가장 좋았던 것은 일을 할 수 있으니 금전적인 부담 없이 시간 날 때마다 여행을 할 수 있었던 점이라고 했다. 나도 영어 네이티브라면 최소 5개국 정도는 돌면서 일하고 싶다는 생각을 한 적이 있다. 하지만 현실성 없는 일이라고 생각했었는데, 토종 한국인이지만 영어를 아주 잘해서 프랑스에 가서 영어를 가르친 사람을 만난 뒤로 생각이 바뀌었다. 프랑스 국제기구에서 근무한 『국제기구 나도 간다』 저자 이정은 이야기다. 나는 한국어 수요가 늘어서 한국어를 다른 나라에서 가르치는 일이 있으면 지원해보고 싶다.

또 나의 동갑 친구는, 친구 몇 명과 배낭여행을 계획하며 사물놀이 악기를 한 사람이 하나씩 배워두었다고 했다. 그래서 여행지에서 다같이 사물놀이 공연을 하며 돈을 벌어서 여행경비에 보탰다고 했다. 그 후 나는 길거리에서 공연하는 사람, 혹은 그룹을 볼 때면 나도 노래, 춤, 악기 등 어떤 재능을 가지고 있으면 좋겠다는 생각을 했다. 그러면 돈도 벌면서 세계여행을 할 수 있지 않을까 하는 생각에서다. 꼭 돈이 아니더라도 예술가적인 삶을 경험하기 위해 길거리 공연을 한번 해보고 싶다. (작고 만만한 우쿨렐레를 생각 중이다.)

그런데 수입이 불안정한 길거리 공연 말고, 안정적인 수입과 숙소 제공을 받으면서 공연을 할 수 있다면 어떨까? 그런 것을 알선, 대행해주는 국제 기획사가 있다는 것을 잠깐 한국에 갔을 때 알게 되었으니 신기한 일이다.

부산에 강연하러 갔다가 저녁에 머리를 좀 식히고 부산 구경도 할 겸 해운대 근처 라이브 공연 바에 간 적이 있다. 그런데 신기하게도 공연하는 사람들이 모두 외국인이었다. 그들 공연이 끝나고 우연하게 이야기를 나눌 기회를 얻었다. 알고 보니 그 밴드는 미국, 호주, 영국 등 각각 다른 나라에서 온 사람들로 구성되어 있었다. 그들은 아티스트 에이전트를 통해서 직업을 구했다고 했다. 내가 가장 이야기를 많이 나눈 사람은 기타와 보컬을 맡고 있는 호주 사람이었다.

"그런 에이전트가 있다는 게 정말 신기하네요. 유명한 가수들만 그런 소속사가 있는 줄 알았거든요. 그런데 어떻게 한국까지 오게 되었어요?"

"저는 호주에서 평범한 직장인이었어요. 어느 날 어디론가 떠나고 싶다는 생각이 들었죠. 그 후로 돈 벌면서 여행할 수 있는 직업을 찾아보기 시작했고 지금의 에이전트를 알게 된 거예요. 제가 어렸을 때부터 악기 다루는 것을 좋아했고, 노래 부르는 것도 좋아했거든요. 메인 보컬까지는 아니라도 서포트할 정도는 되니까요."

"그럼 지금까지 어느 나라에서 살아보셨어요?"

"호주 말고는 두바이에서 3년 정도 살았고요. 그리고 한국에 온 지는 몇 달 안 됐어요. 부산이 너무 좋고요. 서울에서도 한번 살아보고 싶어요. 지금 계획은 한국에서 1년 정도 있다가 홍콩으로 갈 생각이에요. 내년에 홍콩에 큰 라이브 카페가 생기는데 기타와 드럼 치는 사람을 구하고 있더라고요."

자신이 음악 다음으로 좋아하는 것이 사진이며 시간적 여유가 많은 직업이고 여행을 많이 할 수 있는 장점이 있다고 했다. 단점은 주말에 항상 일을 해야 하는 직업이라는 것이라고 했다. 자신이 좋아하는 것을 즐기며 돈도 벌고 여행도 하는 삶. 이토록 매력적인 삶이 있다니!

나에게 맞는
노마드 찾기
◆

　　　　　　　　　　나의 노마드 인생은 크게 3가지로 구분할 수 있다. 첫 번째, 대륙 이동 노마드, 두 번째, 테크놀로지를 이용한 공간 이동 노마드, 세 번째, 직업도 다양하고 일하는 공간도 다양해지는 모바일성이 강화된 복수 직업 노마드이다.

첫 번째 대륙 이동 노마드는 말 그대로 대륙을 이동하며 일자리를 구하고 정착하며 살아온 나의 삶이다. 이동하는 것에는 이유가 있어야 한다. 무엇인가 더 좋은 환경과 조건이 있기 때문에 떠나는 것이다. 유목민이 더 나은 자연환경과 식생활을 위해서 길을 떠나듯이 말이다.

내가 떠났던 이유는 더 나은 환경에서 살고 싶고 나와 맞는 환경에서 정착하고 싶다는 마음 때문이었다. 그리고 가장 크고 중요한 이유는 여행하는 기분으로 살고 싶다는 것이었다. 돈을 벌려면 직업이 있어야 하고 직업을 얻으려면 학교도 졸업하고, 영어 공부도 해야 하고, 경력을 쌓아놓으면 아무래도 해외에서 구직할 때 유리해질 수 있으리라는 판단 때문에 나는 한국을 시작으로 대륙을 옮겨가며 살게 되었다.

한국에서 공부를 마치고 직장생활을 했고, 호주에서 일하며 해외 취업의 가능성을 보았고, 그 후 경험을 더 쌓고 영어 실력을 늘리기 위해 미국에 갔으며, 미국에서 생활하며 호주와 미국과 캐나다를 비교해본 후 최종적으로 캐나다를 선택하게 된 것이다.

두 번째는 인터넷과 컴퓨터를 통해 일하는 공간의 제약을 받지 않고 일을 하게 된 것이다. 블로그를 하며 얻을 수 있는 수익 모델은 몇 가지가 있다. 우선, 애드포스트를 통해 내가 포스팅한 글 아래 광고성 사이트가 링크되는 것이다. 어떤 검색어를 통해 어떤 광고가 연관되어 링크될지 미리 알 수는 없지만 어쨌든 종종 소정의 금액이 나의 계좌로 송금된다. 나는 내가 쓰고 싶은 글을 쓸 뿐인데 나도 모르게 수익이 창출되는 것이다.

그리고 한국에서 내가 직접 강연을 하거나 다른 사람이 강연할 수 있도록 블로그를 통해 홍보하는 것이 또 다른 수익을 준다. 모든 광고는 백 퍼센트 SNS를 통해서만 이루어진다. 인스타그램, 페이스북 관리도 함께 한다. 그 결과, 2016년부터 블로그를 통해 홍보와 접수를 받아서 한국에서 강의, 강연을 해 오고 있다. 해외에 살고 있는 강연가를 초청해 블로그를 통해 홍보하고 성공적으로 강연을 개최하기도 했다.

블로그가 알려지면서, K move, 코트라, 무역협회, 방송국, 대학교 등에서 연락이 왔고 그 결과 공공기관과 대학교에서 강연하게 되었다. 또한 블로그를 통해 홍보하고 온라인을 통해 1 대 1 영문 이력서 코칭, 첨삭 서비스도 시작했다. 블로그가 없었다면 사람들이 나의 존재를 어떻게 알 수 있었겠는가? 이 모든 것이 내가 캐나다에서 살면서도 컴퓨터와 인터넷만으로 한국 일을 할 수 있기 때문에 그곳에서 또 다른 수익창출이 가능해진 것이다. 낮에는 캐나다 직장에서 일하고 밤에는 블로그, 인스타그램, 페이스북을 통해 한국 일을 한다는 것은 일을 넘어서는 즐거움과 보람이다. 인터넷이 없었다면, 블로그가 없었다면 모두 불가능했을 공간 이동 노마드인 것이다. 나의 경우 블로그가 계기가 되어 공간 노마드로 성장할 수 있었지만 앞으로는 유튜브 채널 운영이 더 많은 노마드의 삶을 줄 수 있을 거라 생각한다. 그래서 나 또한, 걸음마 단계이지만 꿈은 크게 가지고 열심히 배우고 있는 중이다.

세 번째 모바일성이 강화된 복수 직업 노마드는 조금 더 복잡하고 다양해진다. 그중 몇 가지는 이미 실행하고 있는 중이며 앞으로 15년 후를 내다보며 준비하고 있는 것이기에 몇 가지 준비와 실행이 더 남아 있다. 15년이란 기간을 정해놓은 이유는 15년 후 아들이 성인이 되기 때문이다. 될 수 있으면 교육은 캐나다에서 받게 하고 싶기 때문에 대륙 이동 노마드 대신, 테크놀로지를 이용한 노마드 생활을 하며 복수 직업을 하나씩 늘려가다가 15년 후 금전적, 공간적, 시간적으로 자유로워지는 시점에 본격적인 복수 직업 노마드 인생을 시작하는 것이다. 여행하며, 일하며, 나누며, 행복하게 사는 인생!

소유에서 벗어나면 우리가 생각한 것보다 훨씬 쉽게 그런 인생을 이룰 수 있다. 집을 통해 고정 수입을 만들거나, 에어비엔비와 같은 곳을 통해서 집 렌트를 주고 수익을 발생시키는 것이 가장 큰 예이다. 예를 들어, 주 주거지인 캐나다에 돌아왔을 때는 그 집에서 살고 다른 나라를 여행할 때는 그것을 렌트로 내놓는 개념이다. 소유하고 있지만 그것에 묶여 있을 필요는 없어지는 거다. 스키 타러 캐나다 왔다가, 너무 추우면 남미 바닷가에서 몇 달 지내며 글을 쓰고, 아시아 국가로 가서 운동하고 강연 준비하고, 한국 가서 강연하고, 가족들을 만나고, 다음 비즈니스를 구상하고…….

또한 그렇게 집을 단기, 장기 렌트를 주게 되면 나는 임대주라는 직업을 하나 더 갖게 된다. 그 수익을 가지고 물가가 상대적으로 낮은 나라에서 살게 되면 굳이 일을 할 필요도 없어지게 된다. 하지만 나는 내가 하고 싶은 일을 더 하고 싶고 좀 더 경제적으로 여유롭고 싶기 때문에 여러 가지 복수 직업을 갖는 안정적인 삶을 선택하는 것이다.

살며, 사랑하며,
배우며

우리는 왜 떠나야 하는가?

♦

이제까지 소개한 노마드 인생, 그리고 그렇게 살고 있는 사람들, 나의 노마드 인생 설계까지 이것은 지극히 나의 관점이다. 모든 사람이 이런 노마드로 살 필요는 없다. 그렇게 살아야만 자유롭고 행복한 것도 아니다. 자유롭게 시간과 공간의 제약을 받지 않으며 일하고 여행도 하며 사는 것이 나에게는 좋지만 모든 사람들이 그럴 것이라고 생각하지는 않는다. 어떤 사람은 정해진 시간에 정해진 곳에서 일을 하고, 쉬는 것을 선호할 수 있다.

그렇지만 사람은 단기적이든 장기적이든 떠날 필요가 있다. 왜 떠나야 하는가? 그 이유는 공간적인 이동이 정신적인 휴식을 얻을 기회를 더 많이 제공해주기 때문이라고 말하고 싶다. 하지만 내가 말하고 싶은 마지막 한 가지가 더 있다. 그것은 누구나 자신만의 세계, 즉 탈출하고, 휴식하고, 명상할 수 있는 공간과 시간이 필요하다는 것이다. 이것은 정신적 '환경'을 의미한다.

일상적인 예를 들면 이런 거다. 다음은 아는 동생이 보낸 문자 내용이다.

"언니, 우리 보드 타러 휘슬러 갈래? 벽난로, 핫초코, 와인, 스노보드, 멍 때리기!!! 어때?"

그중 '멍 때리기'라는 단어가 나에게 신선하게 다가왔다. 잡념 없이 있는 거다. 다시 말하면 명상 그리고 영어로는 meditation이다.

이 동생은 공간적인 이동과 좋아하는 여러 가지를 통해 즐거운 시간을 보내고 싶다고 이야기하고 있다. 하지만 근본적으로 필요한 것은 휴식이다. 그냥 아무 생각 없이 어딘가를 응시할 수 있는 그런 시간, 자신이 만들어놓은 세계로 떠나는 개인적인 휴식 시간이 필요한 것이다. 차를 한잔 마셔도 그 따뜻함에 감사할 수 있는 시간, 와인을 한잔 마셔도 그 향과 맛에 온전히 집중할 수 있는 여유로움, 바로 그런 것이 필요하다.

외국인들은 한국을 어떻게 바라볼까 하는 궁금증에 유튜브에서 South Korea를 검색해보았다. 그중 10 Things you didn't know about South Korea라는 영상이 눈에 들어왔다. '한국에 대해 당신이 모르고 있는 10가지'. 무엇이 있을까?

그중 몇 가지 내용을 요약하면 이렇다.

1) 자살률 세계 최고. 남자들은 성공에 대해 압박을 받고 학생들은 좋은 대학에 들어가야 한다는 압박을 받는다. 하지만 현실은 모두가 들어가고 싶어 하는 좋은 대학은 몇 개뿐이고, 모든 학생이 들어갈 수 없다는 것이다. 그런데 좋은 대학에 들어가지 못한 학생들은 그것을 실패라고 여기고 스스로를 비관하며 자살을 결정하기도 한다.

2) 방과 후 활동. 한국은 학원 대국이다. 그리고 학원비가 매우 비싸다. 한국 학생들은 세계 어느 학생들보다 잠을 적게 잔다. 성공을 위해 공부를 해야 한다는 부담과 압박이 크다.

3) 성형수술 강국. 다른 나라 사람들도 수술을 받기 위해 한국에 온다. 성공에 대한 압박을 받기 때문에 남들보다 뛰어난 외모가 더욱 경쟁력 있다고 여겨진다. 눈 성형이 가장 보편적이며 부모들이 자녀 고등학교 졸업 선물로 성형수술을 시켜주기도 한다.

성공을 위해 우리는 너무 많은 공부를 강요받고, 너무 많은 일에 묻혀 살며, 자신도 모르는 시선과 압박에 스트레스를 받으며 살고 있는 것은 아닐까? 그런데 그것을 인지하면서도 그대로 이끌리고 밀려 살고 있는 것은 아닐까? 우리에게는 영상의 이야기가 새로울 것이 없는 익숙한 이야기지만, 그 현실이 씁쓸하면서도 안타깝다.

해외로 나와 보니 그 차이가 더욱 크게 느껴졌다. 한국처럼 공부 많이 하는 학생들도 없는데, 이렇게 대학에 인생을 걸고 목숨까지 거는 학생들도 없는데, 성형수술보다 더 중요한 것이 인성인데, 너무도 안타깝다.

자신의 내면에서 들려오는 소리를 들을 수 있는 심리적 휴식이 절대적으로 필요하다. 나와 같은 사람은 공간을 이동하는 방식으로 심리적 거리를 유지한 것인데, 다른 말로는 그것을 역마살이 많다고 부르는 거다. 하지만 그런 것과 상관없이 누구에게나 필요한 것, 그리고 가장 중요한 것이 심리적인 휴식이라고 생각한다.

공간적으로 혹은 심리적으로 우리가 떠나는 이유가 바로 여기에 있다. 달리기만 하면 주변을 못 본다. 그냥 앞만 보며, 보이지 않는 목표점을 향해 뛸 뿐이다. 그러다 번아웃되어 쓰러진다. 하지만 틈틈이 쉬어주어야 숨도 고르고, 물도 마시고, 바람도 느끼고, 나무도 보고, 숲도 바라보고, 옆 사람과 이야기도 나눌 수 있다.

오늘 하루 옆 사람의 얼굴을 바라보며 걱정해줄 수 있는 여유가 있었나? 오늘 하루 하늘 한번 올려다보며 심호흡할 수 있는 여유가 있었나? 오늘 하루 나 스스로를 들여다볼 수 있는 여유가 있었나? 멍 때려본 지가 얼마나 되었는가? 늘 무엇인가를 하고 있고, 해야 하는 것들에 둘러싸여 있는 것은 아닌가?

차별 없는 시선으로

♦

글로벌 인으로 살기 위해 가장 중요한 필수 조건은 바로 'open mind'이다. 다시 말해, 차별 없는 시선으로 그들을 보는 것이 몸에 익어야 한다. 그것에는 문화, 환경, 가치관, 라이프스타일, 인종, 성별 등 한계가 없이 다양하다.

　호주, 미국, 캐나다와 같은 이민자 국가에서 TV를 보면 특징이 한 가지 있다. 광고든, 드라마든, TV쇼든 다양한 인종들을 볼 수 있다는 것이다. 한국 사람이 생각할 때 호주 사람, 미국 사람, 캐나다 사람은 머리가 노랗거나 갈색인 백인만을 떠올린다. 하지만 직접 가서 보면 수많은 다양한 인종들의 모습에 놀라는 경우가 많다. (할리우드 영화 속에서 보던 것과는 비교할 수 없을 만큼 다양하다.)

　차별의 시선으로 보지 말아야 할 것이 하나 더 있다. 바로, 다양한 가족의 형태다. 한국에서 친해진 미국인 친구가 있었다. 가족 이야기를 할 때 늘 새엄마, 새언니라고 표현했다. 그래서 처음에는 사이가 안 좋은가 보다 했는데 이야기를 들어보니 관계가 좋은 사이였다. 단지, 친언니와 친엄마가 있기에 구분해서 부르기 위한 거란다. 부르는 호칭을 구분하는 것뿐이지 친하지 않거나 싫어하는 사이가 아닌 것이다.

　캐나다에 와서 자선 모금 행사 파티에 갔는데 친구가 가수로 노래를 부른 후 자신이 노래를 가르치고 있는 자신의 수양딸을 소개했다. 노래가 부쩍 늘었다고 말하며 그 수양딸을 위해 무대를 마련해주었다. 수양딸이라는 표현을 쓰지 않고 이름만 부르며 소개할 수 있었지만 그 친구는 그렇게 하지 않았다. 그 친구에게는 수양아들도 있다. 남들에게 소개할 때 늘 그들을 '사랑스러운 나의 수양딸, 수양아들'이라 부른다. 나의 친구는 그 아이들의 친구로서, 아빠의 여자친구로서, 때로는 그들의 엄마로서 그들을 대한다. 사이도 무척 좋아 보였다. 아이들이 어릴 적부터 보아와서 그런지 아이들도 아빠의 새로운 인생을 무리 없이 받아들였고 사춘기도 그대로 넘어갔다.

캐나다는 이혼한 가정이 참 많다. 그러니 싱글맘, 싱글대디라는 단어도 흔하고 이혼한 것이 그 사람의 이미지에 영향을 크게 미치지 않는다(현재까지는 그렇게 느끼고 있다). 또한 다양한 가족의 형태를 존중해주는 문화를 가지고 있다. 동성애 결혼까지도 가족의 형태 분류 안에 넣을 수 있는 나라다. 외국에 나와 살면서 여러 형태의 가족을 보고 처음에는 나 역시 차별적인 시선을 가지고 있던 적도 있었고, 문화적 충격을 받으며 그들을 바라본 적도 있었다. 하지만 이 글을 쓰고 있는 지금은 여러 문화가 공존하는 나라이듯, 여러 가족 형태 또한 그대로 받아들이게 되었다.

당신에게 성공이란
무엇입니까?

♦

각자가 정의하는 성공이 있을 것이다. 내가 정의하는 성공이란, 행복하고 멋지고 물질적, 심리적으로 여유롭게 사는 것이다. 집 한 채(공원 가까이 있는), 차 한 대(한 가족이 여행을 즐길 수 있는 크기), 즐겁게 일할 수 있는 회사(연봉이 높으면 더 좋고), 1년에 한 번 해외여행, 금전적인 여유, 화목한 가정 등이 그에 해당하는 것들이다. 이미 이룬 것도 있고 현재 노력 중인 것도 있다.

하지만 내가 생각하는 가장 큰 성공은 '감사함'을 느끼며 사는 것이다. 왜냐하면 우리가 생각하는 성공의 기준은 개개인마다 모두 다르고 지극히 주관적이기 때문이다. 남들이 생각할 때 성공했다고 하더라도 본인이 그렇게 생각하지 못하면 성공하지 못한 것이고 그 생각의 기준점은 '감사함'에서 오는 것이 아닐까 생각한다. 가진 것에 대한 감사함이 바로 그것이다.

옛날 친구들은 나에게 '출세했다', '성공했다'고 말한다. 특히 친한 초등학교 친구들을 만날 때면 더욱 심하다. 나는 초등학교 때 매일 나머지 공부(아직도 이런 게 있는지 모르겠지만 나머지 공부란 공부를 못하는 애들만 남겨놓고 추가 보충수업을 시키는 것임)를 했고 성적이 거의 꼴등 수준이었던 것 같다.

그 후에도 공부를 잘해본 적이 없기 때문에 세계 여러 곳을 다니며 여행하고, 공부하고, 일하며 사는 나를 '성공했다'라고 말하는 것에 이의는 없다. 하지만 내가 자신 있게 성공했다고 말할 수 있는 것은, '감사함'을 느끼며 살 수 있게 되었다는 것 때문이다. 내가 모든 것에 감사할 수는 없지만 작은 것에도 감사함을 느끼는 것은 예전 모습과 비교해서 많이 성공한 부분임에는 틀림이 없다.

대학생 때는 부모님을 원망했던 적도 있었다. 부모님이 바라는 나의 모습은 고등학교 혹은 전문대학 졸업 후 안정적인 곳에 취업하고 좋은 사람 만나 일찍 결혼하는 것이었다. 하지만 그 당시 내가 책을 통해 접한 성공한 여성들은 좋은 학교 출신에 영어도 잘하고 해외에서 공부도 하는 등 남다른 교육과 경험을 한 모습이었다.

'왜 우리 부모님은 나를 더 공부시키지 않으실까? 왜 나에게 한 번도 공부하라고 강요하지 않으실까? 왜 나를 학원에 보내지 않으실까?

어머니께서는 항상 "네가 할 수 있는 능력이 되면 네가 벌어서 해"라고 말씀하셨다. '설마 진짜로 할까?'라고 생각하시며 말씀하신 것이다. 하지만 나는 영어학원을 다니기 위해 몇 달 동안 아르바이트를 하고 어학연수와 해외여행을 가기 위해 1년 넘게 아르바이트를 했다. 원하는 것을 하고 싶어서 끊임없이 아르바이트를 했다.

그렇게 영어 공부에도 지치고, 아르바이트에도 지치고, 다른 친구들과 비교하며 현재 상황이 원망스러울 때가 있었다. 그런데 나에게 감사함을 일깨워준 두 가지의 큰 계기가 있었다. 그중 하나는 한국에 있는 영어학원에서 만난 친구였다. 내가 무식하게 영어 공부를 하던 시절 그 친구를 만났다. 그 친구도 나처럼 열심히 사는 친구였고, 동갑이었고, 사는 곳도 가까웠다. 영어학원에서는 월, 수, 금 반과 화, 목 반이 있었고, 두 개의 반은 같은 것을 가르치는 수업이었지만 우리는 월요일부터 금요일까지 모두 수강했다. 그리고 집으로 돌아오는 버스 안에서 그날 배운 표현들을 복습했다. 나에게 그 친구는 공부도 잘하고, 학교도 좋고, 순수하고, 성격도 좋고, 수영도 잘하는 친구여서 부러움의 대상이었다.

그 친구 역시 아르바이트를 했고, 나도 계속 아르바이트를 했다. 그렇게 우리는 각자의 학교를 졸업하고 취업을 했다. 하지만 그 친구와 내가 다른 환경이 하나 있었다. 그 친구는 아르바이트를 해서 번 돈의 일부만 자신의 용돈으로 쓰고 나머지는 가족의 생활비로 모두 지출해야 했다. 나는 아르바이트를 해서 번 돈으로 캐나다에서 어학연수를 했고,

배낭여행을 다녀왔다. 취업해서도 그 친구는 가족을 위해서 대부분의 수입을 가족 생활비로 쓸 수밖에 없는 어려운 환경이었고, 나는 돈을 모아 대학원에 가고, 해외여행을 다녀왔다. 내가 가족의 생계를 책임져본 적은 한 번도 없었다.

그 친구를 보며 나의 부모님을 원망하기보다는 내가 버는 것을 나의 계획대로 쓸 수 있는 자유로움을 주시는 것에 너무도 감사한 마음이 들었다. 또한 그 당시 내가 해외로 나간다고 하면 부모님, 언니들과 오빠가 각 10만 원씩 용돈을 주었다. 참고로 나는 언니가 세 명, 오빠가 한 명이니 합 50만 원이었다. 최소한 내가 번 돈에 대해서는 간섭하지 않으셨던 부모, 그리고 언니들과 오빠가 주었던 용돈을 생각하니 너무 감사했다.

두 번째 계기는 고등학교 동창 친구였다.

대학원 입학을 하고 원서로 공부하며 영어로 진행되는 수업을 듣던 시기였다. 강의를 듣기 위해 예습은 누구에게나 필수 사항이었다. 특히, 경영, 경제, 국제 관계 등에 대한 개념 자체가 나에게 없던 때였기 때문에 어려움이 더 컸다. 시작부터 질문이 오가는 수업들이니 예습을 안 하면 도저히 수업을 따라갈 수 없었던 시기가 대학원 입학 후 1년 동안 이어졌다. 몇 시간 동안 원서를 보아도 이해가 되지 않아서 읽고 또 읽으며 스트레스를 받고 있었을 때였다.

그 당시 국제대학원에는 경영과 출신, 외국에서 학사학위를 받은 학생, 외국인 학생들이 반수가 넘었다. 똑똑하고 머리가 좋아 장학금을 받고 해외로 유학 온 외국인 학생들, 영어 잘하는 학생, 그리고 부모님의 전폭적인 지지를 받아 부담없이 학교 다니는 학생까지……. 그에 비해 기초 지식 부족하고, 영어 딸리고, 부모님의 반대를 무릅쓰고 대학원에 입학해서 한 평도 안 되는 고시원에 앉아 있는 나의 모습이 너무 초라해 보였다.

그러던 어느 날 고등학교 친구와 전화 통화를 하게 되었다. 유난히도 영어를 잘하던 학창시절 내 짝이었다. 영어학원 한번 안 다니고, 과외 한번 안 받고도 혼자 공부해서 영어 발음은 네이티브 수준이었고, 회화도 잘하고 일기를 항상 영어로 쓰던 친구였다. 교과서로만 대충 공부하고도 영어 점수 100점을 받던 아이였다. 나는 그 친구가 정말 부러웠다. 옆에서 따라서 해보려고 해도 도저히 따라갈 수 없는 머나먼 존재였다.

나는 전문대에 겨우 들어갔고 그 친구는 4년제 영문과에 바로 입학했다. 둘은 그렇게 멋지게 상고 출신 대학생이 되었고 꿈을 위해 한 발짝씩 나가고 있었다. 아니, 그 친구와 통화를 하는 그날까지 나는 그렇게 생각하고 있었던 것이다. 참고로 그 친구는 영어 천재처럼 영어를 너무 잘했기 때문에 나는 그 친구의 앞날을 걱정해본 적이 없었다.

통화한 뒤 알게 된 친구의 상황은 생각과는 많이 달랐다. 아버지가 안 계셨던 친구는 가족의 생활비를 충당하기 위해 졸업 후 안정적인 공무원이 되어 있었다. 외교관이 꿈이었던 그 친구는 자신의 꿈을 위해 더 공부해야 했지만 상황이 여의치 않았던 것이다. 하지만 꿈을 포기하지 않고 꾸준히 영어 공부를 하며 시험을 준비했는데, 갑자기 남동생이 병에 걸려 하늘나라로 떠나게 되었다고 했다. 그러자 '내가 공부를 더 해서 무얼 하나 꿈을 찾아서 무얼 하나' 하는 생각이 들며 삶의 희망까지 잃어버린 것이다. 당장 가족의 생활비가 없어서 일을 해야 하고, 꿈을 잃고, 사랑하는 사람도 잃었지만 그래도 밥을 먹으며 살아야 하기에 일을 한다며 자신을 원망하던 그 친구.

좋은 학교 못 나와서, 대학원 공부가 힘들어서, 금전적인 여유가 없어서 자신을 초라하다고 생각하던 나는, 그 친구 앞에서 비교할 수 없을 만큼 더욱더 초라해졌고 부끄러웠다. 건강한 가족, 화목한 가정, 부족함은 있어도 빚은 없는 우리 집. 내가 원하는 것은 내가 능력이 되면 할 수 있게 해주신 우리 부모님. 대학원을 다닌다는 것, 다양한 사람들 그리고 똑똑한 사람들과 함께 영어로 수업 듣는다는 것이 너무도 감사해졌다.

그 두 친구를 보며 내가 얼마나 행복한 사람인지 얼마나 부모님께 감사드려야 하는지 깨달았다. 내가 이렇게 독립적이고, 알뜰하고, 긍정적이고, 도전적이게 살 수 있게 키워주신 부모님께 너무도 감사했다.

그 후 내가 해외여행을 할 때면 항상 이 넓은 세상, 이렇게 아름다운 곳들을 시골 농부 출신인 우리 부모님께도 보여드리고 싶다는 마음이 들었다. 그래서 나는 기회가 될 때마다 부모님의 해외여행을 추진한다.

이렇게 '감사함'을 안다는 것은 스스로를 행복하게 성공한 사람으로 만들어줄 수도 있고 초라한 실패자로 만들어버릴 수도 있는 것 같다. '당신이 얼마큼의 감사함을 느끼고 있느냐'는 당신이 '얼마나 행복하게 성공했는지'를 말해주는 것이 아닐까? 부모님, 친구, 동료, 주변의 상황

등등 감사함을 느끼지 못하고 있다면 물질적으로 성공을 이루었다고 해도 행복한 성공과는 거리가 멀어질 것이다.

현재 당신은 무엇에 얼마만큼 감사하고 있는가? 공부할 수 있다는 것, 잘 수 있는 집과 매일 볼 수 있는 가족이 있다는 것, 건강하다는 것, 사랑하는 사람이 있다는 것, 좋은 친구가 있다는 것, 여행을 떠날 수 있다는 것, 일을 할 수 있다는 것……. 너무도 감사한 일이 많이 있지는 않은가? 만약 그렇다면 당신은 이미 성공한 사람이다!

난, 긍정이 체질이야

♦

어떤 친구가 나에게 이런 말을 했다.

"넌 참, '괜찮아'라는 말을 많이 쓴다. 그렇게 다 괜찮아?"

그 후부터 내 입에서 '괜찮아'라는 말이 나올 때마다 나는 그 친구가 떠올랐다. '오늘도 내가 이렇게 말했네.' 그러다가 또 '괜찮아'라는 말이 나오면, '내가 이 말을 또 썼네!' 한다.

그리고 보니 나는 이 문장을 참 많이 사용하고 있었다. 비가 오면 촉촉하고 운치가 있어 좋고, 날씨가 맑으면 햇살 가득한 하늘을 볼 수 있어 좋았다. 취업 면접에 떨어지면 최소한 실전 면접 연습을 한 셈이기에 괜찮고, 취업이 되면 일자리를 구해서 좋은 것이었다.

내가 캐나다에서 다니던 두 번째 직장을 그만두기로 결정했을 때 주변에서 이런 말들을 했다.

"지금 그만두어도 아쉽지 않겠어? 소득이 줄어드는데 괜찮아? 혼자
서 아이를 하루 종일 보는 것이 어렵지 않겠어?"

하지만 그만둔 것에 대해 후회가 전혀 없었다. 일을 다시 해야 한다
면 마음먹고 재취업하면 되기 때문이다(이제 나는 이력서와 면접 고수가 되었
으므로). 내가 일을 하지 않게 되어 가족 소득은 줄었지만 대신 나 자신
에게 쏟을 수 있는 자유시간이 늘었고 가족과 함께 보낼 수 있는 시간
이 늘어났다. 그러니 한국에도 두 달 동안 다녀올 수 있었고, 한국에 살
고 있는 사랑하는 가족, 친구들과 즐거운 시간을 보낼 수도 있었고, 강
연과 강의라는 새로운 분야의 일도 구상하고 시작해볼 수 있는 기회를
얻게 된 것이다.

놀이방에 보내지 않고 혼자 아이를 보는 것도 매우 즐거운 일이었다.
함께 웃고, 장난치고, 바다로 공원으로 산책 가고, 음식을 같이 먹고, 영
화도 같이 보고, 친구들을 함께 만나고, 책 읽고, 물놀이하고 등등 일할
때는 느끼지 못했던 새로운 행복들로 가득했다.

특히, 이른 새벽에 자는 아이를 깨워서 도시락까지 챙겨 놀이방에 데
려다주고 출근하느라 정신없이 하루를 시작할 필요가 없었다. 아이 일
어날 때쯤 함께 일어나 여유롭게 아침을 먹거나, 내가 먼저 일어나면
책을 읽거나 나만의 시간을 가질 수 있었다. 그렇게 시작하니 함께 웃
고, 즐기고, 행복한 시간이 더욱 많아져서 좋았다. 하나를 얻으면 하나
를 잃는다는 말이 있다. 그런데 나는 하나를 놓으니 두 개를 얻은 기분
이었다.

당시, 세 살이었던 아들은 한창 말을 배우고 있었다. 하루하루 늘어

가는 단어와 문장력을 보면 신기할 때가 참 많았다.

그런데 어느 순간부터 아이가 '괜찮아'라는 표현을 쓰기 시작했다. 어느 날, 뛰어가다 넘어진 후 혼자서 끙끙거리며 일어나더니 나를 보며 이렇게 말했다.

"엄마, 나 괜찮아."

또 다른 날, 친구가 울고 있는 것을 보고 그 친구에게 가서는 친구를 안아주고 등을 토닥여주며 이렇게 말하는 것이다.

"울지 마. 괜찮아. 괜찮아."

내가 많이 사용하는 표현을 아이가 그대로 배워 많이 사용하게 되는 것을 보며 생활 속에서 자연스럽게 나오는 습관과 말의 중요성을 새삼 느끼게 되었다.

나의 긍정 에너지는 무엇일까? 늘 나에게 주어진 것에 대해 감사하는 마음? 사물을 볼 때 좋은 면을 먼저 보고 크게 보는 긍정적 마인드? 꿈을 꾸고 그것을 위해 즐겁게 노력할 수 있는 마음의 여유? 그런 것을 모두 포함하고 있는 것이 나이고 나는 긍정이 체질인 사람인가 보다.

"허허, 괜찮아"가 우리 아버지의 트레이드마크다. 얼굴 주름도 그렇게 웃음 지으실 때의 모습으로 깊어지셨다. 나도 그렇게 웃는 주름으로 깊어지기를 바란다(물론, 살짝만).

어려움과 간절함을 통해
얻게 되는 수많은 것들

♦

　　　　　　　　2010년 연말 뉴욕 브로드웨이 공연을
관람하며 감동을 받고 있을 때 문득 한국에 있는 조카들이 떠올랐다. 가
장 큰 조카는 그 당시 대학교 1학년, 작은 조카는 고등학교 1학년일 때
였다. 내가 이런 문화적인 혜택을 좀 더 빨리 접했더라면 조금 더 세상
을 일찍 보지 않았을까 하는 생각에 그 공연을 조카들에게도 보여주고
싶었다. 그래서 그날 바로 언니들에게 전화를 했다.

　항공권이 비쌀 때였지만 언니들도 좋은 기회라며 조카들을 보냈다.
나는 뉴욕에 온 조카들과 함께 관광도 하고 여행도 보내주며 내가 직장
을 다니면서 해줄 수 있는 것들을 최선을 다해서 해주었다. 플러스로 잔
소리 세트도 함께 따라가기는 했지만……?

　큰 세상을 보니 얼마나 좋을까? 얼마나 흥분될까? 조카들이 뉴욕에
서 가슴에 무엇인가를 강하게 얻고 돌아갔으면 하는 마음이 강했다. 나
처럼 우물 안 개구리에서 세계 속 개구리를 꿈꾸길 바란 것이다.

　그. 런. 데. 그건 나의 아주 큰 욕심이었을 뿐! 여행 책자 들고 다니면
서 공부하듯 여행하라고 말했지만 책 들고 나가는 것을 잊어버렸고, 다
양한 음식을 접해보라고 했지만 맥도날드만 몇 번 가고서 영어가 힘들
었다 하고, 날씨가 흐리다며 집에서 TV만 보고 있는 조카들을 보자, 내
머리에서 열이 풀풀 나오고 있었다.

　나는 그 나이 때 저렇지 않았는데……. 배낭여행을 가면 시간이 아

조카들과 하버드 방문

까워서 아침부터 부산을 떨며 오늘은 무슨 멋진 곳을 갈까 가슴이 두근 두근했다. 책에서 접한 것들이 나의 눈앞에 펼쳐지고 알지 못했던 지식 과 정보들을 얻게 되었을 때 뿌듯함이 두 배가 되었고, 예상치 못한 경험이나 광경이 펼쳐지면 그 감동을 가슴속 깊이 새기며 열심히, 즐겁게 그리고 빡빡하게 돌아다녔다.

왜 지금 조카들은 나와 다른 걸까? 첫째 언니에게 그런 얘기를 하니 언니는 이렇게 이야기해주었다.

"이 아이들은 우리와 살아온 환경이 달라. 항상 부족함이 없이 살아 왔고, 풍족하지는 않아도 원하는 것들을 부모님으로부터 많이 받으며 살았어. 네가 느끼는 것이 무엇인지는 알지만 외국을 보고 와서 지금 당장 이 아이들에게 큰 변화가 생기지는 않더라도 아이들 마음속 그리고 잠재력 속에 남아 있다가 언젠가는 그것들을 하나씩 느끼게 되는 날이 올 거야."

물론 뉴욕을 떠나는 날 밤, 각자 느낀 점을 적게 해 읽어보니 내가 생각했던 것보다는 많은 것을 느끼며 돌아가는 것 같았다. 그렇게 나는 마음을 비웠다. '그래, 언니가 말한 것처럼 그들이 언젠가는 느끼겠지. 이모의 마음을, 부모의 마음을. 그리고 더 큰 세상에서 배워 나가야 할 것들을……'

그렇게 나는 깨달았다. 간절함을 가지고 무엇인가를 스스로 계획하고 추진하고 달성했을 때와 갖춰진 환경에서 주변의 권유에 의해 편하게 달성했을 때, 여행에서 얻게 되는 교훈과 감동이 다를 수 있다는 것을.

아마 조카들도 세상을 보고 싶은 간절한 마음으로 스스로 돈을 벌어서 나오게 되었다면 그들이 느끼고 감동하는 것들이 아마 더 크지 않았을까? 그리고 머릿속에 더욱더 깊이 새겨지지 않았을까? 남과 다른 특혜, 혹은 자격, 혹은 경제적 보조를 받는다는 것이 무조건 좋은 것만은 아닌 것 같다.

나의 블로그 이웃들 중, 가정 형편 때문에, 부모님 때문에, 나이 때문에, 이런저런 이유로 하고 싶은 것을 미루는 사람들이 있다. 그리고 가슴속에는 '언젠가는 내가', 혹은 '내가 할 수 있을까?' 하는 생각을 안고 있다. 나는 그런 사람들에게 용기를 주고 싶다. 간절히 원하던 것을 스스로 계획하고 추진하여 이루었을 때 그 보답은 다른 사람들이 안게 될 것보다 더 크게 다가올 수 있다는 것. 그것을 말해주고 싶다.

'우리 집은 왜 부자가 아닐까, 우리 부모님은 왜 나를 이해하지 못할까?' 주변을 탓하기보다 이런 모든 어려운 상황들이 나를 탄탄한 사람으로 만들기 위한 과정이라고 생각해보자. 그리고 언젠가는 그 환경을 바꾸어 멋진 모습으로 부모님 앞에 서는 모습을 상상해보자.

고등학교 때부터 시작된 나의 꿈에서, 공부에서, 취직에서 내가 선택하는 거의 모든 것에 부모님의 반대가 있었다. '왜 부모님은 나를 이해 못 하실까?' 원망도 했었다. 하지만 그런 반대가 나를 더 강하게 만든 것 같다. 언젠가는 잘된 나의 모습을 보여드리고 싶은 마음이 컸던 것 같다. 부모님이 시키는 대로만 살면 가장 성공했을 때가 딱 부모님이 생각한 만큼이라는 말이 있다. 부모님과 다르게 사고를 하면 그 미래는 무한해진다. 부모님께서 이해를 못 하셔도 내가 하고 싶은 것을 하며 스스로 행복을 느끼며 살아가고 싶은가? 그럼 무조건 부모님 말만 따르지 마라. 그들이 보아온 세상과 앞으로 내가 살 세상은 다르다. 대기업, 공무원, 안정된 직장이 다가 아니다. 자신이 하고 싶은 것을 잘할 때, 그리고 그것으로 돈까지 벌 수 있을 때 그 가치가 살아난다.

지금은 부모님께서 나를 가장 많이 칭찬하시고 대견해하신다. 그렇게 되기까지 10년 이상의 시간이 걸렸다. '엄마, 아빠 내가 맞았던 거지? 그렇지?' 이제는 이렇게 묻고 웃으며 말할 수 있게 된 것이다.

하지만 그러한 것도 잠시.

"나, 책을 써야겠어요. 강연하는 것도 너무 잘 맞고 보람돼. 이 일들

부모님 뉴욕 방문

이 잘되면 프리랜서로 한국과 캐나다를 오가며 살래요. 역시 난 역마살이 있긴 있나 봐?"

내 얘기에 또 펄쩍 뛰시는 부모님이다.

"이렇게 좋은 직장이 어디 또 있다고 무슨 말도 안 되는 소리. 뭐 뿌리 랜서? 요즘 사기꾼도 얼마나 많은데 책 내게 해준다고 하고……."

이때쯤 나의 귀는 자동으로 작동이 되고 있었다. 한쪽 귀로 듣고 한쪽 귀로 흘리기. (죄송해요 부모님. ^^;) 하지만 괜찮다. 언젠가는 이 또한 이해하게 되실 거라 믿기 때문이다. 한 번 사는 인생, 후회 남지 않게 하고 싶은 건 다 해보며 살아야 하지 않겠는가!

해외 취업 후 힘들었던 점

'이 일을 내가 할 수 있을까?'

해외 취업을 꿈꾸던 때부터 해외 취업을 이룬 후에도 수백 번씩 스스로에게 자신도 모르게 던졌던 질문이다. 하지만 언제나 대답은 예스였다. 잘할 수 있어서 예스가 아닌 일단 해보겠다는 마음의 예스이다. 그런데 그 예스는 바로 자신이 성장해가고 있다는 신호이다. 그 얘기를 스스로에게 하게 될 때가 바로 성장할 때라는 말이다.

운동을 할 때 더는 못 하겠다는 생각이 들 때가 있다. 푸시업을 더 이상 하지 못할 것 같을 때, 아령을 더는 들지 못할 것 같을 때 바로 그때가 근육이 붙는 시기라고 한다. 일도 마찬가지로 '내가 할 수 있을까?'라는 생각이 드는 그때부터 일 성장 근육이 붙는 시기인 것 같다. 그 시기를 넘기며 성장해 나가는 것이다. 근육이 붙고 나면 못 하겠다고 생각했던 것이 할 수 있는 것으로 변한다.

과연 이 일을 내가 할 수 있을까? 이 질문은 취업된 후에 늘, 언제나 따라다니는 걱정이었다. 특히, 첫 출근 전날이 가장 심하다. 하지만 취업이 되었다는 것, 출근할 곳이 있다는 것에 기분이 좋았다. 일단, '합격했으니 무엇이든 잘해보자'라는 마음이 가장 앞섰다. 그런데 그것은 꼭 해외 취업이라서가 아닌 것 같다. 자신이 원하던 곳에 서류전형에 합격하고 많은 준비와 과정 끝에 면접에 합격해서 취업이 된 사람이라면 나라와 상관없이 내 말에 동감할 수 있을 거라 생각한다. 해외 취업에 도전하면서 '이제 더 이상은 못 하겠다'라는 생각이 들 때 그 시기를 넘어서야 성장이라는 근육이 생겨서 취업이라는 결과물이 만들어지는 것은 운동과 닮은 것 같다.

한국 회사와 외국 회사의 다른 점

먼저, 호주, 미국, 캐나다 세 나라는 다른 나라이기 때문에 차이가 클 것 같지만, 실제로 살아보면 그렇게 다르지 않다. 오히려 공통점이 더 많다. 우선, 이력서 스타일, 면접 방식이 거의 동일하다. 세 나라 모두 이주민들이 건너와서 만든 국가들이기 때문에 다양한 인종이 모여 산다는 것도 비슷하다. 지도만 보면 길을 찾기가 쉽도록 되어 있다는 것도 공통점이다.

군이 차이점을 말하자면 호주와 캐나다는 미국보다 조금 더 사람들이 여유롭고 친절하다는 느낌, 그리고 더 안전하다는 느낌을 받았다. 그래서 미국은 도시 같고 호주나 캐나다는 시골 같다는 사람들도 있는데 내 생각에는 그 정도까지는 아닌 것 같다.

비자 종류들도 거의 비슷하다. 가장 큰 차이가 있다면 미국의 경우는 영주권 받기가 무척 어렵고, 호주나 캐나다에 비해 기간도 오래 걸린다. (하지만 이것도 시기와 개인차가 있다.)

해외에서 근무하면 장점들은 참 많다. 우선, 나이 제한이라는 것이 없다. 한국에서는 늘 나이 데드라인에 쫓긴다. 20대 말만 되어도 '제가 나이가 많아서 취업이……' 이런 말을 참 많이 들었다. 직장에 들어가면 직장생활을 몇십 년씩 할 텐데, 20대 어린 나이의 젊은이들이 아직 자신들이 얼마나 어리고 가능성이 있는지 모르고 나이에 쫓기고 있으니 안타깝다. 그리고 성별이나, 자녀 여부, 미혼 여부 이런 것들도 중요하지 않다. 이력서에 넣을 필요도 없고, 면접 시 그런 개인적인 사항에 대해서는 면접관이 물어볼 수도 없다.

모든 회사들이 그렇지는 않지만 출퇴근 시간이 유동적인 회사들이 많다. 보통 1시간에서 2시간 이내 차이가 나는 경우들이 있다. 호주와 캐나다 회사 한 곳이 그런 유동 근무제를 사용해서 개개인의 사정에 따라 출퇴근 시간이 달랐다. 그리고 캐나다에서 두 번째로 근무한 회사의 경우 9시 출근, 5시 퇴근이었는데 아이 놀이방 닫는 시간이 5시라고 사정을 이야기해서 나만 8시 출근 4시 퇴근으로 편의를 봐주기도 했다.

또 다른 장점은 일하는 시간이 보통 하루에 7시간 반에서 8시간이다. 지금 다니는 회사는 아침 7시 반 출근, 3시 반 퇴근이기 때문에 오후 시간이 여유로운 편이다. 오버타임은 거의 없고, 주말 출근 같은 것은 상상도 할 수 없다. 오버타임을 하게 될 경우 급여의 1.5배를 지급하게 되어 있고, 거의 대부분 잘 지켜지고 있다. 하지만 매니저급 이상은 오버타임 적용 없이 연봉으로만 계약한다. 8시간 근무에는 점심시간 30분이 포함되는 것이 보통이다.

외국 회사의 가장 큰 장점은 휴가가 한국보다 훨씬 더 많다는 것이다. 한국에서 일할 때는 휴가를 2일에서 3일 정도밖에 못 썼다. 그런데 이곳에서는 최소한 2주가 보장되었다. 지금 회사는 18일이 나오는데 주말과 공휴일까지 잘 합쳐서 쓰면 1년에 4주 정도 사용할 수 있다. 그리고 그것은 유급 휴가이기 때문에 무급 휴가를 원할 경우 추가로 신청할 수도 있다. 단, 업무에 차질이 없도록 팀원들과 휴가 스케줄을 미리 조정해야 한다. 긴 휴가 계획의 경우 보통 6개월 전부터 계획을 세워놓는다.

단점은, 이렇게 말하면 이상하게 들리는지는 모르겠지만, 솔직히 아직까지는 단점을 찾지 못했다.

가끔 이런 질문을 받곤 한다.

"해외에서 사시니 어떠세요? 한국으로 다시 돌아오고 싶은 생각은 없으세요?"

그럴 때면 나는 1초의 망설임도 없이 이렇게 대답한다.

"아니요. 전혀 없어요. 캐나다에 살면서 한국을 자주 방문하는 것이 저는 가장 좋아요. 가족, 친구 그리고 한국 맛집 때문이죠. 한국에서 30년 가까이 살았으니 저는 한국이 가장 익숙해요. 원한다면 언제든지 올 수 있지요. 하지만, 나이가 들면서, 여자라서, 엄마라서 받게 되는 불이익이나 차별이 한국 사회에 여전히 있다는 것을 알기에 저에게는 한국으로 돌아와서 사는 것이 해외에서 사는 것보다 더 큰 모험입니다."

이렇듯 '해외로 나오기를 잘했다'는 생각을 살면서 많이 한다. 그런 생각을 하는 이유 중 빠질 수 없는 것이 바로 서구형 기업문화에 있다. 그래서 왜 내가 서구형 기업문화를 좋아하는지 기업문화 몇 가지를 정리

해봤다. 물론 지극히 내 경험을 바탕으로 정리한 것이고 내가 만난 사람들, 내가 근무한 회사들에 대한 이야기지만, 해외 취업에 대해 고민하고 있는 사람들에게는 중요한 정보일 것 같아 정리해보았다. 아래 내용들을 체크해보면서 자신이 이런 기업문화 내에서 직장생활을 하면 어떨지 한번 생각해보기를 바란다(말레이시아와 싱가포르는 직접 그 나라에 가서 일하지는 않았지만 외국계 회사를 한국에서 다닐 때 경험해서 함께 포함시켰다).

내가 경험한 서구형 기업 문화 특징 (미국, 캐나다, 호주, 말레이시아, 싱가포르 등)

- 나이 제한이라는 것이 없다.

- 남녀 차별이 없다.

- 위계질서와 격식보다는 실무와 효율성이 중요하다.

- 직급의 상, 하 구도가 아닌 업무 분담의 수직 구도이다.

- 편안한 근무환경(표현하기 어렵지만, 한마디로 눈치 볼 일이 없다는 것)

- 유동적인 근무 시간 조정이 가능하다.

- 일과 삶의 균형을 중시한다.

- 일보다 무조건 가정이 우선이다.

- 회식 문화의 간소화 그리고 100퍼센트 자율성에 맡긴다. (부어라 마셔라도 없다.)

- 결정권, 자유재량이 큰 반면 따라오는 책임도 크다.

- 간소한 보고 체계, 효율적인 미팅 (낭비되는 시간 없이 알차며 빡세다. 그래서 야근도 없다.)

해외에서 느끼는 한국인의 경쟁력

해외 취업에 한류가 미치는 영향이 있을까?

해외에 거주하는 현지 친구들과 직장 동료들을 보며 한류의 위력을 느낀다. 한류라는 것이 단지 한 번의 유행처럼 왔다 지나가는 것이 아닌 외국 사람들에게 한국의 대중문화와 함께 음식, 패션, 뷰티에까지 영향을 미치고 있고, 앞으로 더욱더 많은 영향을 미치게 될 것이라고 생각한다.

고추장을 Korean hot pepper paste가 아닌 Gochujang으로 부르는 사람들이 늘고 있고, 김치를 모르는 외국인을 근래에는 본 적이 없다. 10년 전만 해도 외국 친구들에게 김치를 설명해야 했고, 한국이 어디에 있는 나라인지 모르는 그들에게 중국과 일본 사이에 있는 나라라고 설명하곤 했다.

캐나다 현지 사람들에게 한국 화장품은 인기 최고의 뷰티 제품이라고 해도 과언이 아니다. 가장 큰 온라인 유통업체 아마존에서 한국 화장품을 쉽게 찾아볼 수 있고, 현지 쇼핑몰마다 한국 화장품, 뷰티 제품, K-pop과 K-드라마와 관련된 제품들이 없는 곳이 없을 정도다.

따라서 세계시장 진출과 해외 취업을 계획하고 있는 사람이라면 영어는 당연히 기본이 되어야 하는 것이다. 하지만 나라와 직종에 따라서 한국어를 하고 한국 문화를 이해한다는 것이 큰 장점이 될 수 있다는 것을 강조하고 싶다. 이게 바로 한국인의 경쟁력이 되는 것이다.

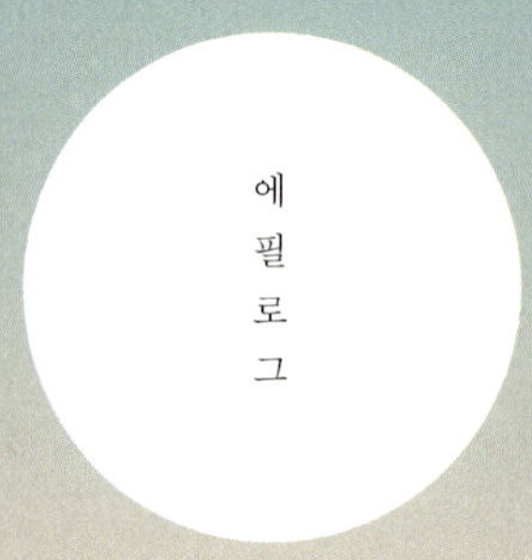
에필로그

10년 후의
나에게

♦

　　　　　　　　　　미리 계획을 세우고 개정판이 출간되
듯, 이 책은 처음 세상에 나온 지 정확히 10년 만에 개정판으로 다시 독
자들을 만나게 되었다. 개정판을 준비하며 출판사의 요청으로 새로운
에필로그를 쓰기 위해 이전 에필로그를 다시 읽었다. 그리고 나는 깜짝
놀랐다. 그 안에는 이런 문장이 적혀 있었기 때문이다.

"네 번째 해외 취업에 성공해 캐나다 공기업에서 일했고, 이 글을 쓰고
있는 지금은 그곳에 사표를 냈다. 그리고 컨설팅 일을 시작했다. 작가로,
강연가로, 글로벌 라이프 가이드로, 영문 이력서와 영어 면접 코치로, 개
인 컨설턴트이자 마케터로 일하는 것이 나의 계획이며 그림이다."

마치 10년 뒤의 나를 미리 보고 묘사해 놓은 글처럼 느껴졌다. 놀랍
게도 그 문장에 적힌 직업과 역할 중 단 하나도 빠짐없이 나는 모두 해
오고 있었다. 10년 전의 내가 그려 놓은 그림 위에서, 나는 지금 이 삶을
살고 있었다.

또 이런 문장도 있었다. "우리가 넘어지는 이유는 어떻게 일어나는지
를 배우기 위해서라고 한다. 넘어져도, 실패해도 괜찮다. 그것도 과정

이다. 안 되면 다시 시작하면 된다. 돌아가도, 쉬었다 가도 갈 방향으로만 가면 된다.” 그리고 그 아래에는 이렇게 적혀 있었다. “강연가로, 컨설턴트로, 그리고 사업가로서 다시 도전이 시작되었다.”

10년 전의 나는 내 직함을 그렇게 적어두었다. 그리고 놀랍게도, 나는 그 직함대로 살아내고 있었다.

첫 번째 직함은 강연가였다. 지난 10년간 한국, 캐나다, 멕시코에서 대학과 기관, 방송을 통해 수많은 강의와 강연을 해왔다.

두 번째 직함은 컨설턴트이자 코치였다. 수백 명의 사람들이 해외취업과 외국계 기업 합격의 길을 함께 걸어왔고, 지금은 ‘합격의 추월차선’이라는 이력서 · 면접 온라인 과정을 통해 더 많은 사람들에게 길을 안내하고 있다. 무역 컨설턴트와 무역 마케터, 무역 강의 강사로서의 일도 병행해 왔는데, 이 경험들은 곧 출간을 앞둔 나의 무역 에세이의 출발점이 되었다. 어렵게만 느껴지는 무역을 내일 당장 시작할 수 있도록 현실적인 정보와 경험을 담은 책이다.

세 번째 직함은 사업가였다. 나는 이제 내가 나에게 월급을 주는 사람이 되었다. 몇 가지 사업을 운영하며, 동시에 프리랜서로도 일하고 있다. 다니던 회사를 그만두고 새로운 커리어를 준비하던 시절, 사람들은 그것이 무모해 보였는지 늘 같은 질문을 했었다.

“왜?”

“네가?”

“어떻게?”

그 질문들은 처음 해외취업에 도전했을 때 들었던 말들과 너무도 비숭해서 웃음이 난다.

무모하다는 말, 어렵다는 말, 불가능하다는 말.

도전의 주제는 달라졌는데, 같은 질문을 받고, 같은 말을 들었다. 그래도 나는 결국 나답게, 내가 믿는 방향으로 살아가기로 선택해 왔다. 그 길이 맞는지 틀린지는 나중의 일이지만, 적어도 후회는 남지 않을 것 같았다. 그래야 행복할 수 있을 것 같았다.

그렇게 여러 과정을 거치며, 나는 지금도 여전히 배우고, 실행하며, 앞으로 나아가고 있다. 그렇다면 지금 이 시점에서 나는 나의 미래를 어떻게 그리고 있을까. 스스로에게 질문을 던져 보았다. 어렴풋하지만 오래전부터 품어온 꿈이 하나 있다. 그래서 이번에도 에필로그에 적어 보기로 한다. 또 누가 아는가. 10년 후, 나는 이 글을 다시 읽으며 또 한 번 놀라게 될지도 모른다.

나는 더 많은 시간적 자유를 얻고 싶다. 그 시간 동안 내가 좋아하고, 잘하고, 의미 있다고 느끼는 일들을 더 많이 한다. 의미와 즐거움이 동시에 존재하면서 다른 사람에게 도움이 되는 일. 그 일을 내가 원할 때 내가 원하는 곳에서 내가 할 수도 있고 안 할 수도 있는 선택의 자유도 함께 가지고 있다. 지금 가지고 있는 직함들이 유지가 될 것이고 새로운 직함도 추가될 것이다. 새로운 직함은 세계 여행 작가, 해외에 사는 파워 유튜버.

10년 후의 레이첼, 그때도 여전히, 내가 그려놓은 미래 안에서 살고 있기를 바란다.

그리고 이 글을 읽고 있는 당신도, 머릿속에 그려 둔 그 미래 속에서 살아가고 있기를 진심으로 바란다.

꼭 한국에서만 살아야 할
이유가 없다면

1판 1쇄 펴낸날 2026년 3월 16일

지은이 레이첼 백

펴낸이 나성원
펴낸곳 나비의활주로

기획 이진아콘텐츠컬렉션
책임편집 김정웅

전자우편 butterflyrun@naver.com
출판등록 제2010-000138호
상표등록 제40-1362154호
ISBN 979-11-24401-02-6 03810